♡ 愿，那个
宋蔓蛙家的
小老虎 🐾

一生被爱…

七班阅读

魅丽文化 花火工作室

萧九

战七少 著

廣東旅游出版社
GUANGDONG TRAVEL & TOURISM PRESS
悦读书·悦旅行·悦享人生

中国·广州

图书在版编目（CIP）数据

薄九 / 战七少著. — 广州 : 广东旅游出版社，
2022.4
ISBN 978-7-5570-2711-7

Ⅰ. ①薄… Ⅱ. ①战… Ⅲ. ①长篇小说－中国－当代
Ⅳ. ① I247.5

中国版本图书馆 CIP 数据核字（2022）第 056634 号

BOJIU
薄九

出　版　人：刘志松
总　策　划：曾英姿
责 任 编 辑：何　方　李　丽
责 任 技 编：冼志良
责 任 校 对：李瑞苑

广东旅游出版社出版发行
地址：广东省广州市荔湾区沙面北街 71 号首、二层
邮编：510130
电话：020-87347732
印刷：湖南天闻新华印务有限公司
（湖南望城湖南出版科技园 电话：0731-88387578）
开本：880 毫米 ×1230 毫米　1/32
字数：255 千字
印张：9.5
版次：2022 年 4 月第 1 版
印次：2022 年 4 月第 1 次印刷
定价：48.60 元

目录 CONTENTS

第一章
蜜糖

如果薄九不是在照镜子，就连她自己都会觉得镜子里的人是个男生。

然而，她很清楚，自己是个女孩。

薄九看着镜子里的自己，忽然闭上了眼睛，过了几秒钟再睁开，双眼里是猜不透的神秘。

“少爷！”

刚刚跑出去的人又跑了进来，手上还拽着一个医生：“快，快给我家少爷看看，看看他是不是脑子坏掉了！”

医生拿着医用手电，看了看薄九的眼睛。

薄九不动声色地坐着，并没有反抗。

其实她不是真正的薄九，现在的薄九是个替身，薄九的母亲为了不使多年的心血白费，找上了需要隐瞒身份的她。巧的是，她们的外貌几乎可以以假乱真，难以分辨。

真正的薄九是个女儿身，从小她母亲把她扮成男生养。

但是再怎么养，她也还是女生。

而且到了青春期，难免情窦初开。

她则是开得太厉害，又不懂女孩子该有的矜持，看见帅哥就直接冲上去，所以才会被人打得进了医院。

替身薄九看着装受伤的自己，脸色不是很好看。

她明明是个计算机天才，且从小拳脚功夫厉害，十个人都打不赢她。

被人打到重伤住院这种事……真的是，让人有点想笑。

薄九确实也笑了出来，只不过那双眼睛还是冷的，深邃中透着一丝丝邪气。

“少爷？”陈晓东疑惑地看着她。

薄九漫不经心地看了他一眼，然后抬起手将银发捋到脑后，露出了完美的脸庞。

“嗯？”

连声音都完美得无可挑剔，不会太低也不会太高，带着少年特有的质感，温柔而磁性。

明明是再普通不过的动作，由她做出来却多了一种飞扬跋扈的味道。

陈晓东一愣，总觉得少爷好像有哪里不一样了。

怎么说呢，以前的少爷动不动就发脾气，拿钱不当钱，浑身都散发着一股暴发户的气息。

可现在，他竟然在少爷的身上看到了帅气两个字……

一连三天，薄九都躺在医院里做检查。直到第四天，她才不用再继续扮演医院病服美少年。

现在的薄九只想知道，到底是谁在背后阴了她？

薄九双眼一眯，病房里的气温骤然冷到了极点。接着她又笑起来，嘴角勾起来的弧度是那么完美。

就像她这个人，充满了伪装性。

“少爷，你的衣服我都给你拿过来了，你要穿这一套，还是这一套？”陈晓东邀功一般看着坐在窗边的美少年，“这两套都是最新款。”

薄九单手一撑，轻松地从阳台上跳下来，嘴里还叼着一根棒棒糖。她银灰色的头发有点慵懒的凌乱，眉眼却好看得要命，薄唇微勾，左手插在裤袋里，缓缓地朝着陈晓东走过去。

那副慵懒的模样，陈晓东几乎快要看呆了。

“除了这两套，还有没有其他的？”薄九看着眼前那无比亮丽的颜色，眉头皱了皱。

陈晓东立刻埋头，把衣服往外一扯：“我还把少爷最喜欢穿的品牌热款也带来了！”

品牌热款？

确定这不是廉价淘宝款？以前的薄九审美观也真是挺奇特的。

薄九看着眼前那一堆花花绿绿的衣服，动手解开自己身上的病服纽扣，声音平静：“去把我的白衬衫拿过来。”

“嗯？少爷你不是不喜欢穿衬衫吗？”陈晓东瞪大眼睛，显然是被薄九的话惊到了。

薄九扫他一眼，只吐了两个字：“去拿。”

没有任何解释，语气酷到让人腿软，这真的是他们家那个暴发户少爷吗？

江城大学，历史悠久，师资雄厚，里面都是些厉害人物，文理第一之类的。当然，这其中也有一小部分不思进取的学生，薄九就是一个典型的代表。

比起富二代，她更加不让人待见，因为她总是喜欢炫。

还有她的穿着，每次都自认为很帅，看在别人眼里就是个土得掉渣的“非主流”。

仔细想起来，薄九并没有做过什么特别过分的事。

但这样一个存在简直就是笑话，谁会喜欢？

可这天，班主任看着眼前这个新鲜出炉的美少年，不确定地问了一句：“薄九？”

“是我，陈老师，我来销假。”薄九浅笑着。

这位陈老师愣了一下才道：“好，我知道了，你回去上课吧，以后不要再打架了，多把心思放在学习上。”

“好。”

陈老师诧异地看着转身离开的少年。

薄九踏入校园，心里有种说不出的感觉。

“嗯？那个帅哥是谁？新来的吗？怎么一次都没有看到过？”女生拉着旁边的人，让她们看薄九。

“他刚刚还冲我笑了！那小虎牙，真性感！”

“等一下，我怎么觉得他这么眼熟，他……他是薄九？”

几个女生走近了看，然后彻底傻眼了。

这样的美男怎么会是那个暴发户薄九？

可他确实进的是她们班教室。

薄九把包放在木桌上，长腿微搭，刚要把小型笔记本电脑拿出来。

就听砰的一声。

有人拍她的桌子，脸色阴沉地看着她：“把你的东西拿走，我一秒也不想和你多待。”

这人是薄九的同学，蒋飞扬，他们班最帅的男生，打得一手好篮球，颇有女生缘。

就连薄九本人都巴结过他。

她这个人向来不喜欢有人在自己面前动粗。

“不想待？”薄九的声音很淡，漫不经心地手托侧脸看着他，“那就滚！”

“你说什么！”蒋飞扬一下子就出手了，想把薄九的衣领拽过来。

没想到蒋飞扬刚起身就扑了个空，整个人都栽在了桌面上，下巴磕得生疼。

而站在一旁的薄九，嘴角含笑地看着他：“我最近不喜欢和人动手，所以蒋同学，我们还是好好相处比较好。你觉得呢？”

所有人都以为他们像好哥们儿一样在说悄悄话。

只有蒋飞扬知道压在自己背上的那条手臂力道有多大。

“真是奇怪，以前蒋飞扬和薄九说一句话，薄九都会脸红好半天，今天怎么不一样了？”

“没什么奇怪的吧，现在的薄九把目光都放在了秦少的身上，其他人不想看了呗。”

“呵，真是脸大，连秦少他都敢招惹。”

“等着吧，总会有人收拾他的。”

一片嘈杂声中，薄九垂眸翻开了桌上的书。

蒋飞扬则甩了甩手，冷哼一声：“听到了吧，你得意不了多久的，到时候看你怎么办。”

闻言，薄九又是一笑，抬起头来：“怎么办是以后的事，但是如果你再多说一句，别怪我不客气！”

为什么他会有一种被震住的感觉？刚才那个眼神真的好可怕。

上课铃响了，薄九总算可以安静地眯一会儿了。

不过到了吃午饭的时候，该来的麻烦还是来了。

一群穿着短裙的女学生将薄九围在了中央，言语之间都带着不好惹的刁钻。

“薄家怎么就出了这么一个暴发户？真是恶心！”

她嘴角噙笑，静静地看着面前围堵自己的人。

那样的笑，不知怎么的，让前来围观的女生们感觉到心脏一阵不规则的跳动。

但围堵她的人就不一样了，尤其是打头的那个名叫霍思雨的女生。她眯了眼，看向薄九的目光中充满厌恶：“上次我就警告过你，让你离秦少远一点。原以为你会乖乖听话，没想到你还是不懂什么叫教训？连这个食堂你都敢来，是还想被水淋吗？”

她对这个薄九不满很久了，一想到他这样的人想跟自己喜欢的秦少扯上关系，她就觉得反胃。

“我今天就让他清楚清楚，什么地方该来，什么地方不该来。”

霍思雨的厉害在学校是出了名的。

这一下薄九要倒霉了，唉，刚从医院出来就又要进去，也怪可怜的。

就在大家这样想的时候，只见薄九单手放在裤袋里，一抬腿，霍思雨就躺到了地上。

霍思雨倒下以后，感觉五脏六腑都是疼的，像是不敢相信，又像是愤怒到了极点：“你……你这个变态，居然敢踹我！”

被这样骂着的薄九却不慌不忙地打开自己手上拿着的那瓶矿泉水，然后走过去，单手仍放在裤袋里，薄唇微勾：“你以前怎么对我的，现在我都还给你。”

霍思雨先是一愣，接着整个人如同疯了一般：“薄九！你给我等着！你以为秦少会放过你吗？全校的人都恶心你恶心到吐了，他只不过是觉得厌恶，不想对你出手罢了！”

闻言，薄九笑起来，半弯着腰，伸出一只手轻轻地拍了拍霍思雨：“多大点事。你听好了，我随时奉陪。”

“你！”霍思雨怒气冲冲。

“嘘。”薄九用食指压了压自己淡红色的嘴唇，“我这个人脾气不好，别总是考验我的耐心。还有，你口中的那位秦少我瞧不上。他若是想来，我也随时奉陪。”

薄九扔下这么一句话，就像个没事人一样出了食堂。

这种吵吵闹闹的地方，她不想多待。

她离开后，食堂二楼，视野最好却不是谁都能上去的地方出现了两道修长的身影。

其中一个趴在栏杆上，朝着身后阴影处抬了抬下巴，意味深长地道：“刚开学时对你百般讨好，现在却说瞧不上你。请问秦大少爷，你现在是什么感觉？”

被点名的人身姿挺拔，容颜俊美，正斜靠着偌大的落地玻璃窗，交叠着修长的双腿，低头看着拿在手里的书。他的身后，是整个学校的风景。

闻言，他并没有说话，只是抬起头来，朝着薄九离开的方向看了一眼……

“少爷，你没事吧？少爷！”

薄九刚走到楼下，就看到她的小管家陈晓东同学气喘吁吁地跑了过来，眼里的焦急很真切。

“你有没有伤到哪里？霍思雨她们是不是又……”

薄九还没等陈晓东把话说完就开了口：“她们能伤到我？”

“什么？！”陈晓东觉得自己跑了一路，耳朵都出问题了，艰难地问道，“少……少爷是说，你没挨打？”

薄九挑眉：“我长得就这么像挨打的？”

“关键是你以前确实是啊！”陈晓东在心里嘀咕了一句。

他知道少爷自从醒过来以后就有那么一点点不同了。首先是气质，非常撩人，但这并不包括他可以对付霍思雨那群人……

“那你刚刚有没有看到秦少？”陈晓东小心翼翼地问。

薄九伸了个懒腰：“没有。”

“没有就好！”陈晓东长长地松了一口气。

薄九就奇怪了，怎么这些人一个个都好像怕她遇到那个秦少一样：“就算我遇到他又怎么了？”

“我怕你会直接抱住他的腿不走。”陈晓东说完，幽怨地看了薄九一眼，“少爷，你忘了你以前做过的事了？”

陈晓东不提醒还好，一提醒她想起来，在医院时薄九的母亲把家里的情况和以前发生的事情都和她说了。

好像就是在这个食堂，她看到秦大神的背影，然后就……就说要搭讪人家。

薄九是个不怎么会尴尬的人，可现在也有点想捂脸。

不过她一个黑客女王，总要证明一下自己的清白："之前说要搭讪他的那个人不是我。"

陈晓东一脸"你当我们全校师生的眼睛都瞎了吗"的表情，又特意嘱咐了薄九一句："少爷，你听我说，你不要招惹秦少。他的身份薄家真惹不起！差了好几个级别呢。"

"哦。"薄九非常敷衍。

陈晓东停下脚步，一脸认真地动之以情晓之以理："少爷，老板为了这件事已经对你有意见了。零花钱没了不说，还让你自己在学校自生自灭。没准以后公司都不是你的，会交给外面养着的那一对姐弟。少爷你就不着急吗？就算是为了夫人，我们别去招惹他成不？"

闻言，薄九顿了一下，眼睛里浮现一层冷冷的光。

听薄九的母亲说，她以前的事，基本上都是那一对姐弟捅到她爹面前的。

一开始的时候薄忠义确实对薄九很好，毕竟薄九是他的第一个"儿子"。

可后来这些耳旁风听得多了，薄忠义对薄九也就越来越不喜欢。到了最后得知薄九在学校无法无天，连秦少都敢惹，他便彻底断了薄九的经济来源，连带着家都不回了，更是对曾经与他共患难的薄夫人不屑一顾。

薄九对这样的"父亲"毫无好感。

薄忠义当初之所以能成立公司，全靠薄夫人的财力支援。

现在薄忠义什么都有了，就想把人一脚踹开？

天底下哪有这么好的事？

哪怕她现在只是替身，也要把属于他们的都拿回来！

现在她最需要的就是弄点钱买些电子零件，组装一台高配置的笔记本电脑。

家里的那台电脑她已经看过了，打个游戏还行，想要攻克网站，难免会留下漏洞。

所以赚钱是首要任务……

“你说什么？赚钱？”

陈晓东问出这句话后，司机也被惊到了。一个紧急刹车过后，两个人均回过头看着薄九，那表情就像在看什么外星人。

薄九的左手还拿着一罐可乐，秀眉皱了皱：“怎么？我说赚钱很奇怪？”

“有那么一点吧。”陈晓东心口不一——太奇怪了好吗？！你之前动不动就一天刷一千元来展示自己暴发户的气质，那样子让外人看了都想揍你。你现在突然告诉我们说你要开始赚钱了？这不是逗人玩吗？

薄九浅笑：“人嘛，都是会改变的。这不最近穷了，总要找点事情做。”

“少爷！”老司机抖动了两下，像是非常感动，“夫人如果听到你这句话，今天晚上肯定能睡个好觉。”

薄九喝了一口可乐：“我妈在外省还有生意要谈，你们就不要麻烦她了。赚钱需要时间，王叔明天帮我去学校请两天假就行。”

王司机和陈晓东：说了这么久，不过是为了请假。

“少爷，你想在家里休息就直接说，还骗我们说什么你要赚钱。”陈晓东嘀咕了一句。

闻言，薄九颇为无奈地长叹一口气。

她发现不管她说什么，周边的人都不太相信。

毕竟以前她是暴发户，不学无术的印象深入人心，不过这样也不错，能更好地伪装……

是夜，傅家二楼。

从镜子的方向看过去，只见那老式的键盘上，一双修长白皙的手指迅速变换位置。

如果经常玩游戏的人肯定能看出来，这个人有着极为流畅的走位。

啪的一声响。

大招发射，首杀完成！

“职业玩游戏的？怎么把幽冥 BOSS（大怪）这关都过了？”

“不是职业的，我花了钱想让人带我过个小地图，没想到他居然拿了个首杀，我也一脸震惊好吗！”

“那个人在哪里？我也要雇他，叫什么名字？！装备是不是特别牛？”

“呃，他没有装备，好像是个新人，挺缺钱的样子。”

“你骗谁呢？一个新人能过幽冥 BOSS ？”

“是真的，我刚私信他，他又接了团灭私活，现在在打第二发，一会儿你们看游戏公告吧。”

这个人的话音刚落，全服又迎来一次首杀公告。

然后是第三次、第四次、第五次……第十次！每一次“黑桃 Z”这个名字都会被高高地挂在游戏大屏幕上。

那宛如加了特效一般的操作手法，看得观众热血沸腾。

职业连队里，一个长相软萌的喵系少年激动得叫起来：“秦少，你看看这个‘黑桃 Z’！太帅了，我们把他挖过来吧，挖过来吧！”

秦漠双腿搭在一起，侧过头去，一双眼睛漆黑，过分白皙的皮肤让他看上去没什么血色。尤其是当他还披着职业连队的队服时，那慵懒冰冷的气息更是突出：“新手？”

“是个新手，不过操作一点都不像是新手。他都首杀十次了，想当年队长你也不过赢了九次……”说到这里，“喵系”少年立刻改了话头，“他绝对没有队长厉害，但也不错，有了他，再加上队长，我帝盟绝对无敌！”

秦漠看着屏幕上的游戏人物，一开始还没有说话。等看到那个人的武器后，挑了一下眉：“去私戳他。”

喵系少年得了命令，眼睛都亮了，抱着手里的毛绒玩具，直接给“黑桃 Z”，也就是薄九发过去一个好友申请。

只是让他没有想到的是……对方居然拒绝加他为好友!

拒绝了?!

喵系少年受到了一千万的暴击。

要知道他的游戏名还在上面挂着呢，怎么会遭到拒绝?

喵系少年本名COCO（可可），游戏名也是这个，游戏操作能在国内排到前十。

这都不是重点，关键是，他可是响当当的职业大神，每次开直播都能有上百万的流量，这个人居然拒绝加他为好友?

“我非要让他加上我不可！”COCO顶着一头黄卷毛，迅速切换账号，“队长，你密码多少来着?”

秦漠也没有阻止他，薄唇微启，念出了一组数字。

COCO再次登入游戏页面，刚进主页，全服都沸腾了!

“我看到什么了！是大神！真的是大神！”

“啊啊啊！求大神坐标！”

“好像隐了……”

COCO当然会把坐标隐掉。用队长的账号登游戏，那可是会造成网络瘫痪的。

他又一次发去了身份验证。

COCO抱着怀里的大白兔，扬扬得意，这一次他肯定得跪下来喊哥。

哪里知道，对方竟然又拒绝了?

又是拒绝!

“黑桃Z”，你到底是闹哪样?!

COCO咬着兔子耳朵，愤怒了：“他是不是不认识字？但凡是个玩游戏的人都知道秦少吧，全国联赛可是在电视和网络上都进行过直播的！”

秦漠放下了手中的书，右手放在键盘上，再一次发送好友申请：“我是秦漠。”

薄九原本还在测试自己手指的灵活度，却总是有人发好友申请过来。见对方锲而不舍，她叼着棒棒糖，空出手来懒洋洋地回了一句：“那又如何？”

仍然是拒绝的提示，只不过这次多了一句话。

COCO 看到那条消息之后彻底傻眼了：“他……他什么意思？知道秦少是谁，还拒绝？”

秦漠狭长的凤眼眯了一下，此刻是真正来了兴趣，嘴角也跟着上扬。

不会吧？秦少笑了？

一定是他看错了。

COCO 为了转移注意力，一把将键盘夺了过来：“你知道还不快通过？！”

没反应？对方下线了？

COCO 就像被什么东西撩到了，还没有解痒，撩人的家伙却不在了。

“秦少……”COCO 转过头来，那样子就像还没和人打就已经输了，好不委屈。

秦漠站起来，上半身还披着全黑的队服，嘴角带着弧度，一缕黑色的额发垂下来挡住了他的双眼，让人看不太清楚他的神情。

“等他下次上线，让胖子查查他的 IP 地址。”

闻言，COCO 的小脸一变：“还是队长聪明！就这么做！我让公司里的人轮流盯着他！就怕他不上线，只要他上线，立刻查！”

另一头，薄九还在倒腾自己从游戏里赚来的钱，并不知道自己已经被人盯上了。

电脑配置跟不上，吐槽的点简直不能更多，她打游戏的时候，机箱都会发出嗡嗡的响声。

想来是真正的薄九只喜欢在那些平时能带得出去的东西上花钱，电脑这种东西估计已经被抛之脑后了，也就造成了今天这种局面。

薄九身上穿的、戴的，每件都不便宜，手机和平板电脑也都是最新款。

可惜没有笔记本电脑，台式电脑又老得有些过分，连系统都是大前年的。

即便是到了薄九手上能成为一件利器，薄九也不想一上来就用黑客技巧进行攻击，虽然不见得就一定会留下痕迹，但她向来是个完美主义者，在没有做好准备以前，她不会轻易出山。

“一千八百六十六元。”薄九念着自己银行卡上的数字，四个小时的劳动成果，或许还比不上她以前一分钟赚的。不过她就是这样，到了什么地步，就适应什么样的环境，亲自赚来的钱，花起来也有成就感。

就这点钱要将顶配的零件一次性买齐是不可能的。

首先她需要一个稍微好一点的键盘，最起码不能像现在这个，敲起来都一顿一顿的，实在是严重影响她的手速。

“明天放学以后再去学校附近的电脑城看看有什么好货吧。”说到这里，薄九突然笑了，浴室铜镜里那张俊美惊艳的脸上浮出一丝邪魅，“要做一个爱学习的学生，真的是好难好难。”

说着，她扯掉了自己的黑色T恤，银灰色短发因为她的动作有些凌乱。可就是因为这份凌乱，让她看上去帅得更加让人想尖叫。

镜子里，她的脖子上挂着一个纯黑吊坠，十字架的形状。她的耳钉也是黑色的，闪着宝石的光泽，邪气逼人。

既然都要好好上学了，最起码姿态还是要摆出来的。

第二天，薄九起得很早，头发上还带着湿意。新鲜出炉的美少年让陈晓东吃一惊：“少爷，你……你起这么早？”

“八点半上学，七点半起，早吗？”薄九一边说着，一边拿了根油条叼在嘴里。

陈晓东真心觉得他家少爷一定是哪里出问题了。不然平时都要睡到中午才起床的他怎么可能会说出这种话来。

不过陈晓东还没有忘记夫人在电话里交代给他的任务：“少爷

如果真缺钱的话，这次考试考好一点，夫人肯定会给少爷包个大红包。整天关在房间里打游戏太伤眼睛，而且少爷以前不是不喜欢打游戏吗？少爷，不是我打击你，虽然你这个方法不错，想从游戏里接近秦少。但秦少可是全国联赛的大神，你练上十年也不见得能挨到他的边啊。”

“你的意思是说，我打游戏是为了和那个什么秦少扯上关系？”薄九喝了口豆浆，挑眉问道，“谁给你的这种错觉？”

陈晓东痛心地摇头：“少爷，都到这一步了，你骗老王就算了，就不要骗我了。我来薄家三年了，还不知道你吗？”

“少爷，你就承认了吧。”陈晓东一脸认真，“只要你答应夫人少挂一门科，我是不会告密的。”

算了，她就不解释了，越解释越乱。

少挂一门科这个条件倒是可以答应，薄九慵懒地手托下巴：“我上一次挂了多少科？”

陈晓东：“几乎全挂。”

薄九沉默了，过了半晌才问：“你确定我妈说只让我少挂一科？”

“是的，夫人说只要你少挂一科，她就给你奖励。”陈晓东神色坚定。

薄九：“这么简单，我答应。”少挂一科还不好考吗？她就算其他的不行，还有英语和高数呢，这是她作为一名黑客的强项。

陈晓东见薄九答应得这么痛快，反而有些担心：“夫人还说了，贿赂同学帮你作弊这种办法不能用，不然奖励就作废。”

薄九挑眉：“为什么要贿赂，我不会用其他的方式？”

“其他的方式？威胁？那不可能，少爷你连女孩都打不过，怎么可能打得过男生。”陈晓东哈哈大笑起来，朝着薄九的肩拍了一下。

薄九抬头，很缓慢地放下手中的木筷，目光冷冷地扫了他一眼。

陈晓东僵了，为什么他会在少爷身上感觉到杀气？

这不科学！不过，真的好可怕！

薄九倒是也没有怎么样他，毕竟他对自己一直很好。

老实说起来，以前的薄九到底是有多弱，怎么连女孩都打不过？

不管怎么样，薄九还是顶着她那张帅气俊美的脸去上学了。一身黑白相间的衣服，包很酷地甩在肩上，过分白皙的容颜在阳光的照耀下，如同葱葱玉竹，气质逼人。

学校里不少人停下步子，开始围观。

“你们有没有觉得薄九好像变得不太一样了？”

“总感觉……好帅！”

薄九听到有人在夸她，转过头来，勾唇一笑：“谢谢，你们也很漂亮。”

那样的笑太撩人了！

被打招呼的女孩们立刻捧住自己的脸。

陈晓东就走在薄九身后，一副见了鬼的表情：“少爷，你在……你在朝着女孩子放电？”

薄九挑眉：“有问题吗？她们这么萌。”

“你以前不是说不喜欢她们吗？”陈晓东压低声音。

薄九慵懒地反问：“这和我朝着女孩放电有关系吗？”

他竟无言以对。

可是，少爷是什么时候学会撩妹的？以前讨厌女孩讨厌得恨不得看到她们就跑。

现在的少爷完全不一样。

薄九毫不在意旁人怎么看她，尤其是她的同学蒋飞扬看见她对女孩子的态度以后，眼睛都睁大了。

这个暴发户到底是怎么一回事？他喜欢的女生也敢搭讪？

蒋飞扬的眼睛里冒着火，拦住了她的去路，看样子又想不安分。

薄九把包随手扔在那里，就那么单手插在口袋里看着他。

只见蒋飞扬的气场越来越弱，越来越弱……最后脖子一缩，给薄九让开了去路。

“呵。”薄九低笑了一声，坐到座位上后，拆了一根棒棒糖放进嘴里，颇有纨绔少爷的模样。

蒋飞扬放在桌子上的拳头攥了攥，始终没有挥下去，因为他实在是打不过对方。

为什么以前总是追着他跑的弱者，突然之间变成了一个大佬？这日子简直没法过了。

蒋飞扬还在苦恼，英语老师已经从外面走了进来。

薄九一看是她擅长的科目，手指从课桌下一动，就把准备好的平板电脑和键盘给抽了出来。

英语课本竖着，遮挡住了平板电脑，键盘就放在课桌里面，反正她会盲打，也不需要低头。

她单击进入游戏页面。

薄九还没有去公告里接单，就看见上次申请加她为好友的消息还留在那里。

秦漠？

她刚想继续点拒绝，旁边的蒋飞扬却在瞄到她的平板电脑页面时，控制不住地叫起来：“秦……秦少！”

这个称呼像是旋风一般席卷整个教室。

“他刚刚说谁？秦少？”

“秦少来了吗？”

“怎么可能！没有学校的邀约，男神是不会在学校里走动的，一年都见不了两次好吗？！”

“那蒋帅哥刚刚叫的人是谁？”

“不知道啊，到底怎么回事？”

蒋飞扬的手指还指着薄九的课本，实际上是指着课本下面的平板电脑，嘴唇都有点哆嗦了：“秦少他……”

“老师！”薄九还没等蒋飞扬把话说完就开口打断了他，双眸看着台上，“蒋飞扬在课堂上胡乱吵闹，明显不尊师重道。”

英语老师早就气得额上冒青筋了，现在一听薄九的话，立刻道："其他同学先看书，蒋飞扬，你跟我出来一下！"

蒋飞扬真是无比冤，指了指薄九，又对英语老师说："不是，老师，是他……"

"他怎么了？"英语老师走了过来，目光落在了薄九竖着的课本上，然后伸手一扬……

那下面除了一支圆珠笔，什么都没有。

英语老师眯了眯眼，觉得自己被蒋飞扬给耍了。

薄九那张帅气的脸适时地表现出茫然。

英语老师见状，心头的火气更大了，转头对蒋飞扬道："你自己不好好听课也就算了，还想让其他同学给你背黑锅？你现在就给我出来！"

蒋飞扬想不通他是怎么落得这个下场的，那个人明明是在打游戏，怎么抽手抽得这么快？

而且……那明明就是秦少的游戏名字，不是吗？

难道是他看错了？

送走碍事的人后，薄九才低头又把平板电脑给抽了出来。

让人皱眉的是，蒋飞扬刚刚那一声叫让她一个错手，竟然点了接受好友。

就在薄九按着键盘要删人时，她像是察觉到了什么，黑色的瞳孔骤然一缩。

"没想到有一天也会有人来猎捕我，有意思。"薄九一边说着，一边飞速地动着手指，平板电脑上的页面刹那间变了。

屏幕上没有了游戏，只有一串串的代码不断涌出。

和薄九的轻松不同，另外一边的身形庞大的胖子，噼里啪啦地敲着手中的机械键盘，脸上都冒出了汗。最后他整个人都趴在那儿，狠狠地敲打一下桌面："浑蛋，被他跑了！"

"你说什么？跑了？"COCO 摘掉了正在直播的耳机，扔下了百万粉丝，侧过头来，满脸惊讶，“怎么可能在你的手里跑掉？你可是全国榜上有名的黑客。胖子，你别随便乱开玩笑，队长可在这儿呢。”

胖子抹了一把脸，眼睛都是亮的，那是遇到高手之后的兴奋。他没搭理 COCO，转过头对着秦漠激动地说：“秦总，你们是在哪儿遇到的这么一个人？太神了！就是反应有点慢，发现我发现得有点晚。不过他后来简直就像开了外挂，成千上万个网络虚拟 IP 同时涌现，把真实的数据完全进行了掩盖。不仅如此，他居然还在擦掉痕迹的同时，朝我这边植入了一个无法破解的病毒，厉害，太厉害！我猜他用的电脑配置应该不太好，不然就算是我都攻破不了他的外围。”

“不是，胖子，你先说说我这电脑是怎么回事？怎么黑屏了啊？”COCO 咬着兔子耳朵，完全听不懂他在说什么。

胖子“哦”了一声，言简意赅地解释了一句：“对方弄了一个病毒到你的电脑里，我不会解。”

COCO 的嘴角抽了抽：“也就是说，你黑人家不成，反被对方攻击得弄坏了电脑？”

“可以这么说。”胖子摸了摸下巴，神色颇为深沉。

那你还深沉什么，被人反攻了很骄傲吗？

秦漠却视这些为无物，伸手将公司文件放下，一双修长的腿微搭，下巴处勾勒出一道流畅的曲线：“说一说你攻破的外围。”

“嘿，还是秦总英明，会抓重点。”胖子一笑，非常狡猾，“我查出了他的大概位置，就在这所学校！”

教室里，薄九薄唇微启，轻轻地吐出两个字：“KO（干掉）。”

她浅笑着掰了一下手腕，把竖起来的书放下后，又回归到那个最普通不过的学生。

没有人知道，就在刚刚，她攻掉了一个职业黑客。

第三节课课间，薄九还在想着中午休息的时候要去吃什么。

校广播就在头顶响了起来，声音听上去非常振奋："同学们，为了网罗人才，学校的股东秦漠，将会代表秦氏集团，来校视察……"

那个人话还没说完，学生们就"啊啊啊"地尖叫起来。

秦漠，真正的天之骄子，根正红苗的出身，称霸电竞。

他平时的行踪都是个谜，就算是在学校也从不露面。

不是在战队，就是在公司，秦少也是高不可攀的存在。

要想见他的正面，就要看大型的游戏直播和近千万的粉丝争存在感。

现在他竟然要来校视察了？！

幸福来得太突然，整个江城大学的学生都沸腾了。

唯有薄九，坐在椅子上伸了个懒腰，心想：看来下午不用上课了，又能再打两把游戏，赚上五百元了。

为了迎接秦漠的到来，林荫道被打扫得十分干净。

半个小时后，秦漠出现在校园。

"啊！"又是一阵激动的尖叫声席卷整个校园。

全校学生纷纷踮起脚尖，伸长脖子，努力想看到男神的尊容。

唯有薄九，神情淡定地在集合队伍里站着。

她原本以为能在教室里赚赚外快，没想到全院学生都要集合。

果然就像陈晓东说的，这位秦少的家世确实高出薄家好几个级别。

毕竟是从大院里出来的，爷爷的地位还举足轻重。

实际上江城大学向来不缺有钱人，之前喜欢欺负人的霍思雨就是其中一个。

在她的眼里，薄九永远是个上不了台面的土包子。所以她才会因为薄九打了她的事，更加怀恨在心。

霍思雨不知道这家伙怎么突然之间变得不好对付了，猜想是家里请人教了薄九两招。

不过这一天，那些都不再重要。

她非要让薄九当众出个大丑。

霍思雨的目光一转，就落在了前方的秦漠身上。再看看站在她前面低头玩着手机的薄九，悄悄往后一退，趁着谁都没有注意的时候，将薄九狠狠地推了出去。

薄九还在想下午买零件的事，一个不设防，身子往前一弯，硬生生地撞到了一个人……

这一幕发生得太突然，以至旁边的秘书都没来得及做出任何反应。

秦漠只感觉有什么东西朝自己扑了过来，左脚向后一撤，幽深的黑眸沉了下去。

“秦总！”

跟在秦漠身后的秘书满头大汗地叫了起来，想要把自家总裁拉开，但已经来不及了……

薄九失去重心的那一瞬，眼睛便凌厉地眯了起来。

然而还没有给她发威的时间，周围就陷入了沉默。

是她的错觉吗？

怎么脖子后面都是凉的？

反倒是掌心下一片温热……

“薄九！”系主任恨不得把这个人一把提溜出去，他怎么也没有想到这小子会忽然冒出来，不是告诉过他们别让他再出现了吗？！

霍思雨听着这声低吼，高兴地笑了起来。这一下，薄九这个土包子铁定完。

“薄九？不就是拼命想跟秦少扯上关系的那个人吗？”

“他还真是不死心啊，他就不怕秦少吗？”

听着周围的议论声，最想要捂住自己双眼的人就是陈晓东了。他怎么也没有想到，他最担心的事竟然会在这么多人面前上演。

他还以为这些天以来少爷变了。

没有想到啊，都是为了降低他的防备心弄出来的套路。

他刚刚不应该站在这里，应该混到少爷身边去，这样还能在少爷失去理智前抓住他的腿。

此时的薄九心里也不是那么痛快，她也是受害者好吗？

不过看大家的样子，是铁定不会相信她了。

陈晓东一身的冷汗都冒了出来，少爷真的是疯了，不知道那是头老虎吗！

大家确实没想到薄九会做出这样的事来。

那边的COCO由于过分惊愕，已经快把怀里的兔子耳朵给咬断了。

秦漠的眼神也冷到了极点。

可比起冷来，让人神经紧绷的却是他身上那股狠劲。

睥睨天下，王者气魄。

薄九现在相信陈晓东的话了，这个男人是真的不好惹。

只是忽然之间，他那张脸一下子逼近，矜贵俊美在这一刻全部被打破，只剩下令人不安的压迫感……

他俯身，寒气十足的气息喷在她的脸上："薄九是吗？看着点。"

他说得云淡风轻，声音低得只有彼此才能听到。

薄九看着那个危险无比的背影，甩了甩自己略微有些疼的手腕。

阳光透过树叶洒落在他的身上，就像是万丈光芒加身一样，除了尊贵就是奢华。

单单只是错过的气息都会让人觉得冰冷无比。

看来以后是真的有点麻烦了……

周围的学生怎么也没有想到秦少这么容易就放过了这个薄九，连一句话都没有过问。

"幸好秦少为人大度。"

"谁说不是呢。"

只有COCO歪头又咬了一下自己怀里的兔子耳朵，他认识的队长向来都是睚眦必报，他越是当下不发火，后果也就越严重……

刚刚那个扑过来的薄九，这一回真的是完了。

秦漠走在最前面，目光陷入了前所未有的深沉之中。

直到秦漠的背影彻底消失，陈晓东才宛如狂风一般朝着薄九席卷过来，那双眼睛都瞪大了：“少爷，你知不知道你刚才在做什么？这件事如果被老板知道，又该骂你了。还有秦少那边，他向来不喜欢别人碰他，你这是在挑战他的底线吗？少爷，秦少和你不一样！”

薄九拍了拍他的肩：“逗你的，不过我要声明一下，我没想冲过去碰他，刚刚是在低头想去电脑城的事，猝不及防被人从后面推了一把。”

“我相信你！”陈晓东无比认真。

薄九挑了挑眉。

陈晓东又继续道：“所以少爷，我们彼此真诚点，下次你再想对秦少做什么，先告诉我！”

看陈晓东那样子，薄九来了逗他的心情，发出慵懒的声音：“有件事我倒是一直想做。”

“什么，什么？”陈晓东忙问。

薄九笑容浅浅地给他扔下两个字：“你猜。”

薄九伸手拍了拍他的脸：“所以说，别和少爷我玩文字游戏，没准真会做出什么来。乖，去上课吧。”

“少爷！”陈晓东一把抱住薄九的胳膊，“你一定是开玩笑的对吧，少爷！”

薄九但笑不语地将人推开。

陈晓东越看自家少爷意味不明的样子心里就越忐忑，完了完了。

那可是秦少！

薄九越过林荫道，观察了一下四周的摄像头，嘴角勾了勾。

只要是有网络的地方，想要找出一个推她的人来还不容易？

平板一竖，薄九找了个人极少的顶楼坐下，将蓝牙键盘连接，修长的手指一碰到键盘，指法令人眼花缭乱。

只见屏幕上跳出一个又一个画面，总共三十二个，以小窗口的方式共同呈现。

现在薄九手上的平板画面已经和监控进行了实时同步。

一个回车键，画面固定在了之前的一幕。

薄九拆了一个棒棒糖放进嘴里，薄唇勾起来，目光冰冷："霍思雨？原来是她……"

不过，这没有什么。

让薄九挑眉的是她在平板里设置的网络防御墙传来的警报声。

真没有想到，之前入侵过她电脑的人竟然这么锲而不舍。

薄九眼睛一眯，手指又开始活动起来。

这一次的指法比方才更有攻击性，就像是来自荒漠的鹰，凶猛又飞速，直取咽喉。

啪！

又一台电脑黑屏了。

胖子坐在院公办，看着自己坏掉的笔记本，非但没有沮丧，反而眼神炙热地瞅向身旁的人："秦总，找到他了！'黑桃Z'！"

"他？"院领导们一脸的疑惑，秦少来学校不是视察的吗？怎么变成找人了？

秦漠微启薄唇，不多不少四个字："具体位置。"

"B栋教学楼楼顶！"胖子要多激动有多激动，"他现在应该还在那儿。"

秦漠没有停顿，一下站起身来，大步朝着B栋教学楼走了过去。

COCO连忙抱着兔子跟上。

远处，噼里啪啦的键盘声还在继续。

秦漠就站在楼下，长腿背光而立，左手放在裤袋里，身上还披着他没有换下来的纯黑战服，抬起头来看了一眼B栋教学楼的楼顶，幽深的眼里带出点点薄光……

胖子按下电梯按钮，率先冲上了天台。

可那上面竟然空空如也。

怎么会这样？

“秦总，”胖子脸色难看地转过头，“‘黑桃 Z’一定在这里！不会有错的！”

说是这样说，可人呢？

胖子着急忙慌地找着。

秦漠走了过来，凌厉的双眸扫了一下地上的糖纸。

“这里确实有过人。”秦漠说着，黑色靴子狠狠地碾过那张糖纸，居高临下地站在天台上，俯视整个学校，战服猎猎，“‘黑桃 Z’是个学生。”

胖子：“这都能猜出来？”

“有哪个老师会无聊到吃棒棒糖？你一开始的方向定位错了。”秦漠将目光收回来，放在他身上。

胖子是真心有点抵抗不住他们总裁这种让人喘不过气来的目光。

看来没有找到“黑桃 Z”，秦总有点不高兴了。

胖子心虚地摸了摸鼻梁：“这……这也不怪我，我看‘黑桃 Z’操作那么厉害，就以为他最起码是个老师，哪会想到他是个学生？”这里可是大学，有哪个学生会这么厉害，能和他对抗？！

“胖子，你看不起学生吗？我还是个学生呢，不照样打游戏打得比你厉害！”COCO 不服气地挠墙。

秦漠忽然将手抬起来，目光朝着这边一扫。

现场立刻安静了。

“有东西在响。”秦漠的声音很轻，却带着绝对的命令，一个字扔下来，“找！”

大家立刻原地散开，围绕着顶楼天台展开了搜索。

突然，有人喊了起来：“少爷！在这里！”

那是一个垃圾箱。

垃圾箱里横躺着一台纯白色的平板电脑。

完好无损，没有一点折旧的迹象，声音是从这台平板电脑里发出来的，离得近了会听得非常清晰。

“这是‘黑桃Z’留下的？！”胖子的眼中闪过一丝震惊。

秦漠还从来没有在垃圾桶里拿过东西，眉毛挑了一下，左手伸出来，立刻就有人呈上了黑色手套。

“关机了吗？”COCO睁大一双眼睛，“他为什么要把平板电脑扔在这儿？”

胖子的表情沉下来：“他发现我们在找他，干脆断了所有的痕迹，真是狡猾！不要告诉我他是用平板电脑和我对抗！”

“那又怎么样？”COCO不懂，用什么电脑很重要吗？

胖子十分认真：“平板电脑的设备比起普通笔记本来，运行速度差了至少五倍，如果他用的是平板电脑，你有没有想过如果有一天他用笔记本会是什么效果？”

COCO听完震惊了。

胖子想到那种可能，双眸已经开始失神：“我会连他的大概位置都固定不住。这么厉害的人为什么没有进排名？他到底是谁？一个……大学生吗？”

秦漠在一旁站着，双腿修长，侧脸矜贵，眼睛宛如古潭一般幽深冰冷，指尖滑过平板屏幕，陡然之间，两个字母亮了起来。

“KO！”

“这也是‘黑桃Z’留下的？他知道我们在找他？”所以才这么嚣张地挑衅？

COCO小心翼翼地观察着自家队长的表情，最后一句话没敢问出口。

胖子也微微点了点头，根本不敢抬头看秦漠。

此刻，秦漠那双冷冽的眼睛，眸色浓烈得仿佛夜间的深海，既危险又低沉。

他还没遇到过能让他栽跟头的人……

“继续找。”

毫无温度的三个字，立刻让大家的神经紧绷了起来。

与此同时，楼道的拐角处，薄九断开了连着平板电脑的手机网络热点，眼睛一眯，嘴角勾起了笑：“KO！”

找她的人现在应该很生气吧。

这样想着，薄九脸上的笑意更浓了。

她这个人就喜欢别人看不惯她，还不能把她怎么样的样子……

不过没了平板电脑，得尽快买零件组装一个小型本，不然总感觉做什么事情都不太方便。

说起来，还是要先赚钱啊。

至于那个霍思雨，以后再说吧。

薄九把手机往兜里一塞，嘴里叼着棒棒糖，扭了一下手腕，成功地混入了打饭的人群中，又变成了那个最不受欢迎的学生。

然而薄九的计划却没有实现。

她刚吃完午饭，就被系主任点名叫到了办公室。

薄九的眉头拧了一下，那群人应该不会找到她才对，那又是为了什么呢？

办公室里除了系主任，还坐着一个人。他四十多岁，身上穿着名牌服装，手上戴着大金表，看到薄九走进来，满脸怒容，不是她那个爹还能是谁。

“薄先生，”系主任看了薄九一眼，脸上满是鄙夷，“真的不是我总喜欢叫您过来，实在是你这个儿子做出来的事有损我校名誉！好端端的一个学生什么人都敢得罪，那可是秦总，是他随随便便就能招惹的吗？！”

薄忠义早已满腔火气，再听到秦总的名讳，脸色都变了，眼神凶狠地将手抬了起来，看样子就想打薄九：“我怎么就养了你这么一个丢人的儿子！”

“爸，你别这样，哥哥也不是故意的。”拉住薄忠义的不是别人，正是他在外面的另一个女儿薄雪儿。

这个薄雪儿随她母亲，长相清纯漂亮，心眼却多。

从母亲的讲述中，以前的薄九早就领教过她的手段，每一次说话看似站在她这边，实际上她越是这样说，薄忠义只会越生自己的气。

“不是故意的？那就是控制不住自己咯？”薄忠义的目光跟着冷下来，眼睛瞪着薄九。

薄家不需要一个惹是生非的人。

更何况他这次惹到的是秦家，以后会不会连累到自己的生意还另说。

薄忠义再想想他的小儿子，同样都是他的孩子，怎么差距就这么大呢！

既然这个儿子不争气，那就别怪他这个当爹的了。

“既然你改不了身上的那个臭毛病，那么从今天开始，你就不再是我薄忠义的儿子！”

这是要和她断绝关系？

薄九眼神冰冷，只给了薄忠义三个字：“随便你。”

“好！”薄忠义气得胸膛起伏，转过头去对系主任道：“老师，您也听到了，这孩子我是管不了了，学校想开除还是想劝退，都和我没有关系！”

陈晓东赶过来的时候，听到的就是这句话，看向薄九的目光里满是震惊。

薄九却像个没事人一样，压低了声音：“但愿你不要后悔今天所说的话。”

“我最后悔的就是生了你这么个儿子，娶了你那个妈！”薄忠义扔下这句话就走了，气得那叫一个脸红脖子粗。

系主任见状，推了推鼻梁上的眼镜，和薄九连多说一句话都觉得难以忍受：“去收拾东西吧，你这种资质也只能上个职校，学校凭良心会把你推荐到那边的，走吧走吧！”

说完他还摆了摆手，就仿佛薄九是臭水沟里的一坨垃圾。

“少爷。”陈晓东迎上去，满脸担心。

薄九倒是没有多留，只是勾唇一笑，目光清冷，拿着通知书走出办公室。

很多学生在走道上站着，看她从身边走过，或可怜或嘲弄或幸灾乐祸。

最开心的莫过于霍思雨了，她双手环胸笑出了声："真是报应不爽啊，某些人就是会作死，看看这一下，连学都没得上了，活该！"

"听说去的是一所职校。"霍思雨身后的人也跟着笑起来，"说不定那样的地方才适合他这种人呢。哈哈哈。"

听到这里，薄九顿住脚步，身子骤然向前。

经过上次的事，霍思雨有些怕他，颤抖着向后退了一步。

然而薄九却没有任何要动手的意思，反而只说了一句话："你真以为你做的那些事没人知道？"

"简直莫名其妙！"霍思雨整了那么多人，已经不知道什么叫心虚了，眼神毒辣地看着薄九。

薄九笑了，薄唇勾起一丝邪气："既然这样，那就只能公布到网上了……"

这是薄九在离开学校之前说的最后一句话。

霍思雨根本没当回事，连他爹都不要他了，以后还有什么可横的。

陈晓东格外安静，那个样子就好像他怕再说什么会刺激到他家少爷一样。

薄九倒是很轻松，指腹在手机上来回滑动着，那上面已经存好了霍思雨推她的视频。

"少爷，"临下车的时候，陈晓东接了个电话，然后转过头来对薄九道，"夫人为了你的事连夜赶了回来，好像连饭都没有吃。一会儿你见到夫人，别再和她吵了。"

说到这里，陈晓东又担心说多了少爷会反感，只低声加了一句："夫人她也不容易。"

"我知道。"薄九目光淡淡地放下了手机。

陈晓东却以为自己的耳朵出了问题。

“少爷，你刚刚说什么？”

薄九挑眉：“我说我知道我妈不容易，怎么了？”

“没……没怎么。”

——才怪！这像是你说出来的话？你以前是怎么和夫人闹的，你都忘了吗？

她听说过以前的薄九和薄太太的关系很僵。

薄九出事后，薄太太为了稳住家产，不巧救了跟薄九长得极像的她，她也需要新身份掩饰自己，躲避一些不必要的麻烦，于是答应了薄太太的请求，做了薄九的替身。

以前的薄九什么都不懂，因为女扮男装这件事，让她很压抑。

她觉得一切都是母亲的错，是母亲贪财才会变成现在这样。

再加上她要什么，她爹都会给她买，不像母亲总是告诉她这个不能做那个不能做，还让她提防着一点薄雪儿。

她当时根本就不听，还说母亲是世界上最恶毒的人，把谁都想得那么坏。

母女俩的关系从小到大都是僵的。

薄太太跟薄九说什么，她都只是冷哼。

并且薄太太是从农村出来的，有些东西改不了。

薄九上了学以后，就越发看不起薄太太。薄太太动不动就发火，一点都不讲究吃饭礼仪，见谁都大大咧咧的，让她觉得在同学面前特别没有面子。

以前的薄九甚至想过，如果她妈像薄雪儿妈妈那样打扮得漂亮点，又不是这么胖，她父亲说不定就不会离开他们。

此时的薄九扶了扶额，不禁感慨以前的薄九真是坏。

薄九进了门，迎面而来一个中年女人，富态得很，她胖乎乎的手正拿着手机打着电话。

“喂，张主任吗？是我，红花啊，薄九的家长。我儿子那件事，您能帮我走动走动吗？对对对，您说的话都对，都是我平时对孩子教育不够。”

隔着电话薄九都能听到张主任的声音，就像是批评孩子一样，正在批评她的母亲。

他说：“你们农村出来的就是不会管孩子，三天两头惹是生非让我怎么做？”

每个人都有自尊。

贺红花，她的母亲最不愿意听到的就是别人用这样的语气说她是农村人。

以前，一个导购员也是用这种看不起人的语气和贺红花说话。

贺红花当时就冲了上去：“农村人怎么了？农村人也是靠自己的手赚钱养家，我是少了你钱还是对你态度恶劣了？你就这么看不起农村人？谁家往前面三代数不是农村的！”

那时的贺红花多有底气，就像是古代小说里的女侠。

可如今，为了保住薄九的前途，贺红花全程都在赔笑道歉，说对方说得对。

这都是为了她……

虽然是替身，薄太太对她却极好，把对女儿的爱都给了她。

薄九隐约听到听筒里的话，走过去，一只手插在口袋里，一只手抽出了她母亲掌心里的手机。

贺红花回头，愕然地看着她。

电话那头的张主任还在吊人胃口：“想让你儿子回来也不是不可以，只不过这手续都走到一半了，上上下下的人都需要打点。你们农村人大概不懂这一套，如果你真想让他回来，就出点什么东西，好学校也不是人人都能留住的，对不对？”

薄九听得目光一冷，俊美的脸上浮现出前所未有的戾气，衬着银灰色的碎发，让她看上去更加阴冷：“你说得对，我们农村人确实是不懂这一套。不过公然让家长给你行贿？呵，张主任，你这个系主任还想不想做了？”

系主任一听薄九这样说话，立刻怒了：“好好好！薄九，你厉害！我们学校管不了你这样的学生。你给我听着，就算你妈求我也没用了！像你这样的学生，爱去哪儿就去哪儿！”

电话被挂断，贺红花才反应过来，手还拉着薄九的胳膊。

薄九虽然是个女生，却有一米七几的身高，比矮矮胖胖的贺红花要高出一个头。

“你这个孩子！怎么这么不懂事！”贺红花是真着急了，连生气都忘了，就想低下头再打一遍电话。

薄九却一把搂住了她的腰，声音很轻：“妈，那样的学校上不上无所谓，你不用这样。”

贺红花打电话的手顿住，要知道她已经好久没有听人叫过她妈了。

不知道从什么时候开始，她和薄九一见面就是吵吵吵。

她知道女儿不想见到她，也不想让她去学校。

像这样抱着她叫妈，已经是很多年前的事了……

贺红花愣愣地看着和自己女儿长得很像的女孩，出了神。

薄九朝着她笑了笑，侧过脸去对着身后的人说：“我妈还没吃饭，让阿姨炒几个菜，再熬点红薯粥。”

“是，少爷！”陈晓东得了命令，立刻跑去厨房那边。

实际上，他也震惊了。

少爷什么时候这么关心过夫人？如果是以前，碰上这样的场面，少爷肯定会一上来就冲着夫人嚷。

接着就是闹得双方都不愉快，摔手机什么的那是经常的事。可自从少爷从医院出来，给他的感觉就好像是……好像变好了。

贺红花坐下的时候还有点蒙，直到薄九夹了菜放到她的碗里，她才有了真实感。

贺红花偏过头去看薄九那头银灰色的碎发，拿木筷的手都有些颤抖。

她刻意控制了自己吃饭的速度。

因为贺红花一直谨记，薄九很不喜欢她的吃相……

薄九侧脸看过去，目光落在贺红花一点一点夹着的米粒上，心中了然。

薄九二话不说，直接拿起碗来拌了一筷子菜，又扒拉了两大口米饭，再吃进嘴里，双颊跟着鼓起来，朝贺红花抬头笑了笑，竟带了几分可爱："和妈在一起吃饭就是香。"

贺红花看着薄九的样子，忍不住捂住了嘴，眼眶红得厉害。

薄九放下木筷，坐到她旁边，把她的肩揽过来，自然地带入角色，替她擦眼泪："妈，以前是我不对，以后我不会那样了。"

没有什么多余的话，却让贺红花内心久久不能平静，明明知道对方不是自己的女儿，却感动得一塌糊涂。

薄九看着这个之前惨遭嫌弃的中年妇女，又一次在心里骂以前的薄九……

难得地感受到亲情温暖，贺红花真是高兴极了，脸红红的，问薄九想要什么，她都会买。

薄九知道贺红花虽然也做生意，却并不像薄忠义那么有钱。

薄忠义在外面鬼混，也让贺红花在商圈混得不容易。他们都笑她举止粗犷，拴不住自己的男人，再加上她的出身，真是比别人走得更艰难。

"妈，我什么都不缺。倒是你，生意不好谈就休息一下。"薄九替贺红花揉着胳膊。

贺红花听着她的话，心里暖暖的。有些话她怕说了会破坏好不容易得来的平和气氛，但不说她根本不放心啊。

"九啊，我知道你不喜欢学习，但是这人啊就要有知识才行。妈会想办法让你回去的，你……"

薄九打断贺红花的话，字字清晰："妈，这件事你不用找人了，我会让他们主动找我回去的。"

到时候她回不回去，就再看她的心情好了……

贺红花没有把薄九的话放在心上，只当女儿是在安慰自己。

然而她并不知道，当天晚上薄九就采取了行动。

第二章
甜心

“少爷，这么晚了你这是去哪儿啊？”陈晓东急急地跟在薄九身后，每次少爷一不开心就不说话。

这次虽然少爷没说，但是被学校开除，搁谁心里能舒服？

可让陈晓东没有想到的是，他家少爷竟然语气淡淡地回了他一句：“网吧。”

网吧？

陈晓东蒙了。

薄九熟练地让老板开机子，然后把耳机往头上一戴，动作非常帅气：“你去给我买袋棒棒糖。”

“啊？”陈晓东还在蒙。

薄九掏出钱包放在他手上，侧身开机，动作很酷：“巧克力味的，再买两瓶水，今天通宵。”

通宵？在这里？少爷这是想要做什么？

陈晓东真的是搞不明白。

薄九趁着他出去的时候，迅速敲下键盘键。

她让老板开的是一个小时十块的机子。

很多人都不懂，有的时候网吧一些专门用来打游戏的电脑，配置都会很高。

有了运行做基础，薄九想做的事情就能更顺利地开展了。

她指法灵活，以这台电脑为主机，利用强大的网络操控着整个网吧。甚至十几个网吧的机子，上万台电脑，同时运转，让它们自动为她服务，进行强大的虚拟 IP 筛选。

也是在那一天。

有好几个网吧的电脑同时出现了代码乱跳的现象。

以至人们都站了起来，开始胡乱地拍着键盘："老板，这咋回事啊？游戏都打不了，中毒了吗？"

一开始网吧老板们也以为是中毒了，重启都不行，赶紧打了电话让技术员过来修。

整个网吧，唯一还在运转的就是薄九那台电脑了。

就在所有人要疯掉的时候，薄九戴着耳机，侧脸俊美如画，银灰色碎发打下来，遮住了她的眼，唯有那黑色的耳钉在夜色中散发出点点寒芒。

薄九敲打着键盘，指法仍然漂亮得炫目，一个回车转弯，目标达成。

薄九眯着眼，在网吧的吵闹声中，把黑色外套的帽子一扣，很酷地站了起来。出门前他还不忘对着网吧老板笑了笑："老板，谢了。"

网吧老板哪里有空回应她，还在那儿低头倒腾网络呢。

奇怪的是技术人员还没到，那些电脑竟然又好了。

"少爷，你怎么出来了？"陈晓东这边刚忙完，就见薄九一副要走的模样，"不是说要通宵吗？"

薄九把玩着掌心的U盘："不玩了，回家。"

陈晓东眨了眨眼，一脸认真地道："为什么我总觉得少爷刚刚是故意要支开我？"

薄九闻言，回头看他一眼，薄唇勾起来："没想到你还是有智商的。"

陈晓东：这么毒舌真的好吗？！

真正没有睡觉的人是秦漠，他坐在落地窗前，身后是整个城市的灯光。他身前摆放着三台顶配“外星人”，纯机械的键盘和低音炮的耳机，全套设备下来差不多要二十万元。

COCO 就坐在离秦漠不远的地方，抱着毛绒兔子刚做完直播，走也不是，留也不是。

因为秦总没开口，这里的人都不敢自行离开。

COCO 想了想，还是觉得应该凑过去提醒一下：“队长，现在都十一点了，我觉得‘黑桃 Z’那个家伙肯定是知道我们在找他，所以都不敢上游戏了。所以队长，我们是不是该先去睡个觉什么的？”

秦漠看着屏幕上的游戏界面，显示的消息是“黑桃 Z”已经通过了他的好友验证。

一个人如果怕他，还会通过好友验证？

秦漠把手中的烟摁灭在烟灰缸里，只说了一个字：“等。”

他的声音很冷，冷得 COCO 打了个哆嗦，把脖子缩了回去。

COCO 很清楚像队长这样的人绝对是第一次被人耍……

现在估计杀人的心都有了。

他还是静一静吧……

那个“黑桃 Z”也是胆子大，都这么耍队长了，居然还敢通过游戏好友验证。这是要逼着队长弄他吗？

“秦总！找到了！”胖子突然风风火火地从另外一个房间蹿进来，满脸兴奋，“黑桃 Z！一定是他！”

秦漠抬头看着他，目光幽深，可见这个消息对他来说有多重要。

胖子把手上的笔记本电脑一转，神情亢奋地道：“秦总，就在刚刚，江城数家网吧的网络同时瘫痪，普通人都以为这只是个巧合，猜测肯定是有什么网络病毒一不小心出现了，可实际上并不是这样，我们做黑客的都知道，病毒不会来得这么快去得也这么快，于是我就查了这些网吧的网络，确实发现了问题！它们并不是中毒，而是被人调动了潜在工作模式，也就是说江城上万台电脑同时在为一个人运行！”

COCO听呆了，嘴上的兔子一松：“这……这么厉害？”

“当然！”胖子激动起来，“你根本不知道这代表着什么？能做到这一步的人，最起码能在国内黑客界排行前三！不过有一点就很奇怪，现如今黑客大佬们都会拥有自己专门用来进攻的笔记本电脑，他用的主机却是在网吧里，有这种风格的根本就是那个‘黑桃Z’！”

秦漠听完后，脸上并没有什么表情，双腿搭着向后一靠，眉毛半挑，就如同古时的帝王一般矜贵慵懒：“所以呢？他用的是哪个网吧的电脑？”

胖子一顿，咳了两声：“虚拟IP太多，数千万个同时在搜索什么东西，还都用了遮盖法，我……我查不出来。”

闻言，秦漠的目光冷了下去。

胖子立刻又道：“秦总，这个‘黑桃Z’是真厉害！我……我恐怕不是他的对手。”

他一说完，COCO就开始拽他的衣袖，让他赶紧闭嘴。

没看到队长因为被耍了的事还在不爽吗？

居然在这个时候说自己没有“黑桃Z”厉害，他是笨蛋吗？

秦漠站起来，拿过放在桌面上的红酒杯，来回摇晃了两下。玻璃杯里的液体就像是鲜血，带着戾气。

他站在落地窗前，背对着人，像是在思考什么。

接着，他抿了一口红酒，白皙的脸上显露层层寒意……

“他在找人。”秦漠偏头，眼中像是有夜光在流转。

胖子一愣：“谁？”

“还有谁，‘黑桃Z’呗。”COCO插嘴，“不过队长，你怎么知道他在找人？”

秦漠拿着酒杯，声音平淡地反问：“利用上万台电脑搜索，不是找人又是什么？”

胖子一拍脑门，非常懊恼：“对啊，我怎么没想到！”

“来势汹汹的搜索。”秦漠的双眸如寒潭，冰冷刺骨，“这件事还会有后续，盯紧最近爆出来的网络新闻，把他给我找出来。”

“是！”胖子的话音刚落，那边玩着鼠标的COCO不经意间扫了一眼电脑，突然叫了起来，手指着液晶屏幕，连声音都是颤抖的：“队……队长！‘黑桃Z’上线了！”

秦眸双眸一眯，单手撑着桌面，俯身看向电脑，一双眼睛漆黑。

就在他打算做点什么的时候，好友对话框里突然出现了一行字。

黑桃Z：“秦大神，这么费尽心机想要找到我，莫非崇拜我？”

看到那句话，秦漠周身的气温骤然降到了极点。

一旁的COCO和胖子嘴巴都张大了。

这么跟队长说话？真是在找死啊。

可是好想看后续怎么办？！

COCO激动地咬住了兔子耳朵。

秦漠冷了声音，字字刺骨：“都给我把头转过去。”

这一次胖子的反应倒是快，立刻转身，生怕被总裁抓到他在看屏幕。

那个“黑桃Z”太……太厉害了。

不是说他的黑客技术，而是他竟……竟然敢这么跟秦总说话。

虽然知道秦总现在不能被招惹，但他们还是好想看“黑桃Z”接下来会说什么。

薄九确实还有话在打，嘴上叼着棒棒糖，脸上满是笑意，漂亮修长的手指在键盘上游走：“我不太喜欢这种追星方式，不过如果你坚持的话，可以试试，没准一下感动我了呢。”

秦漠看着那些字，双手紧紧攥起又松开，最后终于拿过键盘，一个字一个字地敲着，眼神冷得几乎能将人冻死：“不管你是谁，最好从现在开始祈祷不要被我找到。”

薄九看着对话框，没有再回话，慵懒地勾唇，伸着懒腰下了线，心情甚好。

秦漠这边，室内的温度已经回不去了。

整个江城，最奢华的大厦顶端，天台上的游泳池还散发着淡淡的光。

战队里的每个人都不敢再看他们总裁的那张俊脸。

COCO 和胖子是不怕死的，偷偷瞄到了界面上残留着的那行字，再一次被惊到。

崇……崇拜？！

COCO 手中的兔子一下子没抱紧，掉了。

秦漠的脸色越来越阴沉，突然将头转了过来，声音冰冷：“你们看上去似乎心情很好？“

“没……没有！怎么会！”COCO 和胖子立刻否认，“这个‘黑桃 Z’简直太可恶了，我们一定要把他找出来！”为了能看到更有趣的事，必须找到他。

秦漠笑了，眼里没有任何温度：“如果你们在说这句话的时候能不笑，会更有说服力。”

说到这里，他对身后的秘书说：“吩咐下去，COCO、胖子，禁肉一个月。”

“是，秦总。”秘书很称职，立刻拿笔速写。

COCO 和胖子对视一眼。

“秦总！”

“队长！”

“你不能这样对我们！”

两个人的手指扒着墙，看着消失在远处走廊的背影，彻底欲哭无泪了。

没有肉吃的日子，怎么过！

夜色越发浓郁起来。

就在人们睡得正香甜的时候。

薄家楼顶的主卧里，敲击键盘的声音噼里啪啦地响着。

薄九手指一动，页面上清清楚楚地记录着张主任向学生家长索要不正当费用的详细经过。

薄九把这些东西都截了图，打算编辑一篇长文发出去。

薄九的眼底闪过一道寒光，她当然不会让人发觉这篇长文是她发的。

江城大学曾经有不下十个学生，都被这个张主任找理由给开除了。

薄九很聪明地把霍思雨推她的视频和张主任对她在办公室里所说的话，夹杂在了这十几个学生的事件当中。

薄九关上电脑走到床边，一如既往的帅气、神秘……

第二天，早上九点。

张主任准时开车进入学校。

不知道是不是他想多了，他总觉得自从他下车以后，每个学生都在对着他指指点点。

“就是他！你们快看！”

“平时我就感觉他很贪财，果然不是什么好东西！”

“嘘，不要说了，他回头看呢。”

张主任莫名其妙，眉头狠狠地皱了一下。刚推开办公室的门，他就见一群老师正围在电脑前看着什么。

张主任从一早上开始心情就不好，现在看手下的人还没开始工作，跟着火就上来了：“你们不赶快去上课，都在看什么呢！”

说着，他扒开了其中一个老师。那老师回头一看是他，表情很难形容地向后退了一步。

张主任起初还没在意，等他看到屏幕上的照片后，一下就夺过了那个人的鼠标。

这……这是什么！

为什么他和学生家长的聊天记录会出现在这上面？

“诬陷，这是诬陷！”

张主任急得一摔鼠标，脸一刹那白了，直接瘫坐在了椅子上。

如今，他的心里只有一个念头——

完了，他的教学生涯彻底完了！

网上的帖子就像是飓风一样席卷了各大头条，令江城大学这所大学遭受到前所未有的名誉损失。

校领导们轮流道歉都不足以压下民愤。

学校竟然聘请了这样的人当主任！

上学对孩子们意味着什么？

那些本不应该被退学的孩子，难道仅凭着一句道歉就能弥补了吗？

看到这样的质问，江城大学的校领导们立即打电话向当初被开除的学生挨个道歉。

那些学生有的迫不得已去念了大专，甚至有人因为当年的事无书可读，直接参加工作了。

十几个人里，只剩下六个还是大学生。

贺红花原本还在为女儿的事发愁，当她接到道歉电话的时候，整个人都傻了，不敢相信地问手机那头的人：“你……你的意思是我家九不用走了？”

“是的，贺女士，对于之前发生的事，我们学校表示很痛心。由于张主任的个人行为才造成了这些误会，还请您能在今天下午带着您的孩子准时回校。为了表达我校的歉意，我们愿意让张主任亲自向这几位同学道歉！”

事情到了现在这一步，江城大学即便是有再好的公关，也来不及阻止事态恶化，唯有开诚布公才是上策。

说江城大学没有选择从侧面挽回形象，倒不如说他们根本就来不及有任何动作。

贺红花挂断电话后高兴坏了，一下子就冲到了薄九的房间里：“九，九啊！你猜怎么着？你们学校打电话来了，他们让你今天就回校去上学！”

“嗯，妈……”薄九抱着薄被坐起来，长腿白皙，容颜俊美，因为睡了一觉，银灰色的发有着别样的凌乱。但这一点都不影响她的帅气，反而让她看起来就像个元气美少年，揉着一只眼的样子又酷又萌。

就连贺红花这个当妈的看了，都不由得脸一红。

她家九要真是个男生，指不定能迷死多少小女生。

不过女孩也挺好的，贴心。

贺红花笑眯眯地说：“快点，快点起来！吃了东西赶紧去学校！”

“好好好。”薄九一边说着，一边将贺红花推出去，“贺女士，请给我一点私人的洗漱时间，谢谢。”

“你呀。”贺红花是真的开心，下楼的时候都蹦蹦跳跳的。

而此时的薄九像是真正清醒了，脸上挂着笑，轻轻吐出她常说的那两个字。

“KO！”

江城大学为了表现诚意，特别邀请了许多媒体到现场。

薄九站在中央，穿着一条泛白的牛仔裤，黑色的腰带配上T恤衫和银灰色的碎发，帅得让人怦然心动。

贺红花站在她旁边，脸上不难看出喜悦。

这是女儿自从上了大学以来，她第一次来她们学校……

薄九像是想到了什么，单手扭着自己的耳钉，压低了声音道：“妈，一会儿那个张主任给我们道歉你别搭理他，什么问题都由我来回答。”

“好，好！”贺红花行事确实莽撞，还是听女儿的好。

薄九和其他五个学生坐在了一起，记者们已经开始跃跃欲试。毕竟在网络上，全民都在等着看江城大学这件事的后续发展情况。

薄九冷静地看着这一幕，直到张主任出现。

此时的张主任已经没有了先前那股咄咄逼人的气势，身上穿着的衬衫也是皱巴巴的，要多颓废有多颓废。

更多的是不甘心。

但这件事必须有个结果，他不说对不起的话，以后可就真的没法再混了。

张主任思及此，走到那排学生面前，说了一声：“对不起。”

那些学生都不傻，看他的态度就知道他不是真心的。

所以没有人说原谅他。

张主任一看他们这个样子，抬起头来，对着记者们道：“对不起我也说过，可记者朋友们，你们看看这些孩子，每一个都这么拧，我当初也是因为拿他们没有办法才……”

“既然要道歉，那就老老实实地道歉。”薄九开口打断了他，“张主任，你废什么话？”

张主任被薄九的话一激，顿时脱口而出：“你闭嘴！这本来就是你情我愿的事，我有什么错？”

薄九笑了，冷冷地反问：“看来这次学校打电话叫我们来，根本就不是真的想要道歉，而是想做戏给大家看？不然张主任怎么还是这种态度。”

“你！”张主任是真的没想到以前那个他说上一句话就会蔫的学生，现在会变得这么伶牙俐齿。

媒体逮住了这个画面，不间断地按下快门。

张主任不会做公关，可不代表学校不会。

听到这里，一个校领导立刻低叱了一声：“你才要闭嘴！这些学生都是我校真心实意请回来的，你认清楚自己的现状再开口！”

这是一句警告。

张主任听明白了，脸色煞白地低下头，拳头紧握，对着薄九道：“刚才是我不对，一直以来都是我不对，让你们放弃了学业，我很抱歉。”

“不仅仅是学业！”其中一个女孩哭着喊起来，“还有我们的名誉！实际上我很羡慕薄九有一个有能力的母亲！只因为家庭条件不好，你就说我是小偷非要开除我！我妈妈为了让我再上学，整个江城都跑遍了，还要被人戳着脊梁骨骂。你根本就不配做老师！”

那是恨意，每一个被张主任开除的学生心中的恨意。

张主任嘴硬：“东西不是你偷的你会还回去？”

女孩没有想到，事到如今他还会这么说，气得全身都颤抖起来。

薄九按住她的手，语气淡淡地道：“按照张主任的意思，是不是大家捡了东西最好都不要还？因为如果你穷的话，你就会被冤枉成小偷？”

说到这里，她头一抬，眼神带着凌厉之气：“听说校领导们还想介绍张主任去其他地方任教，这样的人还有资格为人师表吗？”

“你！”张主任的手微颤抖。

那个校领导立刻打断了他：“没有的事。这位同学，你放心，教育界不会要这种人。”

闻言，张主任僵住，脸色难看地回头看向那个校领导。

他知道自己再也没有希望了。

记者们蜂拥而上，有人问他：“你会不会良心不安？”

还有采访学生们的，其中一个问题是这样问的：“既然你们有冤，为什么不早一点说出来？是要等到事情闹大吗？”

任何时候都会有这样的恶意存在。

薄九冷眼扫过去。

媒体同行们都看不下去了，一把将那个记者挤开，然后说道：“网上的那个帖子我们都看了，有些人即便受了冤枉被开除，心底却善良依旧。我想问问几位同学，是什么让你们能保持住这样的初心？”

话筒递给那个被说成是小偷的女孩。

女孩接过话筒，放在了薄九手里，眼睛亮亮地看着薄九。

薄九笑了笑，转过头去，正视镜头，就如同耀眼的光：“因为我们始终相信，正义或许会迟到，但它从来都不会缺席。”

那一刻，几个学生都控制不住地红了眼眶。

是啊。正义或许会迟到，但它从来都不会缺席。

他们就是这样坚信着，才走到了如今。

秦漠按下了电视机的遥控器，目光扫过旁边的下属，眉头微皱：“哭什么？”

“我小的时候什么都不会，就会计算机，也是被老师当成不务正业劝学的。”胖子一边说一边揉脸，“要不是秦总挖到我，我现在还一事无成。”

秦漠看向COCO：“你别告诉我你也是被劝学的。”

“我好感动！”COCO咬着兔子耳朵，“那个主任活该被灭掉。队长，你现在就给你妈妈打个电话，让他在哪里都混不下去！”

闻言，秦漠神色淡淡：“不用我出手，自有人会让他混不下去。”

“谁？”COCO感到诧异。

秦漠修长的手指将手中的银制打火机一扣：“‘黑桃Z’。”

闻言，胖子和COCO立刻蹿了起来！

“秦总，你的意思是说这件事是‘黑桃Z’做出来的？”

秦漠一身西装笔挺，贵气撼人，声音慵懒沉稳：“不然这些聊天记录是哪里来的？‘黑桃Z’就在接受媒体采访的这六个学生里……”

“在这……这些学生里？！”

COCO和胖子不由得对视一眼，眼中满是震惊。

先不说这六个学生都很普通，其中一个还是曾经和秦总发生过矛盾的。

这样的人会是“黑桃Z”？

秦漠抬头，表情没有太大变化："你们很奇怪吗？之前我不就说过，'黑桃 Z'是个学生。"

"可秦总怎么能确定'黑桃 Z'在这几个人里呢？"胖子还是不懂。

秦漠扫了新闻页面一眼，一句致命："因为，只有受害者才会想着申冤。"

胖子一顿，立刻明白了！

如果"黑桃 Z"在这里面，那范围就更小了。

因为那里面只有四个是男的。

"黑桃 Z"的注册账号也没有性别显示。

但看他的做事风格，应该是男生没错……

是夜，薄家。

薄九抽了 U 盘，刚走到楼下，就听到贺红花在打电话，声音很大，像是在和对方争吵。

很显然，结果并不如意。

否则贺红花也不会垂下手，看着一个地方出了神。

见她走下来，贺红花才笑起来："快坐下，妈给你炖了你最喜欢吃的猪脚，放了辣椒和土豆！"

"夫人三点就起来给少爷炖上了，小火慢熬的。"阿姨端着茶走过来，"过一会儿吃啊，绝对又香又软。"

闻言，薄九搂着贺红花的肩道："谢谢妈。"

"你这孩子，说什么谢。"贺红花那张圆脸上掠过几丝害羞的红，"快点起来，这么大人了，还搂搂抱抱的！"她嘴上这样说着，脸上的幸福却怎么也藏不住。

就在这个时候，放在茶几上的手机又响了起来，一下又一下，声音非常刺耳。

贺红花看了一眼来电，笑意明显减弱，想要支开薄九。

薄九一看她的表情，还没等她开口，就递过去一杯茶，声音平淡："妈，接吧，不管是什么事，都有我陪着你呢。"

听女儿这么说，贺红花的心里莫名地多了一股力量，伸手指将屏幕点开："喂，你告诉他们，一年来我贺红花从来都没有亏待过他们。现在电竞大赛就要开始了，他们说走就走，还有没有良心？十万元一个人？杜泽，你这是在狮子大开口！"

"贺总，我好声好气地和你说话，你看看你，怎么这种态度。"杜泽那语气就像是专门来气人的，"幸好我走得早，跟了晴姐，这农村出来的就是农村出来的，目光怎么就这么短浅呢？贺总，看在你对我有恩的份上，我杜泽也指点指点你。赶紧和薄总离了婚，你这样的大肥村姑，配和晴姐抢吗？"

只听啪的一声！

贺红花把手机重重地摔了出去，胸膛剧烈起伏着，那双眼睛里有太多的情绪。

怒意伤心，义愤难平。

她见薄九在看自己，立刻道："锅里炖着的猪脚应该好了，妈去给你盛一碗。"

薄九抬手抓住贺红花的胳膊，声音沉沉的："妈，公司到底出什么事了？"

贺红花顿了顿，并没有说话。

薄九的眉毛一挑，看向旁边明显知道答案的陈晓东："你说，怎么回事。"

陈晓东一惊，忍不住开口："还不都是薄总外面的女人玩出来的手段！"

薄九偏头："说详细点。"

陈晓东走上前："少爷，如今在江城，电竞是个大项目。由秦氏集团做大头，每一年都会在下面这些公司里选出一些人来加入他们，不仅要游戏打得好，还要够年轻，这样才能达到吸金的效果。夫人就是看中了这一点，才会花钱从学校里找了一些玩游戏的高手，包吃包住地培训了他们一年，就是为了能参加今年的电竞初赛。只要能在这个赛事中脱颖而出，就能被秦氏选中签约成为职业选手，到时候夫人也能拿到不少利润。可偏偏就在这个时候，那个女人伙同经纪人挖走了公司里所有天赋好的选手，现在公司里只剩下一些资质普通的，这个样子去参加电竞赛，肯定会被刷下来。到时候公司损失的就不仅仅是一年以来的投资了，还有经营资格。那个女人根本就是故意的！原本夫人还能扛住，但后来少爷被学校开除了。那个女人就跟公司的合作伙伴说，说……”

“说什么？”薄九的声音很平淡，示意他继续。

陈晓东犹豫地看了贺红花一眼，最后仿佛豁出去了一般道：“说少爷整天无所事事，将来也成不了气候。那些人听了以后就决定要撤资！夫人……夫人已经没办法再维持公司了！”

薄九听到这里，目光沉了下去，一头银灰色的发，冷得刺骨。

贺红花急道：“九，别听晓东胡说。办法总是人想出来的，你妈妈我是那么好欺负的吗？你放心，妈妈再不济也能让你吃好喝好！”

“妈。”薄九抬起头来，嘴角带笑，“你说错了，应该是我带你吃好喝好。不就是打游戏吗？我也会。”

贺红花笑了起来，笑声中带着特有的爽朗：“妈知道你会打游戏，《植物大战僵尸》对不对？好了，电竞赛上比的不是那个。走，先吃饭，吃完饭妈还要去一趟怀城……”

那个时候的贺红花并不知道，薄九所说的会打游戏，是真的会打。

一顿饭吃完，陈晓东就被薄九叫住：“过来。”

陈晓东也不知是怎么回事，现在一听到自家少爷这样慵懒地说话，他就觉得后脖颈发凉。

“少爷，你叫我？”

薄九合上摊在腿上的电竞杂志，向后一仰，银发落下，有种说不出的邪魅：“把公司的选手名册都给我。”

陈晓东一听他说这个，左右看了看，同时压低了声音：“少爷，我刚才就想说了，你因为秦少才玩了几天游戏啊，就别掺和电竞赛的事了，那都是大神们玩的。虽然秦少当天会去，但和你这种游戏新手也没有关系啊，那都是领奖的人才能看到的。少爷，你这才安静了几天，就不要再犯事了……”

“拿来！”

很酷的两个字。

陈晓东立刻转身，把一些资料拿出来给了薄九。

薄九只翻了两页就上了楼。

陈晓东也不知道他家少爷想做什么，竖起耳朵听了听，就听到了游戏的声音。

薄九拿到选手资料后，直接登录了《英雄》，扫了一眼各大区的排行榜。

她的指腹抵着下巴，想了想。

最后，她的手指一动，点开了自己的游戏好友页面，给秦漠发过去一句话：“秦大神，这两天过得怎么样？找我找得很辛苦吧？”

此时秦漠还坐在公司里开着海外会议，毕竟是做网游的，电脑开着倒也不奇怪。

会议室里原本的气氛冷到了极点。

只听叮的一声响。

坐在正中央的男人偏了一下头，幽深的眼里掠过一道光。

他抬起手来，示意会议先暂停。

他这一个手势，不仅让在场的集团高层们愣住了，就连跟在男人身后的秘书都觉得有些不可思议。

要知道秦总在开会的时候，从来都不会为任何事情中断。

怎么为了个游戏，他就……

大家就这么看着那个俊美如画的男人，单手拿起商务笔记本电脑，抬脚走了出去。

“什么情况？”

“不知道啊。”

会议室里开始一阵小声的议论。

秦漠就着那个姿势倚在墙壁上，看着好友栏里的唯一的好友“黑桃Z”。

他修长的手指顿了顿，才敲起键盘来：“并不。”

薄九看着那冰冷的两个字，再看看他的人物形象，轻声笑了，叼着棒棒糖坐在椅子上，慵懒地回了一句话：“秦大神，你这么口是心非，将来可不好找女朋友的。”

秦漠再一次有了想打人的念头。

他的目光沉了沉，薄唇轻巧地一勾，打出去一行字：“你很喜欢吃棒棒糖不是吗？巧克力味的。”

薄九看着电脑屏幕，骤然一顿。

如果不是她还在自己的房间里，简直要怀疑是有谁给她装了摄像头。

但她仔细一想，对方不可能确认是她，否则早就叫她的名字了，而不是提什么棒棒糖。

可是他怎么知道自己喜欢吃棒棒糖呢？

难道……是天台那次？

薄九的目光一闪，跟着笑了：“看来下次要更小心一点，秦大神果然和别人不一样……”太难对付，既然最终必须要加入秦氏，倒不如先下手为强。

“你看我们都斗了这么多天了。”薄九继续打字，“最近天气不错，相信秦大神已经知道我也在江城了。怎么样秦大神，明天有没有兴趣出来见个面？”

秦漠想了很多“黑桃Z”面对他这个问题时会回答的话，或者否认，又或者躲避。

可他唯独没有想到“黑桃Z”会约他见面……

秦漠并没有立刻回复。

薄九也不着急，坐在椅子上，手指抵着下巴，看着那个对话框。

大概过了五秒钟时间。

那上面终于显示出一个字——

“好。”

这是秦漠打过来的。

薄九还想问点什么，比如在哪里见、怎么联络，就被对方给打断了。

“我现在还在开会，见面的事情一会儿再详细谈。”

命令式的口吻，冷冰冰的，没有半点温度。

不过……开会还不忘回复她，大神对她还算重视，不是吗？

薄九邪气地勾了一下薄唇：“好，我等你。”

秦漠的目光掠过“我等你”三个字，抬手合上了笔记本电脑。

等到秦漠走进会议室时，高层们已经收了音。

但总裁消失的那十分钟里在做什么，他们是真好奇。

看样子是在打游戏？

什么时候游戏这么具有吸引力了？！

秦漠没有看他们，缓步踱至昂贵的真皮椅旁边，坐下后将商务笔记本电脑放下，双腿微搭，气势惊人。

“继续。”

一句话，让高层们纷纷收敛了心神。

“秦总，这是这个季度的电竞报表，全市有五十几家公司……”

会议室的声音渐渐沉下去。

薄家，坐在电脑前的薄九琢磨了一下开会也需要时间，尤其是晚上开会，肯定没那么容易散。

她先刷了两把游戏，拿了个首胜，就拿着浴巾进入了浴室。

先洗个澡再回来说也不晚。

这边，秦漠开完会后，又重新打开了银色的商务笔记本电脑。

秘书依旧站在他身后，不敢说话，也不敢乱动，可眼睛就是有点控制不住。

虽然总裁是时下电竞大赛中神一般的存在，但总裁在游戏里从来不和人聊天。

这到底是怎么一回事？这已经是第二次了。

“还在不在？”

这是他们总裁发过去的话。

对方好像是离开状态？并没有回复。

总裁也没有动，就那么搭腿坐着，眼睛看着笔记本电脑屏幕。

秘书震惊了。

到底是什么人，能让总裁等？

“在了，在了，刚刚去洗了个澡。”薄九从浴室里出来就看到了消息，一只手点开打字，一只手擦着头发，回消息过去。

水珠顺着她银灰色的碎发，一点点滑下那张雌性难辨的侧脸，那样子真的是别有一番风味。

秦漠坐在偌大的会议室里，看到回复后，莫名地问了一句：“你是女的还是男的？”

薄九一顿，目光微闪：“男。”

回完之后，薄九又用双手打着字加了一句：“怎么？秦大神，你问这么多，不会是真的崇拜我吧？”

秦漠闻言，原本冷寂的黑眸里突然燃起一股骇人的火焰。

站在他身后的秘书忍不住剧烈地咳了起来。

这……这个人还真敢说。

总裁不会一怒之下直接宰了他吧？

原本想要早点回家的梁秘书决定不走了。

看总裁聊天可比回家看电视剧有意思。

可惜他这个念头刚落，秦漠就将商务笔记本电脑拿了起来，扔给他一句：“既然梁秘书这么喜欢在公司看戏，那就自己留下来通宵加班吧。明天我会来验收成果。”

总裁，做人不能这样！

秦漠按了电梯键，走进了顶楼战队休息区。他的嘴角勾了一下，那笑缓缓绽开，仿若一朵绝世的北极冰花。

薄九见那边没回，又打了一个问号过去。

秦漠坐在落地窗前，将商务笔记本电脑打开，看到的就是这条消息。

他慢慢地打过去一句话：“我需要崇拜别人？”

“崇拜”两个字他打得很用力。

薄九想了想，秦大神好像确实不需要。

为了避免人还没看见，就和对方闹翻了，薄九聪明地改了话题：“明天你具体什么时候有空，上午还是下午？”

“下午。”

又是两个字，薄九心想：这个男人，不激怒他话就一直这么少。

薄九看了一下表：“那就等我下课吧，六点最后一节课，我六点十五能到，A 大附近的那家蓝凝咖啡厅，不见不散。”

说完，薄九就想下线。

没想到那边又发了消息过来，算不上有温度：“你先等一下。”

“嗯？”薄九挑眉。

秦漠目光暗淡：“为什么提出来要见面？”

“总是被人这么找，我也很苦恼的。”薄九把话发过去以后，就放下毛巾开始等回复，真正的原因当然不能在网上说了。

秦漠那边只“呵”了一声，明显不相信。

接着，他又打了一句话过来：“把你的联系方式告诉我。”

薄九不想留手机号，干脆发个微信号过去：“‘黑桃 Z’全拼。”

“知道了。”对方又回过来一句话，连个标点符号都没有。

果然是字如其人，高傲得不行的样子。

看样子这位大神总裁是没有要和她继续聊下去的意思了。

果然，在游戏里还是女孩比较吃香。

不过反正她也见过他，到时候去了咖啡厅，直接报秦漠的名字就行了。

就怕秦大神到时候豪气地要了个VIP（贵宾）雅间，并且还不透露信息的那种。

没关系，到时她就再启用微信好了。

薄九决定好后，就关了游戏去睡觉。她并没有把手机带在身边的习惯，所以也就不知道此时正有三条微信好友验证消息躺在她的手机里，等待着她的验证……

秦氏集团顶楼，落地窗外整个城市的灯光亮起来，映在秦漠深不见底的眼睛里。

他单手拿着酒杯，看着自己的手机屏幕，目光一点一点地冷下去……

还不通过好友验证？

好，很好。

第二天，薄九拿了钱包，穿上衣服就要出门。

“少爷，您等等！”司机老王还在吃油条，“我现在就去发动车子，送您去学校。”

少爷起得好像比昨天还早？

“不用了，我滑它过去。”薄九站在门前，指了指脚下的滑板。

司机老王“啊”了一声：“不坐车了？”

“不坐了，王叔以后也不用站在外面等了，进入秋天，天气越来越冷，你年纪大了，我自己去学校就行。”

薄九说完这句话，身影已经消失，只留下余音。

司机老王却呆在了原地。

少爷这是……在关心他？

薄九之前的荒唐，老王最清楚不过了。

他本以为少爷不过是又想从夫人那里套点钱，这段时间才会表现得这么懂事。

没有想到少爷是真的变了。

变得让人看了就觉得心里暖暖的。

八点是学校人流量最多的时候，入口处停满了各式各样的车。

这对江城大学来说并不奇怪。

因为这里的学生大部分都是富人家庭出来的。

就在那一排排车的夹缝中，一个人影帅气地掠了过去。

隐约中，大家只看到了那夺目的银灰色碎发。

是薄九，她左脚踩在滑板上，头上还戴着一副纯黑色的大耳机，衣服因为她屈膝的动作被风鼓起，露出腰上一小截白皙的肌肤，线条漂亮得让不少女生都想拿出手机来拍一张照片。

“好酷！昨天他接受采访的时候我就觉得他酷毙了！现在看更酷了。”

“怎么办？我觉得他好帅……”

像是听到了女孩们的话，薄九回眸，嘴角勾了一下。

经过这次事件以后，每个人都对薄九有了改观。

尤其是那个家庭条件不是太好的女同学，薛瑶瑶。

她也是这天正式回校，主动要求和薄九在同一个班。

这时看见薄九进了教室，她一下子举高了手中的包子：“这是我妈妈亲手蒸的，她……她让我谢谢你。”

因为薛瑶瑶的这个动作，整个教室的同学都朝着薄九这边看过来，伴随着一阵议论。

“薄九肯定不会吃她的包子，不干净的东西吃了闹肚子怎么办？”

“谁说不是呢？喂，她该不会是借着包子，讨好薄九吧？”

“天哪，她也不照照镜子，看看自己那身材。”

薛瑶瑶听着这些话，难堪地咬了咬唇。她只是想谢谢他，没有想给他添麻烦，却忘了自己本身就是个笑话。想到这儿，她就想把手收回来。

让她没有想到的是，那个少年竟摘下耳机，突然倾身接过包子，咬了一口：“嗯，很好吃，刚好我还没吃早饭，谢啦。”

那声音因为刚起来还带着慵懒的华贵，加上他那仿佛能将初雪融化的笑。

那时的薄九并不知道，就是因为她这么一个小小的动作，薛瑶瑶从那时起就发誓，要维护这个少年。

因为，他维护了她……

薄九不觉得自己做了什么让人感动的事。

别人表达谢意，她当然要诚心接受了。

她这个人虽然是外貌协会的，却不喜欢有任何人拿外貌和体型去嘲笑别人。

青春期胖点怎么了？正常。

薄九叼着香喷喷的包子回到自己的座位上，然后才把手机打开。她准备搜一搜专业课怎么学，这毕竟是她的硬伤。

然而还没等她打开网页，微信就弹出了五条验证消息。

前面一条还正常，很像对方的风格：“我是秦漠。”

后面四条也算……正常。

就是她又把秦大神的另外一面给激发出来了。

每一条都是一个冷冷的“呵”字，冰寒至极。

这件事确实是她做得不地道，她承认。但是那会儿这个男人也没说要加她啊。

薄九顿了一下，再点了通过。

想到这天要见面，往后还要合作，她又回了一句话过去：“昨天晚上睡着了，手机没在身边，刚看到你的验证信息。”

发完后，薄九便下意识地开始等回复。

结果直到上课了，那边都没有半点音信……

潇洒如薄九，很快就把这件事放到了脑后。

老师在上面讲，薄九在下面皱眉头。

难道只有她一个人觉得这种专业知识简直不是人学的吗？

没有了平板，上课的时间也变得漫长了起来。

直到傍晚的时候，课桌里的手机振动了一下。

薄九拿出来一看，是秦漠发过来的语音消息。

“上课，不方便听。”她抬手打字过去，很简练。

那边又不回了。

薄九也不在意。

过了三分钟，秦漠才用文字回过来一条：“见面地点改一下，我直接去校门口等你。我的车很好认，你应该知道。”

她是知道，不止她知道，全校学生应该都认识他的顶配悍马。

别说江城了，就是整个省也找不出第二辆来。

那辆车和那个车牌号，都彰显着他特有的尊贵身份。

可如果是这样，那岂不是要让她当着所有人的面上他的车？

嗯……

这下，陈晓东同学又要激动了。

“好。”她倒是无所谓。

秦漠偏头看着手机上的字，这才从床上坐了起来。

他像是刚刚睡醒，漆黑的眸还有些发沉，白色衬衫半敞着。

他偏了一下头，恰到好处的碎发微微遮盖住他的眼睛。突然，他像是想起什么，又给那边回了条微信，是非常霸道的语气：“别再不回消息。”

薄九隔着屏幕都能感受到男人在打这句话的时候，面部表情有多冷。

五点多。顶楼，战队的人一直在抬头看时间。

“秦总怎么还没过来？”

“好像是昨天等人微信等了大半夜，刚起。”

“什么人的微信这么重要？”

“不知道……”

正议论着，只听唰的一声，门被推开了。

秦漠走进来，衬衫半敞着，黑发像是被渲染上狂妄墨色的夜，冰冷劲酷，让人瞬间收了音。

COCO 凑上来问：“队长，你昨天在这里睡的？是公司太忙吗？”

秦漠没有回他的话，而是侧身按下了办公桌上的公司电话：“帮我准备一套衣服，立刻送上来。”

“是。”

梁秘书的办事效率很快。

秦漠接过他手上的外衫，手指转着衣袖，一颗一颗将扣子扣上，才慢条斯理地道：“‘黑桃 Z’约了我见面。”

“什么？”

COCO 和胖子同时从椅子上站起来。

见面？游戏网友见面的那种见面？！

“会不会是陷阱？这家伙一向很狡猾。”COCO 猜测。

胖子赞同：“秦总，我们多带些人过去！这次绝对不能让他逃了！”

“你们觉得，如果是陷阱，我会察觉不出来？还是说……”秦漠漫不经心地抬了一下头，眼底一片寒冷，“你们是在提醒我上次被耍的事？”

COCO 和胖子同时一僵，头皮都发麻了：“不……不是。”

呜呜呜——今天的总裁好可怕！

与此同时，学校已经开始上最后一节课了。

通常情况下，这个时候，大家都是没什么心思学习的。

每个人都在低头看着手机上的时间。

薄九也不例外，毕竟约了人。

英语老师也知道他们听不进去，想了几个问题来调动气氛，跟着就把薄九叫了起来。

“What kind of girl do you like？”（你喜欢什么类型的女孩？）

班里的人都知道薄九每年考试都挂科。

英语什么的更是完全听不懂。

虽然一些女生对这个问题都很感兴趣，却也知道薄九肯定回答不出来。

蒋飞扬就坐在薄九旁边，一副看好戏的嘲讽模样。

薛瑶瑶看了着急，拿出笔从后面戳薄九的背，在字条上写了一个单词——Beautiful（美丽）。

只要薄九能回答出这么一个词来，就能过关。

可她就怕薄九连这个词都不认识。

老师也在看她。

薄九笑了，薄唇微启，吐出的是再流畅不过的英语：“你以为我穷、不漂亮，就没有感情吗？如果上帝赐给我美貌和财富，我也会让你难于离开我的，就像我现在难于离开你一样。”

她的声音原本就好听，现在用正宗的英伦腔缓缓念出那些句子，充满了磁性。

听得班上的同学几乎都要沉醉了。

“这……这是……”英语老师很激动，“《简·爱》的原句！”

“看来老师也很喜欢这本书，嗯……上面的女主人公就是我喜欢的类型。”薄九还在笑，朝身后的薛瑶瑶眨了一下左眼。

英语老师带头鼓掌，并且给予了肯定，让同学们多向薄九学习。

蒋飞扬的眼睛都瞪大了，他原本是想看笑话的，没想到却看到他出风头。

薄九坐下来，余光扫过他，薄唇勾了一下。

那了然的嘲弄，让蒋飞扬觉得自己的脸都快被打肿了。

“好了，同学们，这节课就上到这里。”

英语老师一句话，学生们就像潮水一般涌出了教室。

薄九把包收好，帅气地往身后一甩，胳膊下还夹着她的滑板，缓步踱入人群中。

教学楼下，陈晓东已经在等他：“少爷，你去哪里？等等我！”

薄九停下脚步。

不少女孩脸红地看着他，也跟着停了下来。

陈晓东顿了一下，他是看错了吗？

“少爷。”陈晓东压低声音，“你又做了什么？是不是又对着女孩子放电了？”

薄九拿出自己的手机，懒懒地回了他一句：“没有。”

“好吧。”陈晓东认真地道，“我是相信少爷的，那少爷，我们现在去哪里？是去你说的电脑城买零件吗？”

不知道为什么，最近少爷好像对这些很感兴趣？

薄九点开微信，看着上面“我到了”三个字，嘴角勾了起来：“在买零件之前，先去见一个人。”

陈晓东“哦”了一声，浑然不觉接下来会有一个暴击来袭：“见谁啊？”

“秦漠。”薄九只给了他两个字就错开了身。

陈晓东顿时僵住，嘴角抽动了一下，连表情都被放大到了极限。

“少爷，你等等，你冷静一下！你会被秦少揍成包子的！”

同一时间。

就在江城大学校门口。

一辆线条流畅的纯黑悍马，如同猛虎一般停在路边。

刚停下便引来学生的尖叫。

秦漠的人气真厉害。

只要他出现，就会有人拿起手机来拍。不管是男是女，在见过他打游戏以后，没有人会不被他征服。

然而无论外面围了多少人，车里的秦漠却始终不为所动。

他坐在后座，鼻梁挺拔，容颜俊美，像是睡着了，一只手慵懒地撑着侧脸，一只手轻搭在长腿上。他狭长的眼睛微闭，看上去十分漫不经心。

可当微信响起时，他突然睁开双眸，一双漆黑的眼仿佛能穿透这世上所有的东西。

秦漠将手机点开，屏幕上只出现一行字：“我现在就往那边走。”

坐在副驾驶座上的COCO也听到了那个声响，不知怎么的就激动起来。

“玩游戏这么久，我还是第一次和游戏里的人见面，不知道‘黑桃Z’长什么模样？该不会是个彪形大汉吧？”

毕竟他的做事风格是挺彪悍的。

胖子也很亢奋，手指攥紧了方向盘：“该是个什么样的大学生能这么厉害？真想和他当面PK一下！”

COCO咬住兔子耳朵：“那我要和他打游戏！”

“你别这样，会显得我们很弱。”胖子拍了一下他的肩，“拿出你网红大神的气场来，不就是见面吗？”

COCO嗤了一声：“说得好像你有多从容一样，手还不是抖了！”

这样看起来，还是总裁比较镇定……两个人对视一眼，不约而同地朝后车镜看过去。

总裁应该也是第一次见游戏里的人吧？

没想到冷淡如总裁，居然会答应和人见面。

不过如果那个家伙是“黑桃Z”就没有什么好奇怪的了……

由于秦漠的车总不走，学校门口已经围满了学生。

薄九出来的时候，看到的就是这一幕。

每个人都踮着脚，朝着同一个方向张望，激动的情绪全写在脸上。

甚至有些女孩在秦漠打开车窗的一瞬间，忍不住捂住了自己的嘴。

秦漠看着窗外，漆黑的眼睛一点点扫过人群。

过一会儿，“黑桃Z”就会从那里面走出来。

想到这一点，他那向来淡漠的薄唇间竟然露出一丝从未有过的玩味。

他手臂随意地搭在车外，手里把玩着那个限量版银色打火机，黑发被微风吹得有些凌乱，俊美的侧脸看得大家尖叫连连。

跟在薄九身后的陈晓东又愣住了，他怎么也没想到前脚少爷刚说要见秦少，后脚秦少就出现在了他们面前。

这简直是上天在折磨他，他一定要抱住少爷，不能让少爷乱来。

薄九看着挡在自己前面的陈晓东，眉毛挑了一下："让开。"

"少爷！"陈晓东苦口婆心，"你看这里这么多人，实在不适合过去。再说了，秦少很少会出现在学校里，他肯定是来等人的。我们就别去凑那个热闹了，成不？这要是万一再被学校开除了可怎么办？夫人该多伤心啊。"

薄九笑了："你也知道他是来等人的，那你知道他等的人是谁吗？"

"啊？谁？"陈晓东一脸茫然。

薄九的声音低沉："我。"

"少爷，讲真，做人不能这么异想天开，你……"

这一次薄九没有等他说完，一个凌厉的眼神就丢了过去。

接着，薄九伸手将浑身发冷的陈晓东推开，戴上耳机，夹着滑板，大步朝着那辆被人群包围着的车走过去。

那头银灰色的碎发在昏黄的灯光照耀下，别样的璀璨夺目。

"等一下，那是……薄九？"

"难道他又想招惹秦少？"

"不要啊！我才刚刚对他改观。"

"打个赌，秦少看见他肯定会让他直接滚……"

薄九仿佛听不到周遭人群的议论，就那么径直走到车子前面。

她的嘴角带着笑。

秘书立刻伸手挡住了她的去路。

上一次就是这个少年突然出现并撞到了总裁。

这一次他又出现，是拿他当摆设吗？

面对这样的阻拦，薄九一点胆怯的表情都没有，反而眉毛向上挑了挑，取而代之的是一抹玩味。

人群中的陈晓东在远处松了一口气。

这样也好，有秦少的秘书在，是不可能放少爷过去的，他也就不用担心少爷会冲撞到秦少了……

“啊！”坐在车子里的COCO也认出了薄九，“是他！”

胖子上次来忙着弄电脑，并不知道出了什么事：“他是谁？”

“好像是之前撞了队长的那个……”COCO说到这里，发现秦漠朝他这边看过来，立刻改了口，“不，我是说他是个比较疯狂的粉丝！嗯，非常疯狂！”

闻言，胖子颇为失望：“哦，那他就不可能是‘黑桃Z’了……”

薄九见对方一点也没有要打开车门的意思，并且秦漠好像还在低着头看手机。

薄九干脆点开微信，发了一条消息过去：“秦大神，让你的秘书让开。”

秦漠突然顿住了手指，不自觉地将头抬起来，隔着秘书，视线对上了车外那道不算陌生的人影。

黄昏下，那个人左胳膊下夹着滑板，右手拿着手机，衣服的拉链没有拉上，里面搭着一件米白色T恤。

一双眼睛黑白分明。光线打下来，映在她的银发墨眼里，不知为何就带上了些许冶艳的味道。

秦漠的瞳孔剧烈一震，紧接着，他幽深的双眸危险地眯了起来。

薄九见他看到了自己，慵懒地摇晃了一下手机。

秦漠并没有立刻让薄九上车，修长的手指弹了弹烟蒂，又低下头，一条微信发过去：“外面那只，是你？”

薄九看了消息后，不由得挑眉：“原来秦大神家里的人是按只算的。”

这一次，秦漠是亲眼看着薄九回的微信。

此时，他的眼睛里已经荡起微微的寒光："都让开，让他过来。"

"什么！"

COCO震惊得把兔子耳朵都给咬掉了。

秘书更是愣愣地站在原地。

别说他们蒙，就连陈晓东也睁大了眼睛。

竟……竟然让少爷过去了！

围观的学生们更是不敢相信地捂住了嘴。

薄九却抬起手来拍了拍秘书的肩："都说你们总裁是在等我，怎么就不相信呢？"

秘书立刻回过头去，想向自家老板证实，他不相信这是真的！

"让他过来。"秦漠却只是淡漠地重复了一遍。

COCO诧异地回头："队长，你别这样，就算那个人之前撞过你，你也不能想揍他就揍他啊，这大庭广众之下的。"

这时薄九已经走了过来，左手手臂随意一抬，就搭在了车窗上，腰杆微弯，容颜俊美："嗯？秦大神要揍谁？我吗？"

秦漠皱着眉头，眼看着薄九的脸离自己越来越近。有一股很好闻的气息传来，带着糖果的味道。

少年那泛着微粉的脸就在他的眼前，嘴角带着一丝调侃的笑意。

面对这样的笑，也只有秦漠能做到矜贵依旧。他的眼角微弯，眼里充满警告："说话的时候离我远点，上来。"

薄九多少有些意外，还以为对方会有更强烈的反应。

真是不好玩，秦大神这个人果然不好对付。

COCO和胖子却瞪大了眼。

他们听到了什么？队长竟然说让这个人上车？！

薄九当然知道这两个人在想什么，刚落座，嘴角就勾了起来："你们好，重新自我介绍一下。我是'黑桃Z'，薄九。"

她不说这句话还好，一说这句话，胖子手上的方向盘差点打滑。

'黑桃Z'？

不仅仅是他，就连 COCO 那张脸上也出现了一瞬间的裂痕。

怪不得队长刚刚还顿了一下。

有谁能够想到，他会是那个行事炫酷的“黑桃 Z”。

设定不应该是这样的，要知道在那些被采访的学生里，他们第一个排除的就是这个男的。

这不会是在开玩笑吧？还是他没有睡醒？

或者是这个暴发户在冒充？

不，不可能冒充。

因为他看到队长和这小子通微信了。

可这也太玄幻了……

“我想象中的‘黑桃 Z’应该是彪形大汉。”COCO 蔫蔫地说了一句。

薄九挑眉，邪笑盎然：“实在抱歉，没有长成你想象中的样子。”

“队长！我现在相信这小子是‘黑桃 Z’了！”COCO 握拳，“我能不能揍他？！”

一开口就这么欠揍，绝对是“黑桃 Z”的风格。

他又想起第一次在游戏里看到这个家伙的样子，横得不行，连好友都不给加。

现在除了队长，谁都没要到他的联系方式。

薄九笑道：“要打？可以，不过我怕打完之后你会哭。”

COCO 被说得脸都红了，却又说不过薄九，只能看着秦漠，脱口而出就是一句：“队长，他是你招来的，你管管他！”

薄九被他这句话说得一愣。

为什么让秦大神管她？他们很熟吗？

总共也没有见几次面，不就是加了微信吗？

可秦漠却毫无预兆地朝她看了过来。

那笔挺的西装和矜贵的侧脸，非常符合他总裁的身份，确实挺有管人的气场。接着他放下了手中的电竞杂志，语气平淡地对着薄九道：“别欺负小孩子。”

听到队长为他出头了，COCO 立刻像只猫一样抬高了下巴。

但他仔细想想……等一下！小孩子？

COCO 的嘴角抽了，好不委屈：“队长，你真的是在帮我吗？你不是在伙同‘黑桃 Z’一起欺负我吗？这才是你们第一次见面，你就这么偏心……”

薄九倒觉得秦漠这话说得没错，刚准备称赞他几句。

可还没等她说话，秦大神又开口了，慢悠悠地提起了她最不想面对的黑历史：“还有，我不喜欢被人搭讪。”

这么毒舌的男人，一点都不值得称赞！

COCO 这次笑了，又觉得好奇，抱着兔子问薄九：“你怎么会成为‘黑桃 Z’的？队长加你的时候你还不屑一顾，你不是一直想和我们队长扯上关系吗？”

薄九闻言，长叹一口气：“人嘛，总有年少轻狂的时候。”

“你的意思是，你现在不想了？”胖子扭过头来。

秦漠拿着杂志的手一顿。

COCO 看着自家队长的目光冷下去，一把将胖子扯住，瞎说什么大实话！

秦漠见车子里安静了，淡淡地瞥了薄九一眼，低沉的声音透着不容抵抗的冷意：“开车。”

“是！”胖子哪里还敢再说什么，赶紧坐直身子，一脚油门踩下去，驶上了左侧的大道。

车外的学生们都看傻了眼。

尤其是陈晓东，满脸惊愕。

他们家少爷什么时候和秦少的关系这么好了？秦少竟然没有揍他一顿，还把他给带走了？！

难道是带回家去教训了？这也不是没有可能。

陈晓东一想到那场面，禁不住打了个寒战。

怎么办？他要不要通知夫人？

不对，他还是先给少爷打个电话问问是怎么回事。

车刚拐弯，薄九的手机就响了。

她拿起来，姿势很随意，好似一点都不在意她身边坐着的人是谁：“喂。”

“少爷，是我！”陈晓东急切地说，“秦少要带你去哪儿？是不是有什么危险？”

薄九听着那边的话，挑了一下眉，侧过头去问她旁边的男人：“我们去哪儿？”

“去吃饭。”秦漠合上杂志，声音还是很淡，“游戏里的人第一次见面不都是吃饭吗？”

是这样没错。

不过她实在是没有想到他也是这样的。

老实讲，秦大神昨天是不是听她说要见面以后，就临时查了很多初次见面的流程？

薄九顿了一下，对着手机那头道：“我们去吃饭。”

“吃什么？”陈晓东一听答案更急了，“是不是要吃饺子？剁了你？少爷，你别怕，我现在就去救你！”

“不是，他为什么要剁了我？别整天想这些有的没的。”薄九慵懒地纠正他，浑然不在意，“我们就是很友好地坐在一起吃一顿饭。”

陈晓东瞪大眼：“少爷，你还没有放弃，想接近秦少吗？如果让他本人知道了，后果会很严重的！”

这声音略微有些大。尤其是在全封闭的车子里，更是扩大了几倍。

坐在前面的胖子明显是听到了，一个手滑差点碰到左边的车。

COCO 没动静，就那么和胖子一同僵持着，想回头却又不敢。

他们的耳朵应该没有问题，刚刚电话里的人说“黑桃 Z”想……

车里的空气就这么凝固住，一动也不动。

薄九能明显感受到四周的变化，尤其是她的左侧散发出来的冰冷气息。

“他已经知道了。”

薄九无奈地说完这句话，然后就收了线，目光邪气地看着秦漠：“如果我说这是个误会，你相信吗？”

秦漠看着她，眼神微冷：“你说呢？”

“这真的是个误会。”薄九为了更有说服力，特意加重了后面的语气。

秦漠笑了，薄唇都是冷的，皓齿磨出力度：“那还真是抱歉，我是不是应该让你得偿所愿？”

“如果你愿意的话，倒也可以。”听薄九那语气竟还真在那儿考虑了起来。

这话音一落，胖子脚一抽，速度提了好几档。

COCO 正企图把自己当空气。

秦漠看着那张让他恨得牙痒痒的脸，语调低沉：“薄九！”

“嗯？”薄九挑了一下眉，仰起头来，疑惑地看着他，眼睛漂亮得像是他家养的猫。

主要还是那一头毛茸茸的银灰色碎发让秦漠产生了错觉。

“你如果还想吃饭，就少说话。”秦漠眼睛不由自主地看向窗外，声音里没有丝毫温度。

秦漠告诉自己，看在他是“黑桃 Z”的分上，就不把这小子隔着车窗给扔出去了……

吃饭的地方是一家星级酒店，江城最贵的地方，灯光璀璨，装潢华贵。

天花板上挂着成百上千支红酒高脚杯，就连服务员都是白衣黑裤，礼仪非常周到。

看到秦漠的车开进来，立刻有人迎了上去。

只是那个人并不是什么服务生，而是酒店的大堂经理。

“秦总，您要的顶楼花房已经帮您打扫干净了，今天的澳洲龙虾都是新鲜的，还有北极贝……”

秦漠听了那个经理的话，先是“嗯”了一声，又道：“你和他说，看他想吃什么。”

大堂经理一顿，迟疑着将目光放在了薄九身上。

这不看不要紧，一看心差点跳出来。

这不是薄家的那个败家子吗？！

每次来他们酒店总是炫耀似的点一大堆东西，动不动就让他们上最贵的。实际上口袋里也不见得多有钱，根本就是一个不招人待见的暴发户。

总裁怎么会和他在一起？还让他询问对方的意见来点餐。

薄九一看大堂经理那脸色，就知道他心里在想什么。

听陈晓东说，她以前也老来这里吃饭。

大堂经理对她的印象挺深刻，还因为那一对姐弟的挑拨把她设成了拒来客户。

“就龙虾吧。”薄九勾唇笑了一下，眼里散发出淡淡的薄光。

果然还是这么喜欢点贵的。

大堂经理默默记下。

走在前面的秦漠却将头偏过来，声音冷淡：“很喜欢吃龙虾？”

薄九叼着棒棒糖点头，没有否认。

秦漠“嗯”了一声，对着身后的人道：“点十只，全给他。”

“是。”大堂经理的这一声应得非常艰难。

大堂经理心里虽诧异，却也很会察言观色，再抬起头来的时候已是满脸笑容：“薄少，您还想吃点什么？我让他们一起给您端上去。”

“薄少？”薄九停下来，声音一顿，“我不太喜欢薄少这个称呼，容易让人错认。另一个薄少也经常来不是吗？”

大堂经理其实是想说，不会错认的。

那一位那么有气质，又是优秀学生，是个人都能分得清。

但秦总在这里，他也不好说，只能迟疑地道：“那……那……”

“以后叫九爷。”薄九把棒棒糖一拽，胳膊下还夹着滑板，笑得非常跋扈。

大堂经理笑着的嘴一僵。

“怎么？”薄九挑眉，“李经理不愿意？”

大堂经理扫了一眼自家总裁的脸。

秦漠的目光寒凉：“薄九。”

“嗯？”薄九抬头，一副很无辜的模样，却难掩那抹戾气。

“别太嚣张。”秦漠侧身，单手按住她的头，把声音压低，很是霸道，“这里是我的地盘。”

就是！

大堂经理抬起了头，刚想要冷哼。

就见他们家总裁又将视线转移过来，眼神有些冷：“李经理，只是一个称呼，他想让你叫什么你就叫什么，不要让我教你怎样对待客人。”

这……这和他预想的根本不一样，总裁不是应该直接让那个暴发户滚吗？为什么会给他撑腰？！

大堂经理又是一僵：“那……”

“那什么？”秦漠的眼皮掀了一下，左手插进裤袋里，矜贵倨傲，“叫人。”

大堂经理一抖，立刻垂头：“九爷。”

“乖，去上龙虾吧。”薄九朝着他点了点头。

大堂经理在心里狠狠地骂了一句“狗仗人势”。

薄九看着他那不甘的背影，嘴角又冷冷地勾了一下。

秦漠这一次失了耐心，一把将人给拽了过来。

按照秦大神的风格，向来不喜欢和人有肢体接触。

所以，他拽的是薄九的衣服。

薄九就这么被秦大神像拖货物一样拖着上了顶楼。

COCO 和胖子都觉得，薄九能活到现在，完全是因为他那一身游戏本领。

否则总裁不会把他拖上顶楼，而是会直接把他从酒店给扔出去。

可即便如此，总裁对这小子的容忍性也很强。

薄九倒是不在意被秦大神这么拖着，反正她心里很痛快。

第三章
荆棘

“要这么多龙虾，我吃不完。”薄九看着那摆满一桌子的澳洲龙虾，多少有点小惆怅。

秦漠偏头看了她一眼，神情淡漠：“吃不完带回去。”

还可以打包？没想到秦大神还挺体贴的。

薄九刚把心里那个惨无人道的暴君形象划掉，就又听秦漠道：“去抓两只活的给九少，这些让他都吃完。”

体贴什么的，真的是天边的浮云！

秦漠的话没有谁敢不照做。

很快，服务生就拎了两只龙虾进来，用竹笼装着，每一个的个头都很大，钳子还在摆动。

薄九在旁边看着，顿时觉得剩下的那些龙虾更难以下咽了。

这个男人，根本就是故意的吧？还能不能愉快地玩耍了？

“秦总。”服务生双手恭敬地抬高了竹笼，以便他们总裁能更好地看到龙虾的成色。

秦漠修长的手指间还夹着烟，朝那边淡淡地扫了一眼：“拿给你们九爷。”

你们九爷……

薄九叼了个大虾钳，重重地咬了一口。

秦漠看着少年那略微郁闷的样子，似笑非笑间是低沉的压迫感："慢慢吃，不够了还可以再要……"

薄九闻言，果断地擦了一下嘴角，笑意邪恶："我申请先去放个水。"

秦漠眉目幽深好看，薄唇微勾："龙虾我们不会动，都给你留着，去吧。"

这是连尿遁的机会都不给她？

薄九眯了一下眼，这个男人真是睚眦必报。

不过也没事，反正吃的是他的钱。

她不会煮龙虾，难道还不会吃龙虾吗？

等她空出肚子来了，可以再战。

薄九帅气地松了松手指，站起来，出了顶楼花房。却不知道她身后的COCO和胖子都是怎样的一副表情。

两个人同时转头，一副欲言又止的样子。

秦漠当然知道他们在看自己，曲指敲了敲桌面，吐出很淡的一个字："说。"

"队长，你怎么对这个'黑桃Z'这么好，龙虾不够了还让他再要，你都没有对我和胖子这么好过。"COCO总算是把心里想说的话全说出来了。

秦漠接过服务生递过来的湿巾擦了一下手："你想吃的话也可以，看着那两只活的，十只起吃。"

COCO顿住了，因为他仔细想了一下那画面，才发现真的好可怕。

看来被队长"温柔地关心"并不是一件多么好的事。

就在COCO感慨之际，胖子却见他们总裁不知道为什么站了起来，连忙把嘴里的牛肉咽下去，问道："秦总，你去哪里？"

"你们继续吃，我去看看那个想尿遁的家伙。"秦漠有些漫不经心，黑色碎发打下来，只露出那双深不见底的眸子，亮得像空中的鹰隼。

在他说这句话的时候，那目光冷得就像碎冰，被他逃一次就算了，怎么可能再让他在自己面前逃第二次。

酒店的卫生间建在每一个楼层的拐角处，用的是上好的熏香，外饰装潢基本和酒店的一致，非常华美。

只是……

薄九怎么也想不到，有一天她会为自己是要上男厕所，还是要上女厕所这个简单的问题而感到困扰。

去女厕所会被当成流氓。

去男厕所……男厕所一般都没有密封，除非是蹲着。

薄九反手将自己额前的头发撩起，好看的眉头皱了一下，立刻决定哪个厕所没人她就去哪个。

为了让自己看上去不那么猥琐，薄九的嘴角带着笑意，单手插在裤袋里，就那么帅气地站在门口。

有个女孩刚从卫生间里出来，一抬头就看到一个元气美少年，脸一下子就红了。

这个人……怎么这么帅？就是好奇怪，他为什么要站在这里啊？

女孩疑惑地看着薄九。

薄九却勾唇，无比自然地指了指水池："水龙头好像坏了，弄不出水来。"

"嗯，哦，那个……我看看。"女孩羞答答地低头，怎么办？被美少年搭讪了，她要表现得矜持点，还是豪放点？

女孩压抑住内心激动的心情，伸出手，声音轻轻地说："没有坏，这里的东西都是感应的，你把手再往里伸一下，水就会出来了。"

"原来是这样。"薄九一副恍然大悟的样子，毫无违和感地侧过头去，朝着女孩笑了笑，"谢谢你。"

"没……没有，不客气……"离近了看皮肤更好，还有睫毛长得简直不像话，怎么能有这么好看的人呢？女孩只觉得心脏都快要从胸膛里跳出来了，刚想要开口留人微信。

突然一只白皙修长的手伸出来，搁在了他们两个人中间，一把拽住了那个美少年的后衣领。

女孩一愣，这什么情况？

薄九自己也蒙了一下，下意识地抬头朝着抓自己的人看了过去。

背光而立的一道人影，是秦漠。

他披着黑色的西装外套，衬衫的领口半解，那张极其俊美宛如混血儿的容貌，散发着尊贵不凡的气质，内敛低调，带着几分危险。

现在，他的一只手正揪着自己，另外一只手随意地插在裤袋里，就那么看着她，双眸幽深。

薄九从容不迫地笑道："秦大神，好巧，你也来上厕所？"

"难不成是来看你撩妹？"秦漠慢条斯理地反问，嘴角有些冷，"水龙头坏了？也亏你想得出这么蹩脚的搭讪借口。"

这小子简直无时无刻不在放电。

上个厕所也这样。他就这么喜欢撩人吗？

"没办法，谁让这里只有水龙头呢。"薄九完全没有被拆穿的窘迫，看向一旁被这一幕惊到的女孩，眨了眨左眼，那双桃花眼异常好看。

那女孩一捂嘴，看着眼前这两个人，神情很是激动："秦……秦神！"

薄九拿指腹敲着薄唇，邪气地"嗯"了一声，道："秦大神，原来她是你的粉……"

还没等薄九说完，秦漠便一个用力，神情淡漠地拽着她的后衣领，像拎小猫一样把人拖进了旁边的男厕所里。

薄九忍不住撇了撇嘴，这个男人为什么这么喜欢把她拎来拎去？进酒店的时候是这样，现在也这样，还一脸嫌弃的模样。

男厕所里，秦漠松开手里攥着的衣领："你刚才在外面不进来傻站着是在做什么？"

"嗯？"薄九挑眉，嘴角带笑地否认，"我什么时候傻站着了？

不是在撩妹吗？”

秦漠“呵”了一声，朝旁边一站。他并没有打领带，连纽扣都解开了两颗。他扫她一眼，微沉的声音入耳：“不是说要放水吗？怎么不过来？”

过去……

薄九看了看那个半凹形突出来的小便池。

这让她怎么过去？她就是看起来像个美少年，实则还是个女的。

要放水也用不着这样的小便池。

大概是时间太长了，秦漠也察觉到了什么，忽然踱步朝薄九走过去，低下头来，目光潋滟地盯着他，声音很平淡：“我查过，见面要一起吃、喝、玩、乐、放水。”

看来秦大神是在很认真地邀请她一起嘘嘘。

“见面攻略”真是害死人。

可是……她要怎么嘘呢？

薄九偏头想了一下，忽然抬头，把他往墙上一推。

秦漠先是身子一僵，等反应过来对方在做什么，俊脸上瞬间腾起骇人的冷冽。

他看着眼前的人，一字一顿地喊出他的名字：“薄！九！”

“嗯？”薄九还在笑。

秦漠终于忍无可忍了，伸手擒住她的肩膀，薄唇用力抿着，杀气四溢：“你是不是不想活了？”

“没有啊，我只是在表达自己的友好。”

秦漠目光阴狠地看着他，怎么也压制不住想要把人掐死的冲动。

他一个反手将薄九连人带手重重地反扣在墙壁上，声音冰冷到极点：“你再推我，我拆了你的爪子！”

薄九也不在意被他这么扣着，回过头去，对着人灿烂一笑：“秦大神这么容易生气？”

那慵懒的样子和银灰色的头发，确实像他养的猫。都是这么不识好歹。

秦漠深吸一口气，伸手用力抓住少年的手臂，字字阴狠：“听话一点，别逼我弄死你！明白吗？”

“生气了？”薄九低声道，“别生气，关系好才这样。”

秦漠冷笑着将人推开，整了整自己凌乱的衣领：“别用这种语气跟我说话，快点尿，尿完滚回来！”

“好吧。”薄九甩了甩发疼的手腕，非常遗憾地看着那道转身离开的冰冷背影，笑了，没想到大神还挺有意思的……

COCO为了拯救胖子，出声道：“队长，我们要不要试试那个薄九？”

“不用试。”秦漠偏了一下头，淡淡的三个字，声音里不带任何感情，“就是他。”没有第二个人具备这种让他只是看了就想要掐死的特质。

胖子皱眉道：“我实在是搞不懂‘黑桃Z’为什么会突然之间提出来要见面？难道他玩游戏就是为了能更好地接近总裁？所以才会要见面？”

说完，胖子还特意朝自家总裁看了一眼，幸好他们总裁够理智，好像并不排斥他这种说法。

倒是COCO好像想到了什么，突然坐直了身子：“不，不是为了接近队长，如果是这么一个单纯的原因，当初队长加他的时候他就不会拒绝。最近我们战队不是要招新人吗？下面有好多公司都想着往集团送人，薄家夫人那边好像出了问题，选手都被挖走了不说，现在连最基本的名单都交不上来。再这样下去，她那个公司绝对会倒闭。”

“你说‘黑桃Z’是因为这个才约总裁见面的？”胖子说着又看了秦漠一眼，只是这一次不知道是不是他的错觉，总裁竟然顿了一下？

然而秦漠并没有说话，白皙如玉的手抬起，取过放在桌子上的高脚杯，来回摇晃了两下，一双幽深的眼睛有些冷。

薄九放完水后，就发现她坐着的座位面前又多出来十只龙虾。

实际上他们吃饭的桌子并不小，要的还是那种总统式的十二个人的豪华大桌。

现在整个桌上都摆满了龙虾。

秦大神他们吃的东西就占了那么一点点地方。

他这是想让她撑死的节奏？

薄九抬头朝着秦漠看过去，内心非常惆怅，“见面攻略”里为什么就不教大神对待初次见面的游戏好友要含蓄和宽容。

男人见少年郁闷地“咕噜”一声，像是在吐槽什么，低声笑了笑，然后抽出一支烟，含在薄薄的双唇间，偏头点燃，接着抬了抬下巴：“都是你的，吃吧。”

“好。”薄九也笑了，笑容里带点邪气。吃就吃，反正花钱的又不是自己。

不过看秦大神那样子，怎么比刚才还要冷呢？

她又没做什么过分的事情，难不成她不在的时候又发生了什么？

薄九琢磨了一会儿也没琢磨出什么来，龙虾倒是吃了不少，撑得也很厉害，不过还算满足。

只要见过一面，她在参赛的时候就不用伪装身份，也不用再提防着秦漠时刻来查自己了。

老实说，她还是第一次遇到这么难缠的对手。

竟然连她喜欢吃棒棒糖都推理出来了。再被他查下去，指不定还会弄出点什么来。

现在的她，可禁不起秦漠查。

不仅仅因为她是替身，最重要的是因为……她是女非男。

薄九吃完最后一个虾钳，觉得差不多可以走了，便给秦大神来了句：“谢谢你的龙虾，下次再见。”

就听秦漠在身旁似笑非笑地问了一句：“吃好了？”

“嗯，吃好了。”薄九点头，心情还算可以。不错，秦大神已经学会和人寒暄了，事实证明“见面攻略”还是有用的。

秦漠笑了一下，看着他那慵懒的样子，眼里闪过一道寒光，手抬了起来。

服务生立刻双手把菜单递了过去。

秦漠看了那个服务生一眼："去把账单拿过来。"

服务生有些疑惑，总裁吃饭不用结账的啊？

COCO和胖子也不明白这是什么情况。

然后又听他们家总裁不慌不忙地甩出一句："递给你们九爷，今天他请吃饭。"

大家都愣住了。

薄九的反应最直接，原本还想朝秦漠看的眼睛都抽了一下。

这……这顿饭什么时候变成是她请了？而且这家酒店不是他家的吗？

"大神，我记得这是你家的产业，你确定让我请？"

风度呢？薄九挑眉。

COCO和胖子在一旁听着都有些不好意思了。

毕竟总裁从来都没有让别人请过客，并且还是在自家酒店。

站在一旁的服务生们也是你看看我，我看看你，没有再往前走。

秦漠看着薄九那双漂亮的桃花眼，声音平淡："我对关系好的人才这样。"

这个男人根本就是故意的，用她说过的话来堵她。

她刚刚只是推了他一下，他就这么对付她？

她现在全身上下就只有五千块，还是打游戏赚来的，最多只能付五只龙虾的钱。

"怎么？不想请我吃饭？"秦漠把手中的茶杯端起来，也不喝，就那么隔着雾气，眼中带着光，"不是说我们关系好吗？"

薄九向后一仰，很干脆："不是不想，是我没钱。"

"你没钱？"这话是COCO说的，声调有点高，好似一点都不相信，"怎么可能呢？"

薄九笑了："怎么不可能？有人嫌我丢脸，又怕得罪秦少，就直接把我从薄家除名了，这个消息你应该知道才对。"

COCO确实知道，毕竟他们家和薄家也有那么一点生意上的来往。

这件事闹得还挺轰动的。

他爸还说，不管薄九多么不是东西，他父亲都不应该断了薄九母子俩的经济来源。

那个第三者更是过分，趁机挖人，根本就是想要逼死贺红花。

一瞬间，COCO也不知道该说点什么好了。他只是转过头，朝着他们家总裁看了过去。

可还没有等秦漠说话，薄九就又开口了，一只手还搭在了他们家总裁坐着的椅背上，玩味十足。

刹那间整个房子里的温度都低了好几度。

服务生们站在旁边，手指都僵了，眼睛里带着说不出的震惊。

总裁周身的气息明显冷了好几分。

可那位少爷就像是没有察觉到一样，眼睛下的泪痣带出了蛊惑的光泽："怎么？"

薄九很开心地说着。

秦漠的双眸骤冷，一只手伸出来攥住了薄九的手臂，就那么把薄九按在了桌面上。

接着，他一个用力，把薄九衣服口袋里的钱包抽出来，随手扔到了服务生的手上，声音冷得就像雪地里的寒潭："所有的卡都给他刷光。"

"是。"

这个时候，根本没有服务生敢违抗秦漠的命令。是个人都能看出来，他们总裁向来高冷淡漠的形象都快被这个人给气没了。

薄九还是想保住一点财产的，试着和秦漠商量："给我留一千元生活费？"

秦漠完全没有听薄九的话，居高临下地看着他，忍了又忍才没有捏断这个家伙的手臂。

哪知道这个家伙倒是学乖了。

不知道的人还以为少年是在卖乖，实际上，这个家伙不过是在装。

就算是以后一起玩游戏，他也要把这个家伙卖乖的毛病给改过来。

秦漠微微眯了一下眼，上半身还披着西装外套，一缕黑色的头发随着他的动作垂了下来。

怪不得他的粉丝会称呼他为秦神。

太帅了。

可惜现在的薄九实在是没有心情欣赏大神的脸，毕竟她的卡都要被刷光了，这对一个刚刚存了点电脑钱的她来说简直就是个噩耗。

“秦总。”服务生额头冒汗地走过来，双手将卡举高，“一共消费两万六千五百八十元，九爷的卡上只有五千元，已经被刷光了。”

秦漠淡淡地“嗯”了一声。

薄九原本以为事情到这里就结束了。

毕竟她卡里的钱都没了，还想怎么样？

没想到她刚要坐起来，就听男人又漫不经心地加了一句：“剩下的那些钱，你们九爷记账。”

记……记账？！

来这里吃饭的人从来都没有记过账……

出去吃饭还记账？这得多寒酸啊。

COCO低头咬了一下自己的手指。

总裁办的这件事太腹黑，他这是明摆着想要帮着薄九在圈子里出名啊。

以后估计不管薄九走到哪儿，这件事都会被提一提。

薄九不在乎名声，她在乎钱！

“秦大神，见面攻略上难道没有告诉你好友没有钱了，你应该把差了的那部分给补上吗？”

秦漠淡淡地瞥了他一眼：“那是正常的见面流程，很显然那一套并不适合你。为了避免你再产生类似于卖乖抵账这种荒唐的想法，还是让你把钱给全了好。”

这一顿龙虾吃得还真是亏。

薄九为了避免更亏，原本不想把两只活着的龙虾带回家的，临时决定就算抱也要把它们给抱回去。

这可是她请的客，还欠了三万块的账呢。

不过花钱消灾，一顿饭吃完，以后就不用提防再被查了。

“你是自己回去，还是我送你？”秦漠看了一眼少年手上抱着的龙虾，似乎觉得她这个样子有点像自己家里那只刚被雨淋过的猫，明明知道对方只不过是看起来可怜，爪子还是尖的，于是低声问了一句，毕竟秦家的礼仪和家教都在那儿摆着呢。

秦漠也想到了另外一点，如果这个家伙在车上提什么要求，只要不太过分，他都可以答应。

毕竟他这次见“黑桃Z”，其中很大一部分原因就是想要他加入战队。

薄九也不客气，甩了甩自己的银灰色碎发，嘴角微勾：“你送我，我身上连打车的钱都没有了，这里离我家有点远，滑着滑板回去不现实。”

“嗯。”秦漠伸手拉开车门，神情很淡，依旧一副高冷矜贵的模样。

这个时候两个人才有了正常见面的气氛。

胖子和COCO一直觉得之前那都不叫见面，简直是刀光剑影。

依旧是胖子开车。

车子里放了音乐。

薄九就坐在秦漠左手边的位子上，两个人中间隔得不远，却没有什么交谈。

这让COCO有点不习惯，忍不住问：“薄九，你妈妈的那个公司怎么办？真的要倒闭吗？”

“为什么倒闭？”薄九把目光从窗外的夜色中收了回来，神色很深。

COCO舔了一下嘴唇："我听到一些消息，说是你妈公司里的大部分选手都被挖走了，现在都整合不出一个参赛小组来。而且如果你们再不做调整的话，就会被取消报名资格。投资方一旦撤资，你妈的公司很难再支撑。"

"确实有这么一件事。"薄九笑了一下，眼底泛起入骨的冷意，"你听谁说的？外面那个女人，还是薄家那个私生子？无论你是听谁说的，我妈的公司都不会倒，要倒也是别人该倒。"

COCO没想到刚才还在酒店里放荡不羁的人，此时身上会充满这么浓烈的压迫感。

这一刻，他才真正觉得，薄九这个败家子确实是网络上那个让他们节节败退的"黑桃Z"。

秦漠也朝着薄九看过来，那双幽深的眼睛让人看不出什么情绪。

"秦总，薄家到了。"胖子将车停稳。

秦漠又看了薄九一眼。

薄九手里还抱着两只活龙虾，抬起头来朝他笑了笑："那我走了，谢谢秦大神送我回来，一会儿游戏上见？"

秦漠见他这个样子，本来不是很好的心情变得没那么差了："只有这些？其他的话你不说？"

其他的话？

"开车慢一点，到家给我发微信，我喊你刷本！"薄九倾身，"大神如果能亲自上阵，他们开的价肯定更高。"

原本秦漠还想说"如果你是因为你们家公司的事才来见我，我可以帮你解决"，可是他怎么也没有想到，这家伙只想着赚钱。

秦漠深吸一口气，眼睛重重地眯起来，声音低沉，那话也像是从牙齿间挤出来的："给我滚下去！"

"又生气？"薄九瞪大眼，接着笑开了，"大神，你不要总是这么酷，和蔼可亲点，毕竟我们是第一次见面，不要不欢而散。"

COCO 和胖子在前面坐着，根本不敢回头。

总裁这次估计想把他撕碎的心都有了。

秦漠是真的没有被人说过，手指攥了松，松了又攥，最后忍无可忍地推开车门，直接把那个笑容灿烂的家伙给扔了出去。

“开车！”

十分冰冷的两个字，没有一丝温度。

胖子的身子抖了抖，二话不说，立刻踩下了油门。

他怕再待下去，他们家总裁会忍不住跟薄九动手。

薄九倒是很开心，薄唇勾着，笑着朝后视镜挥着手。

秦大神看到她的举动，冷哼一声，接着将头偏了过去。

薄九挑了一下眉，避开她？

那她也有办法。

她低下头来，一条微信就发了过去。

“大神，回家记得上游戏，让我带你刷本！”

秦漠手托着下巴，看到这条信息后又冷哼了一声：“我刷本用你带？”

“那你带我，反正都一样。”薄九发完消息后又发了一个笑脸，“和朋友一起打游戏才有意思。”

秦漠这一次倒没有拒绝，淡漠地回了三个字：“知道了。”

这是答应了？薄九挑了一下好看的眉毛，看来大神也不是那么没有“人性”。

假如一会儿秦大神真的和她一起刷本的话，那接单价格可就要往上升一升了，让大神帮忙打一个本哪是那么容易的。

一般的价格统统不接，必须要调成 VIP 待遇。

不错不错，见面也是有好处的。

到时候只要接单打本就带上大神，绝对钱财滚滚。

一想到这里，薄九一扫之前的郁闷，就连手上抱着的龙虾也不再那么讨厌了。

大神坑了她多少钱，她就从他身上赚回来多少，公平。

此时，秦漠幽深的双眸还在看手机上那几条微信，眼神复杂难明。

他以为少年会说的事情，少年一句都没有提。

COCO 回头看着他，犹豫道：“看来薄九并不是因为他们家的事来找队长的，只不过他突然之间变了这么多，真让人难以接受。以前会不会是他为了接近队长，一直在演戏？”

秦漠又看了一眼那个微信头像，神情淡漠：“演戏这种手段，是他那种脑袋能想出来的？”

闻言，COCO的嘴角抽了抽。队长，虽然以前的薄九确实不怎么聪明，但他现在已经很厉害了，说不定真的是在演戏呢。

不过如果是要演戏，也就没必要告诉他们他是“黑桃 Z”了。这样想起来，又觉得他确实高看了“黑桃 Z”察言观色的能力。

真要会演戏，薄九就不会时不时气得总裁想要弄死他了。

那这样的变化到底是为什么呢？难道是因为家境变了？

COCO 很不理解。

“只要他一直保持这样，就不用管他。”秦漠偏头开口，闭上双眸，像是在小歇。

COCO 和胖子却听得身形一顿。

一直保持这样是保持什么样？气总裁的样子吗？

是夜。

陈晓东还站在门口踮着脚张望。

他心里那叫一个着急，少爷也不回他信息，就说了那么一句“他现在已经知道了”，就挂断了电话。

陈晓东当时心里就“咯噔”了一下。

他现在已经知道了是什么意思？那少爷岂不是有去无回了？！

陈晓东的瞳孔一紧，站了起来。

不行，他必须想点办法，要不他去试试闯闯秦家？

就在陈晓东愁得直跳脚的时候，薄九从他背后拍了拍他的肩：“大晚上的你站在这儿干吗？”

“少爷！”陈晓东两眼发光，“活着回来的少爷！少爷，你是不是被揍了？没事，你告诉我，我去给你拿药去。”

薄九听着他的说辞，笑了笑：“你怎么每次都盼着我被揍？看仔细一点，我身上没有任何伤。”

陈晓东这才注意到他家少爷确实没有什么不妥的地方，反而那张帅气的脸蛋上染了一抹微红，像是吃东西吃得很满足，怀里还抱着两只活的澳洲大龙虾？

陈晓东好奇地伸了伸手，问：“少爷，你从哪里弄来这么一对东西？”还是活的。

江城并不临海，像这样一对澳洲龙虾，别说是活的了，就算是死的都价值不菲。

少爷最近不是没钱了吗？怎么还能弄到这种东西？

“秦大神送的。”薄九说完，随手就把龙虾扔到他怀里，“找个水桶让林婶养起来，等我妈回来煮了它。”

秦……秦少送的龙虾？！

陈晓东一瞪眼，顿时觉得手上的东西重如千金。

少爷和秦少的关系已经好到可以让秦少送他礼物的地步了吗？

简直难以置信。

可送龙虾这样的礼物……会不会诡异了一点？

秦神的世界果然不是他们这等凡人所能理解的。

“等一下，少爷，你去哪里？”陈晓东看薄九要上楼，忍不住开口问道。

薄九临关门之前留给他一句话：“上游戏，找大神。”

陈晓东和走出来的林婶都觉得他们家少爷最近实在是有点走火入魔了，废寝忘食地和电脑进行搏斗。

少爷的技术他们最清楚不过了，连怎么操作游戏角色都不会，从夫人开公司那时起，他们就知道少爷打网游很差劲。

这样的少爷居然真的就着游戏的机会和秦神一起吃了饭。

不得不说，有的时候人要是走起好运来，也挺让人心惊的。

林婶并没有把那两只龙虾煮了，一听说是那位秦少送的东西，她更是不敢碰了，小心翼翼地弄了个半大的小木桶，铺了些海藻给薄九送到了楼上，让她家少爷当宠物养着。

薄九洗完澡出来，看见那两只朝着她张牙舞爪的龙虾，随手拎上来一只，左右看了看，然后拿起手机拍了一张，给秦漠发了过去："用新宠龙虾召唤一下队友秦大神。"

"上游戏吗？"薄九一边发语音，一边侧身打开了电脑机箱。

秦漠听在耳朵里的声响清晰，这家伙用这么差劲的机子打游戏？

"在奈何桥等我。"

薄九当然不会拒绝，迅速登录账号，移动着游戏角色传送到了奈何桥旁。

只听叮的一声，像是有什么东西传了过来。

"您的好友秦漠赠送了您999999枚游戏金币，您是否接受？"

单单是这一条还没看完，紧接着又有一条。

"您的好友秦漠赠送了您999999颗霓裳钻石，您是否接受？"

"您的好友秦漠又赠送了您999999枚游戏金币，您是否接受？"

999999枚游戏币？

折合成人民币也有999999了，更别说那些珍贵的霓裳钻石，平时买都买不到。

大神这是在做什么？

饶是薄九这样酷的人，也搞不清楚对方在想什么。

"接受。"秦漠总共只发过来五个字，"见面礼。"

大神，你到底是从哪里搜来的见面教程！

哪有人给游戏里的好友直接送钱的？

这么豪气又这么腹黑的一个，被薄九碰上了，也不知道是幸运还是不幸。

薄九想了想，还是没有点接受。

倒是那堆钻石她收下了，可以磨碎了，给两个人做武器。

“你不是缺钱吗？”

秦神果然是那个威震四九城的秦神，每次说话都这么高冷直白。

薄九拆了根棒棒糖放在嘴里，勾唇一笑：“我是缺钱，不过大神，你这样送，我会以为你有什么阴谋。”

秦漠放在鼠标上的手指一紧，也跟着笑了，只是笑容很冷：“把你刚刚接受的钻石还回来。”

“那个有用。”薄九嘴里叼着棒棒糖，修长的双腿盘起，很快回复了过去，“秦大神，是哥们儿我才会和你说实话，做人不能太小气，尤其是男人，送出去的东西怎么有收回去的道理？我刚才接了单，我们还是去刷本吧。”

秦漠幽深的双眸盯着液晶屏幕上的话，全身散发出冰冷的压迫感，让前来报告的梁秘书自动向后退了退。

总裁这是怎么了？

紧接着，他就见他们总裁抬起手来，狠狠地敲起了键盘：“闭嘴，开本。”

秦漠从来就没有指望过这个家伙嘴里能吐出象牙来。

一切都看在他是“黑桃Z”的分上，就不弄死他了。

秦漠再一次这么告诉自己。

薄九又发了个搞怪的表情过来：“钻石可以给我们做武器，你想要什么？”

渐渐地，秦漠也习惯了这个家伙的说话方式，冷淡地回过去两个字：“随便。”

“那到时候我再自己研究吧。”薄九说完，手指扣上了耳机，“我邀你进队。”

“好。”秦漠的话音一落，游戏里的场景就变了。

没有了颜色柔和的小桥流水、桃花灼灼，而是一座古老的坟墓。

坟墓入口处还有四个其他玩家。那些玩家中有人找“黑桃Z”接过生意，对“黑桃Z”的战斗力还是了解的，本来正打算开门，就听“黑桃Z”说他有朋友要来和他们一起刷。

一开始他们觉得人多了刷古墓这一关不划算，毕竟要分装备的。要是来个操作不好的，说不定还完不成首杀。

可是等他们看到“黑桃Z”口中的那位朋友时……

一个个都僵住了。

秦神？这怎么可能！

一定又是个打着秦神的名号来骗单的山寨版。

看一下他的资料和等级，就能发现疑……疑……居然没有疑点！

四个玩家同时对视一眼，目光惊悚地朝秦漠的游戏角色看了过去。

等级满级，资料完善。

更闪瞎眼的是他金晃晃的PK排名。

No.1（第一名）。

这绝对是秦神无疑！

他们见到秦神了，活的秦神……

石化、激动、亢奋，根本无法形容这四位的心情。

他们坐在网吧里，拿鼠标的手都是颤抖的。

那可是秦神！从来都不私玩网游，一场电竞比赛直播就会引发千万网友吹捧的秦神。

他们真的不是做梦吗？

不管了，先挂掉，再进游戏。

只有挂掉一次，他们才会相信这个事实。

“怎么不动了？开始打啊。”薄九还在打字呢，一转眼就见她前面的四个玩家都挂了，这什么情况？

薄九顿了一下，骤然间像是意识到了什么。

“是因为你？”

这条信息薄九发的是私信。

秦漠空出一只手来，回了几个字：“没怎么打过业余网游，只打职业联赛，不清楚。”

“你没进来刷过本？”薄九也震惊了一下。

秦漠语气平淡：“没私自刷过，有时候公司宣传需要会刷，三次。”

根据薄九对大神的理解，他的话翻译过来就是：自从玩游戏开始，只刷过三次本，每一次还都是为了直播……

“怪不得他们会挂，原来都是被大神你给吓的。”薄九挑眉，指速飞快，“那你平时玩游戏岂不是也挺孤单的？这次好了，有爷在，爷带着你发家致富。”

秦漠完全没有搭理他，这小子属于上房揭瓦型，越搭理越放肆，最好是晾着他。

秦漠这样想着，偏头把玩着桌上的钢笔，就那么坐在偌大的真皮椅上。背后是星光漫天，整座城市的灯光仿佛都在那一刻成为衬托他的背景。

梁秘书弯腰把咖啡递上，手上还带着纯白的手套。他们家总裁向来有洁癖，细节上根本不容忽略。

好想看一眼屏幕，观察一下总裁到底是在和谁聊天。

平时这个时间总裁应该是在看财经新闻的，怎么会上游戏呢？

到底是什么人在电脑那边？上次就让总裁把会议开到一半暂停了，这次又让总裁调整了办公时间。

他实在是好奇，心里就像是有爪子在挠痒痒一样。

偏偏总裁又什么都不让他知道。

真的是好忧伤，这样他要怎么向老板和夫人报告呢？

“梁秘书，”秦漠放下笔，将咖啡端起来，看着他，眼里闪过一片冷光，“记住你到底是谁的人。现在，关门，出去。”

梁秘书一颤，硬着头皮应了一声：“是。”

为什么总裁的气场比老板还让人觉得有压迫感？

怪不得总裁的粉丝会称呼他为“秦神”，他这根本就是“暴君”在世啊。

说起来有人能这么不怕总裁，也是够勇敢的。

想到这里，梁秘书掏出手机，拨打了一串很熟悉的号码打过去，一脸认真：“夫人、老板，我怀疑总裁有情况，他最近很奇怪……”

这一边梁秘书还在谎报军情，那一边《英雄》全服炸屏。

没有人玩游戏了，几乎整个世界都在刷消息。

“我居然在有生之年看见秦神上游戏了？还没有隐身，这一定不是真的！”

“我们粉丝团没接到战队直播消息，秦神怎么可能会上游戏？不可能。”

“是真的，好多人都看见了，秦神现在还在打本呢。”

“楼上的，不要做梦，秦神会打本？秦神只打联赛PK好不好！”

“不信你自己去看，秦神还和一个新手一起，关系很好的样子。”

关系很好……

顶楼的战队听到总裁刷本的消息之后，也跟着进了游戏，现在彼此面面相觑，然后集体看向COCO。

COCO主播咬着兔子耳朵道：“不要问我，我也不知道！”

队长怎么就被“黑桃Z”拉着去打本了？是谁说过打本没有意思的？

你知不知道你一出现，游戏系统都快要瘫痪了！

全服刷网量都破千万了，技术们已经快要疯了。

帝盟战队的经纪人也在第一时间收到了这个消息，还是一位开直播公司的老总告诉他的。

他温和一笑，商业气息颇浓：“我们秦总从不打本，一定是您认错人了。”

那老总干脆把笔记本电脑递给他。

经纪人顿时一震：“稍等，我要先打个电话。”

他在打电话之前深吸了一口气，没想到拨过去之后，秦总的第一句话就是：“我在打本，有事明天说，别总在外面晃悠，早点回公司做事，挂了。”他的声音很冷，电话断得很干脆。

确实是他们秦少的作风。

可总裁，我好歹是你的经纪人，应该是我管着你，不是你管着我好吗。

关键是，你怎么真的在打本？明天上了头条怎么办？

等一下，头条！

经纪人目光一转，立刻又给公司公关团队打了电话：“你们现在就写一篇长文，说秦总进游戏打本是为了替战队挖掘新鲜血液。什么关系很好？关系很好又是怎么一回事？”

“有人说秦总这次上游戏是为了一个新手，那新手现在正带着秦总一起接单赚钱。每完成一个首杀拿五千元，还能和秦总合影，我们现在都在上游戏，争取能排上队……”

经纪人的胸膛起伏着，谁能告诉他，总裁到底是怎么了？

以前都是他求着总裁，总裁才会答应他进游戏打本做直播。

这一切都还有前提，不用开会，无事可做，心情还不错……

他们家秦总走的一直都是神坛路线。现在怎么随随便便五千块钱就帮人拿首杀？

总裁，如果钱能打动你，你为什么不早点告诉我！

经纪人简直痛心疾首，立刻表情一变，道：“秦总在哪个区？”

“啊？什么？”

经纪人冷哼：“我也要雇他替我打本！”

薄九也是打着打着才发现前来围观的人好像特别多。而且那些人头顶都和秦大神一样顶着金光灿灿的称号。

薄九挑眉，叼着棒棒糖，邪气一笑，发了一段话给秦漠：“秦大神，你真招人气，全国的职业战队都被你给招来了。”

秦漠也扫了一眼屏幕，不怎么在意：“别看别人，盯着你要打的怪。”

这么冷淡？

薄九手指一挑，一个大招发过去。

BOSS 全灭，首杀完成！

“黑桃 Z”和秦漠这两个名字再一次高挂在全服通报上。

明明已经是深夜了，网民的热情却没有半点下降，都紧盯着屏幕。

不管是在网吧的人，还是在职业联队的人，一次又一次疯狂地刷单，就希望“黑桃 Z”能接他们的单。

薄九一看这场景，目光一闪，笑着打过去一句话：“今晚最后一单，价高者得。”

最后一单了？

经纪人心想：好不容易有机会可以“奴役”总裁，他绝对不会让给别人。

于是他果断叫价，一下子就把价格叫到了一万元。

游戏里从来都不缺有钱人，谁不想和自己的偶像近距离接触？

一瞬间，游戏页面都成了开价的。

刷本价格直接从五千元飙到了五万元。

薄九跷着长腿，银灰色的碎发由于一直戴着耳机的原因也跟着有些翘。看着那价格一直往上飙，她一不小心给秦漠发了句大实话：“大神，我怎么感觉这场景像是在拍卖你，哈哈哈。”

“薄九！”

即便是隔着屏幕，薄九也能感觉到男人的咬牙切齿。

“你再不闭嘴，我就让你连人带电脑一起滚！”

秦漠的目光阴沉，修长的手指握着鼠标，死死地攥着，拼命压制住心头的怒火，最后没有压制住，还是把话打了过去。

梁秘书进来的时候，看到的就是这一幕。

梁秘书只朝秦漠那边看了一眼，就迅速退了出去。

太可怕了！魔化了的总裁。

他不过是出去打了两个电话，通报了一下情报。

总裁的眼神怎么就变得这么“嗜血”了？

实际上薄九发完那句话也觉得不妥，毕竟自己能赚这么多钱，都是因为有秦大神在。

即便是两个人私聊，秦漠也想把这个家伙从电脑里拽出来，缝上他那张嘴。

这个家伙除了游戏打得好，根本就是分分钟让人想打他。

秦漠狠狠地眯了一下眼，眼底幽深冰冷：“还不开本？你是想让我敲断你的爪子吗？”

大神又傲娇了。

薄九慵懒地伸了个腰，还是不要太过分，会造成反弹效果。

薄九这样想着，叼着棒棒糖，伸出手去，鼠标一按，迅速邀请了出价最高的那一位“我就是大神家的经纪人”的玩家进了游戏副本。

“我就是大神家的经纪人？好奇怪的昵称。”薄九一边和秦漠私聊，一边开始定位。

秦漠扫了那位玩家一眼，漆黑的眼里闪过一道冷冽的光。

经纪人还在那儿嘚瑟，问旁边的助理：“指名要求总裁做动作，怎么说？”

助理缩了一下脖子：“就……就打字……”

只要打字就可以了？经纪人心里那个美，有谁能想到他也有翻身做主的一天。他才刚要把双手放在键盘上，就见游戏里出现一句话：“你是现在下线，还是让我打电话逼你下线？封大经纪人。”

封逸没想到才刚来就被拆穿了身份，顿时身子一僵，又听他家总裁在那边说：“看来公司最近给你的任务太少了，都让你有时间来玩游戏了？从明天开始加班一周。”

等一下！

他花了五万块钱是来“奴役”总裁的，不是为了让总裁将来更好地“奴役”他的。

什么打本，肯本就是个坑。

他刚刚一定是脑子有洞才会想趁机“奴役”总裁。

说好的给钱就能上呢？骗人！

封逸简直快要哭了。

五万块钱，他只享受到了被虐的快感。

果然，他就不应该来招惹总裁。

不过……

那个“黑桃Z”操作起来怎么这么酷炫。

一招全灭？！还能空出手来和总裁打字？

等一下！

他竟然能完美地配合总裁的走位？要知道，没有谁能跟上总裁打游戏的速度。

这……这……这绝对是个高手中的高手！

封逸看得热血沸腾，一下从沙发上站起来，一把拽过助理，指着屏幕道：“这个‘黑桃Z’，我不管你用什么办法，把他的资料都给我查出来。是男还是女，有没有男朋友或者女朋友，现在多大，哪里人，什么职业，明天我就要看到他的真人照片出现在我的办公桌上！”

“啊？封总，你要他的照片做什么？”助理迷茫了，该不会是副总花五万块花傻了吧？

封逸眼底跳动着闪亮的光泽：“我要把他培养成仅次于总裁的职业大神，当然要先看看他长什么模样，去弄！”

这简直就是意外的收获，操作太漂亮了，这种游戏画面最适合做直播。

战队里一直需要这么一个人，能和总裁打配合。可偏偏就连COCO他们都做不到。

如今终于可以做个专题出来了，简直是神在助他。

等一下，他先加个好友勾搭一下再说。

封逸本以为他们家总裁都亮明他的身份了，应该很快就会通过对方的验证。

却没想到被拒绝了。

想他堂堂所有玩家都争相巴结的全国金牌电竞经纪人，竟然会被人拒绝？！

封逸不信邪，不断地按着“添加好友”键。

结果游戏副本一刷完，分了装备之后他就被踢了。

薄九打游戏一直有个习惯，就是从来不加好友。

就连加上秦大神也都是个意外，又怎么可能再加一个人进来。

当然是拒绝了。

现在她的注意力全放在了赚来的那些钱上。

银行卡上的数字暴增，这让她有种说不上来的愉快。果然带着大神打 BOSS 就是不一样，人长得帅，出场费这么高。

算上前面的两场，已经有六万块了，足够她买电脑零件了。

就算是把欠下的龙虾钱去掉，也有将近小四万。

薄九一咬棒棒糖，非常爽快地给秦大神发过去四个字：“收工睡觉。”

“睡觉之前，我们先来算一下……”秦漠慢悠悠地敲击键盘，“你今天接单赚的钱。”

薄九一顿，棒棒糖掉了。

为什么大神还要和她算钱？

这可不像她刚上线，对方就给她甩了三个“999999”的态度。

“我还以为大神会视金钱为粪土呢。”薄九撩了一下自己的银发，到手的银子飞走了，那种感觉还是很不美妙的。

秦漠慢条斯理地回复：“看来你对我的认知有误，我是个商人，无利可图的事谁做？”

薄九想想以后还要带着大神跑场子，长期建立合作关系也不错，想到这，她邪魅地勾唇：“我一会儿转一半给你。”

“一半？”秦漠似笑非笑，“谁说要分一半的？我九你一。”

薄九看着最后那极为不平衡的分红比例，忍不住说：“大神，你就不觉得这样分钱很过分？”

“不觉得。”秦漠一连问了薄九三个问题，“接单帖打的是谁的名号？前来围观的人看的是谁？最后竞拍价那么高又是因为谁？”

“都是我。”秦漠缓了缓，才又敲过来一行字，“所以你一我九最公平不过了。”

面对如此睚眦必报的男人，薄九还能说什么？她打开微信转了一大部分钱过去，附赠条件：“以后继续一起刷单！”

转钱的时候，薄九就告诉自己，她这是在放长线钓大鱼。

大神陪着打一次本就赚六万元。

下次广告打开，赚得肯定更多，就当投资了。

可她还是觉得肉疼。

本来是净赚五位数，短短一句话的时间就缩成了四位数。

薄九郁闷地咬了一下棒棒糖，这个男人一点都不好算计。

这边薄九刚转完钱，那边秦漠就接到了经纪人的哭诉电话：“秦总，那个‘黑桃Z’竟然拒绝我，他竟然拒绝我！”

秦漠听完了大致意思，将手机摊开，就看到一条转账信息。

估计那家伙转账的时候非常不甘愿，跟在酒店让他付单时的模样一样。

想到这里，秦漠的嘴角掠过一丝浅笑……

秦漠关了主机站起身来，并没有立刻去睡，修长的手指微动，给薄九发过去一条微信：“你刚刚拒绝了玩家加你为好友？”

薄九“嗯”了一声后，觉得睡前应该再打趣他一下，于是点开语音回了过去：“除了大神，游戏里谁都没加，是不是很感动？”

秦漠接过梁秘书递来的文件，单手还按着手机，薄九慵懒的声音就这么传进耳朵里。

梁秘书听不到手机那边的声音，只见他们家总裁不知道为什么突然就顿住了，站在那里也不说话，且神色不定，那白皙修长的手指死死地攥着耳旁的手机，眼睛里是怎么都压制不住的阴冷。

梁秘书不敢再看下去，低下头开始装模作样地整理皮包。

最后，他们家总裁深吸一口气，回了语音过去："再让我从你嘴里听到这样的话，以后你就不用说话了。"

梁秘书目光灼灼。

秦漠扫他一眼，神情淡漠地将门一关。

不是，总裁，大晚上的你让我去哪里！

这天台外面很冷好吗？

解决完偷听者以后，秦漠一只手解着衬衫纽扣，一只手还在发语音："加你的玩家是我的经纪人。"

"我知道。"薄九的手指绕着自己的银发，把腿架在电脑桌上，有种说不出的帅气，"不想加，有你这个后门可以走，为什么还要走别人的。"

秦漠抽过一旁的浴巾，偏头的时候白色衬衫半敞，漂亮的腹肌随着他的动作微微向上牵引着。

秦漠似在那一刻想到了什么，顿了一下，接着按着手机屏幕淡漠地回道："明天秦氏会签第一批新人，作为他想要特招的队员，你可以直接过来。"

"那半个月以后的电竞初赛是？"

"这是内招。"

只四个字，薄九就明白了秦大神的意思，嘴角勾了勾，道："我明天买完配件就去。"

"嗯。"

这就是秦大神的回复，不说事情就永远只有寥寥几字，高冷无比。

薄九倒也不在意，打了个哈欠，就那么随意地躺在床上，柔软的银发铺开，衬着那白皙的下巴，迷迷糊糊地回过去一句："晚安。"

薄九第二天醒过来后，并没有着急去学校。

这天她要去买零件，还要去秦氏俱乐部。

薄九想了想，还是决定请个假。

提出这个要求的时候，陈晓东站在旁边用一脸“我就知道少爷你乖不了一个月，又要作妖”的表情看着他，眼神很微妙。

薄九勾着嘴角笑了，空出一只手来，倾身轻轻拍了拍他的脸颊：“你家少爷我有正事，你自己去上课，顺便帮我请个假。”

陈晓东刚被拍第一下的时候就愣住了，他深吸一口气，不行，他以后要离少爷远一点。

万一被带坏了怎么办？

按照大神提供的消息，秦氏集团那支战队的内招一点后才正式开始。

薄九现在手上也有钱了，虽然只有四位数，但买些好的电脑内置还是不成问题的。

比如显卡和内存条什么的。

家里的公司，她不只要保住，那些说走就走且忘恩负义的人也该知道后果。

薄九狭长的丹凤眼一眯，拆了个棒棒糖放进嘴里，左手插在口袋里，抬头看向眼前的电脑城。

据说这里藏着很多好货，许多打职业联赛的高手都来这里买配件。

刚好这次竞赛有用得上的地方。

薄九推门走进去，按照技术论坛上的攻略找到了那家装修很酷炫的店。

确实和外面那些普通买电脑的店铺不一样，这里一进去就给人一种进了电子世界的感觉。

店里有四个大屏幕，每个大屏幕上都播放着游戏打斗的画面。

是秦大神的游戏形象，他只是单手一抬，便有漫天黑羽形成巨大的旋涡，每一根都能将对方置于死地。

薄九也觉得秦大神这个绝招用得很帅。

她弯了弯薄唇，这好像是他们昨天一起玩游戏的画面，毕竟配合大神使出这个绝招的人就是她。

自己的马甲薄九还是认识的。

看来带着大神打游戏，影响比她想象中还要大一点。

昨晚上他们过的本，今天就被这家店用来当画面展示了。

不知道如果她把马甲报出来，店家能不能给她打个折。

就在薄九刚想开口让人拿东西的时候，耳边突然传来一道恭敬的声音："薄少，您看看这个，这好像是他们店的最新配件，外观设置好，速度也快，最符合您的气质……"

单单听着那个称呼，薄九就知道对方叫的人不是自己。

毕竟她爸恨不得让全世界的人都知道，她这个败家子已经和他没有任何关系了。

既然叫的不是她，那就是另外一位薄少了？

薄九挑眉，朝着身侧看过去。

一个和她差不多年纪的少年穿了一身白色西装，长得倒是好看，就是个头随了他的母亲，并不是很高。

他好像不怎么爱说话，眉眼间透着小小的不耐，一看就是那种娇生惯养的少爷。

这位少爷不是别人，正是薄忠义目前最宝贝的那个儿子——薄希明。

陪着他一起来买配件的有两个人，其中一个薄九也认识。

不，不能算认识，之前陈晓东说起她的过去时，给她看过照片。

以前她穿着一身花里胡哨的衣服和贺红花吵架的时候，就是这个家伙在旁边要笑不笑地看着。

眼神里满是轻蔑和不屑一顾。

大概就是因为总看到那样的目光，以前的薄九才会因为那么一点点的小事就和贺红花吵起来。

公司当初的经纪人——杜泽，害她母亲一筹莫展的那个人。

薄九叼着棒棒糖的皓齿一咬，嘴角缓缓勾起一抹笑。

这是到齐了？

她确实要好好记住这两张脸，不然以后算账的时候算错了怎么办？

杜泽也看到了那个让他最不屑搭理的败家子，以前他顾着贺红花的面子，看见这小子还得管他叫一声“薄少”，实际上他心里早就厌恶透了这一对母子。大的农村来的，小的没品位，跟他们待在一起，都拉低了他的格调。

不像他现在跟着的人，不仅气质学识出众，游戏天赋也比一般人高。

同样都是薄家的孩子，这一位的前途可比那个败家子高了不止一倍。

“少爷。”杜泽扫了薄九一眼，回头对着薄希明道，“我们要不去那边看看，这里苍蝇这么多，坏了你的心情就不好了。”

薄希明也认出了薄九。

不过那又如何？他从来都没有把他这个蠢哥哥放在眼里。

小时候他总被人骂私生子，事事都要让着薄九。现在他才是正的，薄九算什么。

薄希明抬高下巴，拉了一下外套拉链，像模像样地道：“他都不用走，我又为什么要走？继续挑，你刚刚不是说这里的东西好用吗？我的键盘早就该换一个了，这儿看起来不错，就在这儿买。”

“成！”杜泽笑道，“少爷说得对，他都不用走，我们就更不用走了。”

另外一个人也笑了：“薄少果然是个懂电脑的，一会儿去了我们‘秦氏’，我也有话能帮薄少说。”

“还是得李经理帮忙。”杜泽继续道，“听说封大经纪人看谁都讲究一个眼缘，除了游戏打得好，还得长相出众，这……”

那李经理开口接话道：“现在的市场需求是这样，长得好做游戏直播，在线观看人数也多些。你看看我们秦总就知道，他一上游戏多少人等着看呢。不过你放心，就薄少这样的长相，完全没问题。”

薄希明倒是个沉得住气的孩子，听了那李经理的话，也没有表现出多么惊喜若狂，大学生能有他这点气质确实不错。

杜泽却是一阵笑，得意倒说不上，只不过是想让那个败家子也听听这样的消息。

看看他和薄少到底差在哪儿。

最好他再一个发怒，在店里和他们闹起来，再把这件事跟贺红花一说。

那贺红花的公司就不用他们再费事了，必倒无疑。

杜泽计划得倒是好，可让他怎么都没有想到的是，薄九听了他们的话，竟然一点动怒的意思都没有，反而随手拿起一个鼠标，问导购员：“这一款多少钱？”

那漫不经心的样子，像是根本就没有把他们放在眼里。

杜泽皱了一下眉头，很快又舒展开了：“现在不懂电脑的人也跟着来店里瞎掺和，以后这家店也该弄个 VIP 什么的，规定一下什么人该进，什么人不该进。”

李经理对薄家的事也是知道那么一点的，也朝薄九那边扫了一眼：“杜经理，我们看我们的，管这些小人物做什么。喜欢烧钱就让他烧，这一套设备下来可不便宜。”

杜泽一想也对，就贺红花现在那点家底，还不够这个败家子造的。买吧，买得越多越好。

可谁知薄希明也看上了薄九手里拿着的鼠标：“我也要买那一款。”

杜泽张了张嘴，没说什么。

薄九勾起嘴角，那股邪气看得导购员一阵脸红。

“实在不好意思。”店经理听到声响后走过来，“这款鼠标是大神同款，店里只剩这一个了。”

只剩一个了？那该归谁呢？

导购员觉得就应该给这个银发美少年，毕竟人家都拿在手里要付账了。

可杜泽偏要挑战底线：“既然是好东西，那就应该是谁给的钱多给谁才对。”

“这……”店经理的脸色看上去有些为难，说实话，作为一个商人，他当然想多赚点钱。

但这样做生意也太不讲道理了，以后会没人来他们店里消费的。

他刚想说点什么，就见店外有几个穿着战服的人走了进来。其中一个身高大概有一米八几，长相很吸引人，看得出来家境也不错。他把一只手搭在薄希明的肩上，低声问道：“明子，干什么呢？”

“买个鼠标，有人还不让给我。”薄希明一边说着，一边朝薄九看了一眼，“你说是不是很有意思？”

那个人笑了笑，多少带了点邪气：“就你那个蠢哥哥抢得过你？”

“老袁，给我这哥们儿一点权利。我们可都是打游戏的，这么好的鼠标让给一个外行人不太好吧。”

老袁就是那个店经理，现在一看连职业战队的都来了，立刻道：“那就价高者得。”

这也太欺负人了，美少年肯定生气了，导购员想着，看向薄九的目光里多了一抹担忧。

可让她没想到的是，那美少年扬起薄唇，轻轻一笑就叫出一个价格：“一万元。”

一万块钱买一个鼠标？

导购员的眼睛都瞪圆了。

而且刚刚这个美少年还低声问过她有没有什么优惠活动，怎么摇身一变就这么大气了？

杜泽也是听得一愣，贺红花现在到处求爷爷告奶奶贷款呢，难道是家里还有剩余？

不然这个败家子怎么会这么嚣张。

花一万块钱来买一个鼠标，确实是太贵了。即便是薄希明这个养尊处优的小少爷都觉得有些肉疼。

但这么多朋友看着，又有秦氏俱乐部的一个经理在，他怎么也不能丢了面子。

“一万一千元！”薄希明冷笑着加价。

贺红花没钱了这事谁不知道？还在这儿装，呵。

他倒要看看这个败家子能和他拼到什么地步。

“一万一千元？”薄九笑了，慢悠悠地把手上的东西一放，“老板，你可以把这款鼠标卖给他了，花一万一千元买个鼠标，不是有钱烧的就是脑子有病。”

薄九才不管旁人有什么反应，又叼了根棒棒糖，邪笑着手指一抽，拿出鼠标下面的硬盘：“其实我更想要的是这个，最大内存运行的，来十个。”

闹了半天，他主要不是来买鼠标，而是来买硬盘的？！

那他为什么还要喊价？

还喊一万元那么高。

难道……薄希明手指一紧，薄唇间的字一个接一个地蹦出来：“薄九！你耍我！”

“是啊，我耍你。”薄九把银发往后一扣，笑意发狠，“那又怎么样？”

“你！你！”薄希明气得全身都颤抖了，但他还有理智，时刻都想着自己的身份，不能在这么多人的场合和一个完全上不了台面的人计较，那样只会拉低他的档次。

薄希明深吸一口气，跟着笑起来：“不过是一万块钱，我也知道现在你拿不出来。你现在倒是聪明了，给自己想了条后路。等我爸和你妈离婚了，我看你还怎么嚣张！”

面对这样的人，薄九也不生气，反而勾了一下薄唇：“薄希明，如果我是你，我就不会把自己家里的污糟事到处说，看来你不以为耻反以为荣，很骄傲啊？果然这个世界上并不是所有人都能称为人。”

“薄九！”薄希明眼见着围观的人越来越多，脸色铁青地丢下一句，“你给我等着！”

那导购员听到这里也明白是怎么一回事了，原来这位少爷不仅是欺负人那么简单，还鸠占鹊巢？她最痛恨的就是这种人，一见薄希明要走，立刻大声道：“先生，请您走之前先把账结一下，您一共消费一万一千元，是刷卡还是付现金？！”

薄希明又深吸一口气，指着杜泽道：“找他付！”

杜泽没想到会是这么一个结果，没有欺负到那个败家子不说，还白白浪费了一万一千元买了个只值几百块钱的鼠标。

主要这钱是他出的，真是晦气！

这个败家子到底是怎么一回事？是变聪明了吗？

不，不可能，最多也就是瞎猫碰上了死耗子。

薄九解决掉碍眼的人以后，心情比刚来的时候还要好上那么几分。

薄九的嘴角勾了勾，低着头又挑了一些小零件，都交给了导购员，再帅气一笑：“就要这些，结账吧，谢谢。”

导购员收过来，果断给她打了个九折，脸还是红扑扑的。美少年说话的语调太好听了，这样的客人来一百个都不会腻。

“你不要鼠标？”

这话并不是导购问的，而是刚刚搭过薄希明肩膀的那个男人。他的身上披着战服，脸上的笑意丝毫不友善。

薄九单手插在裤袋里，连看都没看他一眼，交完钱拿了自己的东西就走人。

没想到那个男人竟然勾了一下嘴唇，擦身而过时淡淡地扔过来一句：“有趣。”

确实有趣不是吗？

薄希明这个蠢哥哥，以前看见他都会主动搭话，现在却好像不认识他了一样。

男人眯了眯眼，也没有拿薄九当回事，毕竟再怎么变，都是个没出息的。

“老大，你快来看！店里播的就是昨天秦神和那个‘黑桃 Z’一起打游戏的视频！我真是羡慕这家伙，平时比赛也只有老大你能和秦神抗衡，这家伙居然能和秦神在一组刷本，真是太好运了！我问过了，不是帝盟的，也不知道是哪个战队的人，怎么还是个新手？”

男人循着队友的手指看过去，满屏的银光入目。他顿时身子一震，不由得吐出了两个字：“漂亮。”

真的是太漂亮了！

哪怕是他，或许都达不到那样的手速，这个“黑桃 Z”到底是谁呢？

第四章
玫瑰

下午两点。

秦氏集团下的俱乐部开始陆陆续续进去很多人。

薄九也在其中。

填资料的人开口问道："有介绍信吗？"

"介绍信？"薄九摇头，"没有。"

那个人皱了一下眉头，指了一下旁边排的队伍："那你拿着号码去一旁等着吧，叫到你的时候会有人让你进去的。"

薄九也没有多说什么，按规矩接了号码牌，两腿相搭，坐在那里。没事干她就开始研究买来的那些硬盘，怎么拆怎么装，需要个什么样的外壳，最好是小一点的，伪装性能才越高。

"你……你也是来报名参加内签的？"旁边一个戴眼镜的男生像是鼓起了天大的勇气，才敢和薄九搭话，"我……我……我也是。"

显然，男生说话不怎么利索。

薄九笑了笑，抬头"嗯"了一声。

那个男生愣了一下："你这个样子面试肯定会过，听……听……听他们说封……封大经纪人很……很看脸！"

“你也很清秀。”

就在两个人聊天的时候，薄九手机的微信响了。

是大神的消息，很短的三个字：“到没到？”

薄九笑了，慵懒地发了段语音过去：“到了，正和人聊天呢，看到一个眉清目秀的男生。”

秦氏集团的顶楼，偌大的办公室里，梁秘书分明看到了自家总裁发微信的手指顿了一下。

那原本淡漠的脸色好像也开始变得不太好？

秦漠还在看着那条微信，眉毛挑了一下：“秦氏不是你随便结交人的地方。”他发字的手用了力气，连眼神都是冰冷的，“懂吗？”

薄九看着回过来的那行话，叼着棒棒糖，很酷地回过去一句：“放心大神，真想结交也是结交你啊，你可是条大鱼。”

大鱼？

谁喜欢被这样的形容词来形容？

秦漠的手指用力一攥，眼里闪过一道阴冷的寒光。

梁秘书站在他旁边，只觉得自家总裁看手机的眼神里满是寒光，让他这个旁观者都忍不住从心底发凉。

微信那边的人到底又是怎么惹到总裁了？

明明早上总裁的心情还不错，怎么这一下子就又冷回去了？

秦漠单手推开会议室的门，按着手机屏幕把最后一条微信发完，接着抬起头来，一双眸子直直地看着梁秘书，声音清冷：“你现在就去给战队下个通知，以后战队有谁在公司随意结交朋友，就断谁的薪水。”

“啊？是！”

梁秘书应完后，又觉得这个通知有点莫名其妙。

战队都在打游戏锻炼自己的技能，为了备战不久以后的城市战，大家连着好几天都泡在公司，谁会有心情随意结交朋友？

此时薄九还坐在冷板凳上，看着秦大神发过来的消息，嘴角勾了勾，手指按得飞快："你先开会，我这边没问题，应该都能过。"

比赛这种小事就不麻烦大神了，大神可是她用来赚银子的，不能随随便便就带出来溜达。

虽然大神刚才说开完会就过来见她。

不过薄九还是觉得只是小比赛，随便打一下就能过。

更何况那个封大经纪人不是一直想挖她吗？总不会不让她过吧。

薄九也知道对方没时间回她微信，随手就将手机收了起来，安静地等着叫号。

旁边的男生满脸不好意思："我……我没有眉……眉清目秀，很……很一般。"

"摘了眼镜就好了。"薄九侧过头来，一头银发闪耀，"你底子在。"

男生有点羞涩："谢……谢谢。"

"不客气。"薄九伸手把那些零件装进包里。

男生又问："你……你是哪个区？"

"英雄吗？C区。"薄九叼着棒棒糖，向后随意一仰，明明是在角落里，却像是在发光。

"C区？"男生突然睁大了眼睛，神秘兮兮地压低了声音，"那……那C区的'黑桃Z'你知道吗？"

薄九咳了一声，没有说话。她该说知道呢，还是说不知道呢？

男生两眼都放光了，说话还是磕磕巴巴的："他……他真的好厉害。听……听说他也会来参加这次内签，好想看看他真……真人长什么模样！"

薄九一顿，轻笑道："你怎么这么关心一个新手？"

"他……他不是新手！"那男生的神情都跟着激动起来，"我看……看得出来那是个大神，我……我很喜欢他！"

薄九闻言，手抬起来，拍了拍那个男生的肩："谢了。"

男生不解，谢什么？

就在他刚要细想的时候，里面走出来一行人，像是刚刚被审核完，由一位经理带着。

那位经理，薄九在买硬盘的时候见过，就是和薄希明他们认识的那一个。

她的眼睛眯了眯。

男生还以为她感兴趣，便低声在她耳边道："那就是战……战队俱乐部的经理，负……负责把控第一关的。刚出去的那些人都是有介绍信的，我……我们没有，所以要最后一批被审。"

李经理也看到了薄九，他的表情称不上有多好，抬起手腕来看了一下表："剩下的一起进来吧，都看着点，别弄坏了公司的电脑。"

俱乐部审核第一关，测的是他们的手速。

当然，盲打是最基本的。

每一个玩家现在都面露紧张之色。

因为能不能被内签进入全国最强的联盟战队，就看这一搏了。

俱乐部给每个人都提供了一个账号，让他们登游戏。

但登的并不是英雄，而是舞蹈游戏。

测试他们的反应手速。

薄九觉得这个方法不错，毕竟她以前完成任务的时候，就很喜欢先跳一局舞来练练手指的灵活度。

所以说这个游戏对她来说并不难。

只是薄九有个习惯，她喜欢设置成高难度，这样手指才能得到更好的舒展。

键盘空格键的声响同一时间在办公室里响起又落下，非常整齐。

每结束一局，电脑上就会显示这局的手速。

每个人可以玩三局，取最快那局的手速成绩。

当然，他们都只能看到自己的屏幕，却不知道他们之中有一个手速高达百分之九十的"变态"。

那个"变态"当然就是薄九了。

薄九只玩了一把，就固定了手速成绩，于是第一个站起来，填写完手速表，交给了那个李经理。

李经理严厉地看了他一眼："测试是三局，取最高成绩！"

"我玩几局都一样。"薄九的声音很淡，"而且取哪一局的成绩不都是自愿的？既然是自愿的，我取第一局也不算违背赛制。"

李经理冷冷地笑了，有意要找麻烦："我让你玩三局，你就玩三局！不要以为自己打字比别人快上那么一点点，就真的觉得自己手速有多快，我们俱乐部需要的是具有谦卑精神和热爱网游的年轻人，而不是像你这种只懂炫耀不懂收敛的。你这么早出成绩是想让考官觉得你厉害？你的如意算盘完全打错了，我这里看的从来都不是表面功夫！"

薄九听了这些话也并不恼，只淡淡地道："那你说怎么办？我已经填了成绩。"

"把你这张表格拿回去，重测一次。"李经理像是连看都不屑看他，就那么随手将薄九的表格扔了过去。

刚刚和薄九搭过话的男生担忧地看着他。

薄九笑了笑，接下来弯腰将那张表格捡了起来。

男生这才放下心，还想赶紧把他拉过来再做一次测试。

哪想到，薄九刚站直身子，就抬起了手，轻轻一用力，表格纸瞬间被撕成了两半。

原本都是敲键盘的声响。

现在却在薄九的影响下，每个人都停下动作，测试间里静得只能听到纸张被撕开的声音。

等到薄九把那张表格撕成碎片放到李经理面前时，她的四周涌来如潮水般的议论声。

然而她却仿佛什么都没有听到，单手撑着桌面，缓缓压低声音："如果秦氏俱乐部有你这样的人做经理，那我宁愿不在这个战队打游戏。"

顿时，测试间里一片哗然。

没有人敢这么和俱乐部经理说话，他当真不想入围了吗？

“你！”李经理什么时候被人这样挑衅过，下不来台，脸上的怒意已经快烧起来，“好！很好！有骨气是吧？那就拿着你的东西给我滚！”

薄九冷笑了一声，没有再说任何话，一把拿起旁边的书包，单肩挂在身上，径直走出了测试间，那背影酷得不像话。

男生坐在自己的座位上，看了看自己的手速，再看看旁边的电脑截屏，最后一咬牙也跟着拿上包跑了出去。

“那……那……那个，你等等！”

薄九听到身后传来声响，回过头去看了一眼：“你怎么也出来了？”

“我……我见你走了，就……就不想待在那里了！”男生说完，脸上绽开一个大大的笑，“虽……虽然我也很想进‘秦氏’，不……不过像我这样说话都成问题的人，肯……肯定到最后也拿不到什么培训资源吧。那……那个经理看上去很势利眼的样子，我……我不喜欢这样的环境，玩……玩游戏就是要开开心心的，对吧？”

薄九摸了摸鼻梁，听到这些话难免有些心虚。毕竟她玩游戏的初衷就是为了赚点钱，现在是为了拿回贺红花的公司。

比起这个他来，她的出发点好像太功利了。

“既……既然不用比赛了，我……我们去吃个饭吧！”男生一张脸红扑扑的，很是俊秀，“我……我知道这里有一家火锅店很不错，以……以前我就一直想和游戏里的人吃饭，没……没想到愿望这么快就实现了！”

为什么她总感觉他和秦神在某一点上很像？

是错觉吗？怎么这些神人都对游戏里的人这么好？

“吃吧，不过我身上没钱。你先请，下次我请你。”薄九一边说着，一边抬手搭在了男生肩上。

这一下，他的脸更红了，很可爱。

他重重地点头："我……我请！那家火锅店是……是我家的。"

又一个有钱的富二代……

商务气息颇浓的会议室里，气氛一如既往地低。

市场部的人还在战战兢兢地说着今年的数据，生怕他们家总裁一个不满意，那深如寒潭的目光就会朝自己看过来。

好在总裁有点心不在焉，似乎是有什么其他事情，手里一直把玩着一部纯白色手机。

"秦总，大概就是这样了。"市场部的人说完，下意识地等待挨批。

"嗯。"

就这样？众人难免有些不适应。

秦漠并没有仔细听，反正数据的事，接下来调整就行了。

都这个点了，那家伙的测试应该也结束了。

又过了十几分钟，秦漠将手抬起来，声音平淡地道："今天的会议先到这儿，明天再继续。"

"啊？"策划部的高层经理还没有递上方案，不过他还是很高兴总裁临时做的这个决定，立刻道，"是，是！"

秦漠率先站起来，那两条腿被手工西裤衬得笔直，再加上他自带恶魔气场，一出会议室，众人便感觉那股压迫感骤然消失，全部松了一口气，瘫在了办公椅上。不过总裁这个时候是要去哪里？

梁秘书跟在秦漠身边，手上还拿着会议记录文件："秦总，您晚上的饭局七点才开始，我们现在出门是不是有点早？您要不要先休息一下？"

"不用，去俱乐部。"秦漠一上电梯就下了命令。

秦氏大厦旁边就是他们的俱乐部，走过去并不远。

梁秘书有些诧异："去俱乐部？今天好像是在内签，秦总想过去看看？"

秦漠没有过多解释，淡淡地"嗯"了一声。

梁秘书一顿："那您先等一下，那边的人不知道总裁要过去，我得先打个电话。这次参加内签的选手都是总裁的粉丝，您这样过去容易造成轰动。"

"几十个人能有什么轰动？"秦漠抬起手来，袖口别着一颗纯黑的纽扣，随着他的动作溢出奢华的光，他的指尖按在了电梯按钮上。

梁秘书只好把手机收回去，看来总裁是早就打定了主意要过去。

真是奇怪，之前封副总让总裁过去坐镇，总裁还说无聊来着，现在怎么又改变主意了？

秦漠刚进俱乐部，就看到他那个经纪人正在那儿踮着脚也不知道在等谁。

封逸确实是在等人，就是他等的那个人总也不来。封逸看到自家大神后，眼睛都亮了："总裁，你不是说'黑桃Z'会来吗？他人呢？我都在这门口等他半天了！还得乔装打扮，被记者认出来肯定会抓住我做采访。你知道，其实我也很火的。"

秦漠朝他戴着帽子的头扫了一眼："这就是你乔装打扮的结果？一个看起来蠢到爆的渔夫？"

封逸果断扭过头去问梁秘书："不好看吗？"

梁秘书眨了眨眼。

封逸觉得受够他们家大神的毒舌了，把帽子一摘："就算不好看吧。那'黑桃Z'呢？"

"他在里面做测试。"秦漠扔下这句话，便抬腿走向了测试间。

俱乐部里的人看到他那张俊美的脸后，纷纷向后退了一步，忍不住捂住了自己的嘴。

秦……秦神居然来了！

俱乐部外面已经炸开了锅。

测试间里已经进行到了第三轮测试，这次登录的是《英雄》，测打本能力，全部让他们用自己的账号。

李经理还在为刚才薄九的行为恼怒，一边绕着圈一边冷声道："我告诉你，打游戏就拿出打游戏的态度来，不要学刚才离开的那个败家子，还以为‘秦氏’是什么人都能随便进的？那你们……”

他的话还没说完，就被门口站着的那个人震惊了。

总……总裁？

他怎么会来？！

李经理看着那个伟岸矜贵的身影，立刻迎上去：“秦总，我……”

秦漠连看都没看他一眼，淡漠地走进去，一身西装笔挺，尊贵无比。

所有的选手都停下了动作，就那么看着他，神情里是难掩的激动。

秦漠的名气并不仅仅因为他那张脸，还有他总是高于众人的操作。他不仅是女人心目中的男神，也是众多玩家心目中一直想要追随的英雄。

如今，他出现在这里，自然会引起轰动。

秦漠却旁若无人地站在那里，双眼从那些玩家身上掠过，最后皱了一下好看的眉头。

怎么没有他？

秦漠低头，又扫了一眼微信上的留言，上面有他的号码牌。

19 号。

秦漠顺着数字望过去，却见那台电脑前的座位是空的。

梁秘书跟在他家少爷身边久了，很快就懂了那目光是什么意思，偏过头问道：“坐在 19 号机子的选手呢？”

这个问题一出来，测试室顿时静了半分钟，玩家们开始面面相觑，那表情竟有些说不出的微妙。

没有一个人敢说话，而是偷偷朝着李经理的方向看过去。

李经理本人也是一顿，毕竟他从来都没有想过梁秘书会过问这种事，还在想说辞。

秦漠站在那里，双眼危险地眯了起来。

梁秘书眼见自家总裁的耐心都磨光了，赶紧问：“老李，你说，这到底是怎么回事？”

李经理还在那儿装模作样，长叹了一口气道：“还能怎么回事？梁秘书，你是不知道，也不晓得是谁推荐这个19号选手来参加内签的，他素质差得不行，还不遵守测试规定，我就让他直接走了。”

谁都不知道为什么，整个测试室的空气瞬间如凝固一般。

梁秘书抬头朝着自家总裁看过去。

只见那张俊美的脸上布满了寒意，声音也低沉得可怕，让人从心底里害怕：“你说，你让他走了？”

“是啊，秦总。”李经理打着哈哈，“那样的败家子，实在不怎么样，幸亏您没见着。”

秦漠突然笑了一声，接着踱步朝着他走过去，伸手一拽，就将李经理的衣领子拎起来，冰冷的目光几乎能冻死人：“你算什么，就敢随便让选手走？“

“秦……秦总，我……我……”李经理还想解释。

比他更早疯的是封逸，一听他们家大神那意思，走的人肯定就是“黑桃Z”了。

他拼命想要挖来的“黑桃Z”，竟然被这个老李给赶走了，他简直有点不敢相信自己的耳朵。

“老李，你为什么要这么做？”

李经理知道此时他只能把希望寄托在封副总身上了，连忙道：“我让他重新测手速，他不愿意，是那个败家子自己撕了成绩表，不想来我们俱乐部的。”

秦漠根本不相信他的这套说辞，随便抬手一指，叫了一个选手：“你说，到底是怎么一回事？”

那个选手没想到自己的偶像会点名叫自己，立刻站起来激动地说：“19号选手是第一个测完手速填表的，李经理却说他只懂炫耀，让他不要自以为是，重新再测一次。19号一听这话，当场就撕了表格纸，还说只要……只要俱乐部有李经理这样的人在，他就不会加入。”

那个选手是硬着头皮说完这些话的，因为他发现自己每说一个字，秦神的目光就会冷上一分，最后就像是结了冰的寒潭。

封逸也在一旁听着，他怎么都没想到会是这样，抬起头朝着李经理看过去，手都抖了起来：“你……你，我让你盯着测试，就是让你给我惹事的？！”

秦漠直接拽着那个李经理的领子，一把将他按在电脑前。

他向来不温和，此时更是把他那股阴狠发挥到了极致。

“你自己看看他的手速成绩是多少，他这样的人原本就有资格傲。”

这样的秦漠简直太可怕了，少了商场上的矜贵淡漠，满眼阴冷。

李经理全身都在颤抖：“秦……秦总，我不是故意的，我真的不是故意的。”

“让他走？你配吗？”秦漠单手插在裤袋里，压低了腰杆，声音极冷，“你不是想知道是谁介绍那个家伙来内签的吗？”

“是我！”

秦漠说完就把人扔在了那里。

没有丝毫温度的两个字，彻底把李经理给镇住了。他摇晃着站起来，脸贴着电脑屏幕，就那么瘫软在座位上。直到秦漠出去他都没有回过神来，一张脸白得吓人。

因为他知道他的前途完了，不用总裁发话，接下来他会立刻被开除。

为什么那个败家子会是秦总介绍来的？！

同时，薄九的手速也显示在了所有选手的电脑上。

看着那样的成绩，每个懂游戏的人都愣住了，接下来是不敢相信的哗然。

百分之九十以上！

这一刻，所有人都沉默了。

震撼、吃惊、讶异，席卷整个测试室。

那样的手速，他们练上一辈子都达不到。

这个19号选手究竟是谁？

每个人都在问，每个人都在好奇。

可他的资料早已经被他撕毁扔进了垃圾箱，这脸打得真叫一个绝。

秦漠大步往前走，那低到不行的气场让梁秘书和封逸都吓白了脸。

尤其是封逸。这场内签是他在负责，谁知道他手下的人竟会把总裁挖来的“黑桃Z”直接拒之门外。

别说总裁会生气，就是他现在都想痛扁那个混账老李。

梁秘书现在也不敢提醒总裁下午饭局的事了，缩着脖子当隐形人。

秦漠突然停下脚步，将手机掏出来，指腹按着屏幕，俊脸微侧：“你在哪儿？”

很淡的三个字，像是在发微信。

封逸和梁秘书对视一眼，能让总裁这种时候发微信的人……

“黑桃Z”！

此时薄九还在打量男生口中所说的火锅店，眉毛一挑：“这就是你口中很普通的火锅店？”

省内唯一一家达到米其林标准的火锅店。

普通火锅店？放眼望去，全世界都不超过十家。

男生笑了一下，挠了挠自己的头：“你……你想吃什么？我……我让他们帮你拿。”

“肉吧，我是肉食主义者。”薄九也没有看菜单，就那么坐在那里，笑容迷人，“没想到比个赛还能捡个富二代。”

男生又开始结巴了：“不……不是，我……我自己没钱，只……只能请你吃火锅，以……以后等我赚了钱再请……请你吃别的。”

薄九眨眼一笑。

男生愣了一下，笑了：“你……你的电话是不是在响？”

电话？

薄九侧身，单手从口袋里把手机给掏出来。一看是秦大神发过来的微信，她嘴里叼着一根筷子，就回了文字过去。

“刚才比赛的时候认识的那个小帅哥正在请我吃火锅，你的会开完了？”

秦氏俱乐部。

那道能够聚集所有璀璨光芒的身影已经走了进来。除了选手想要看到他们的秦神，连媒体也架起了摄像机。

这无一不见证着秦漠的人气。

不在演艺圈里，却和当红巨星一样有名。除了秦漠，没有谁能有这种效果。

只有封逸和梁秘书知道，他们总裁现在整个人都处于“冻死人不偿命”的状态。

尤其是他看了手机屏幕后。

也不知道对方给秦总发了一条什么微信。

薄九又打过来几个字：“你饿不饿？饿了就一起过来，火锅店还不错，小帅哥人也可爱。”

秦漠站在那里，想深吸一口气，却发现这个地方人太多了，连深吸一口气都做不到，只好硬邦邦地说了一句：“地址！”

薄九眨眼，她怎么听着秦大神的语调有那么一点冷呢？

难道又生气了？她没做什么啊，他怎么又生气了？

薄九坐在餐桌前，左手托着下巴，另外一只手正漫不经心地把地址发过去。

秦漠看了以后，眉头皱了一下，然后吩咐梁秘书备车。

梁秘书听着那个地址，这不是晚上秦总要去谈生意的地方吗？

“秦总，我们现在就过去？”

会不会太早了？

秦漠没有说话，从他手上取了车钥匙，就坐到了驾驶座上。

梁秘书还来不及再问点什么，就见他们总裁修长的手握住方向盘，漆黑的发遮住了他那双幽深的眼睛。

一个漂亮的甩尾，线条流畅的跑车便带着凌厉的风声驶上了往北的大道。

总裁这个样子，实在不像是去餐厅，倒像是去寻仇的。

薄九这个时候还慵懒地喝着茶水，一双狭长的眼睛像是渗了光："一会儿有个朋友要过来一起吃，也是我在游戏里认识的人，不介意吧？"

"不……不介意！"男生结巴的毛病一直在，"我……我再让他们加一副餐具！聊……聊了这么久，还……还不知道你叫什么？"

薄九闻言，抬起手来一笑："薄九。"

"好……好名字。"估计男生想了半天才想到这么个赞美的词来，憋着一张大红脸道，"我……我真名叫封尚，在……在游戏里叫……叫'赏你一拳消消乐'。"

"扑哧！"

饶是薄九这么酷的人，听到这个游戏名也忍不住喷了。

不仅因为对方的名字搞笑，更因为这个游戏名在《英雄》里确实是个名人。

操作很牛，钱也很多，就是有一点——这家伙纯话痨一个，只要遇到小姑娘，就跟人家说："妹子，叔叔带你打本带你飞！"

薄九怎么都没有想到，游戏里这么一个抠脚大汉形象的人，在现实里居然是个乖宝宝，这比她自己是"黑桃 Z"还要玄幻。

封尚也知道薄九为什么会是这种反应，很不好意思地挠了挠自己的脸颊，连耳朵都红了："你……你大概会觉得我和游戏里不一样，以……以后习惯了就好了，我……我哥给我充了很多钱让我玩，却从不给我现金，害……害得我只能在自家店里吃火锅。你……你是第一个不会笑话我结巴的人，所……所以我很想交你这个朋友！"

薄九挑眉，目光一闪："你哥？你哥是封逸？"毕竟封这个姓，在江城并不多见。

封尚乖宝宝般地点了点头，又问：“你……你在游戏里叫什么？以……以后我们可以在游戏里一起玩了。”

“让你带我打本，带我飞吗？”薄九调侃了一句，这可是对方的名言。

闻言，封尚那张脸彻底红了。

薄九也不好多调侃人家，毕竟对方不是秦大神，面对什么事都能高冷依旧。

她想了想，把木筷放下，看着封尚道：“刚才在俱乐部没来得及说，其实我就是‘黑桃Z’。”

封尚身子一僵。

接着，他左手指着她，说话更不利索了：“你……你……你怎么会是‘黑桃Z’？”

“我的代号是Z。”薄九说了一句意味不明的话。

封尚并不是很懂，但是……“黑桃Z”！

他说他是“黑桃Z”！

他……他最想要见到的偶像，“黑桃Z”！

封尚不知道该说些什么，抬头道：“偶像，你先让我静一静。”

薄九笑了：“你不结巴了？”

封尚也意识到自己刚才说话似乎特别流利，可他是被震惊的。

他像是想起了什么：“那……那个势利眼经理，现……现在肯定特别后悔。我……我看过你和秦少联手打本，他……他居然敢那么对你，秦……秦少绝对会让他吃不了兜着走！”

“别说我，你呢？怎么不告诉那个经理，你是他们封大经纪人的弟弟？”薄九浅浅地勾唇，“这样应该不用测试就能内签。”

封尚僵了一下，声音也跟着低下来：“我……我不适合做职业选手，我……我说话结巴，不……不想靠着我哥的关系进去，我……我想看看自己的真实实力。”

“既然是这样，那有没有兴趣跟我组个队？”薄九的手指托住下巴，看向封尚，“让那些人大开眼界？”

封尚一震，看着近在眼前的那张俊脸，眼里燃起层层光亮：“怎么让他们大开眼界？”

“再过十天就是正式的电竞初赛，秦氏签正式队员也是从这里签，到时候我们组队拿个第一，怎么样？”薄九以一个非常漂亮的姿势将手搭在了封尚的肩上，白皙的皮肤仿佛镀着光，嘴角带着特有的狠辣。

一缕银灰色的碎发垂下来挡住了她的双眼，让人看不清她的眼神。

可即便是这样，那样的姿态也足以让人热血沸腾。

“好！”封尚握住薄九的手，颇有歃血为盟的英雄气概。

秦漠走进来时，看到的就是这一幕。

“秦……秦总。”服务生小心翼翼地看着来人的脸色，声音低得几乎听不到。

秦漠看着眼前的两个人，挺拔的背脊如同苍山松柏，让人感觉不到一点温度。

那双眼更是冷如深水古潭。

服务生还在想说点什么，就见眼前那个尊贵无比的男人已经踱步朝着窗边走过去，然后一个用力拉住银发少年的后衣领。

薄九没有防备，一回头，微凉的薄荷香进入她的鼻腔。

不用猜也知道，是秦大神来了，只有这个人喜欢拽她的后衣领。

薄九抬头，就见他正低头看着自己，那双眼睛像是幽深的古井，淡漠而高贵。

秦漠用力一扯，把人直接扔回座椅上，凉薄的唇抿成一条直线。

薄九摸了摸鼻梁：“真生气了？是不是开完会就去找我，结果发现我人不在，所以才生气了？那也不能怪我，你们那个经理真的是太事了，就我这暴脾气，你说我能忍吗？没动手揍他，我那完全是看在那是你的地盘的面子。”

“这样说我还得谢谢你了？”秦漠的声音更冷了。

封尚在一旁已经看傻了眼，毕竟他也见过秦少几次，从来没见他眼神这么冷过。

作为偶像的新战友，他得为偶像说句话，不然秦少真有可能封杀偶像。

“秦……秦少，这……这件事真不怪九九，那……那个李经理很明显是看他不顺眼，才……才让九九滚的。”

闻言，秦漠挑了一下眉毛，似笑非笑地看着薄九，眼神并没有多暖：“九九？呵，九爷，你的称呼又换了？不让人喊你九爷了？”

四周的空气就像被冻结了一般，所有的服务员都不敢看他。

秦少真不是那么好惹的。他们也期盼着二少能闭上嘴，不要再多说什么了，否则连大少都救不了他。

薄九倒是知道问题出在了哪里，如果是他，想去给朋友撑个场子最后却发现朋友不在了，心情也不会太好。

实际上秦大神还是挺看重她的，不然也不会一开完会就去俱乐部那边找她。

想到这里，薄九放下木筷，抬头看着秦漠，长叹一口气说：“你没给我介绍信，那个经理说话又太难听，我肯定要走了。”

秦漠听着少年略微低沉的声音，眼底的冰冷渐渐消失了。

他确实忘了给这个家伙介绍信，原本以为有封逸在也不会出什么意外。

想到这里，一股莫名的罪恶感从心里升起来。

“所以过去的事就不要提了，快坐下来吃火锅。”薄九伸手拽住秦漠的胳膊，大神来了伙食肯定能跟上，能多点几盘肉了！

秦漠还没有反应过来，就被拽着坐在了椅子上。他皱了皱眉头，坐直了身子，声音低下来：“那个经理我已经帮你处理了，吃完饭跟我回‘秦氏’。”

“大神，我们是兄弟。”薄九头也没抬地捞着嫩牛肉，一张脸上带着浅笑，“我也是个要面子的人，你想想，如果你被人那么羞辱了，能说回去就回去？”

秦漠听到“羞辱”两个字后顿了一下，他确实没考虑到这一点。

再看薄九给自己夹了一筷子牛肉，秦漠的眉头皱得更紧了。自己什么时候也会替别人着想了？难道就因为薄九现在的表情看上去比较顺眼？

还是因为“朋友”两个字？

不过说到底，这件事确实是他那边的问题。

一旁的封尚坐立不安，那双眼睛观察着秦少的表情，见他眼神冰冷地盯着薄九，猜测他该不是对偶像已经恨得咬牙切齿，正在想办法封杀吧？

不行，他必须拯救偶像！

封尚深吸一口气，硬着头皮，刚想再开口。

就见坐在他对面的男人薄唇勾了一下，带着若有似无的凉意：“二少去参加秦氏内定比赛的事，家里人知道吗？”

封尚身子一僵，更着急了：“秦……秦少，你……你别告诉我哥这件事，他……他知道了肯定会给我走内部关系，我……我……”

“看来是不知道。“秦漠慢条斯理地拭了一下嘴角，那嘴角的笑就像一把凌迟的刀。

封尚本就爱脸红，现在十分着急，恨不得一句话就解释清楚。

薄九在旁边看着，把牛肉吞下后道：“大神，你别欺负他，他现在是我的队友。”

“你的队友不是我吗？”秦漠挑了挑眉，向后一靠，把手中的车钥匙往桌上一扔。

薄九顿了一下，突然笑了，左手搭在秦漠的肩上，一派纨绔子弟的模样：“放心大神，游戏打本只有我们两个人，无比坚定的强强联手。”

秦漠嘴角一勾，把他那只手挪开：“你乱动手的毛病要是再改不了，今天就吃二十盘牛肉。”

又吃？上次那二十只龙虾她都消化了一天。

吃还是小事，主要是付账……

薄九松开手：“当你是朋友才这样，真的，你就别欺负封尚了。”

“这么护着他？”秦漠的头有些低。

薄九坦言：“我想带他参加下个月的电竞初赛，这是唯一剩下的能进战队的办法。”

“我带你去你不去，非要参加比赛。”秦漠看着少年，“多说点实话，对你有好处。”

薄九笑了：“老实讲，经过今天的羞辱，我觉得默默进入秦氏不像我的作风，不弄点大事出来，太丢人了。”

“丢人？我看你是想打谁的脸吧。”秦漠抽了支烟出来，含在薄唇之间，声音平淡，“外面那个女人又给你气受了？”

薄九眯着一双漂亮的眼睛：“没想到大神也会用这种形容词。不过我最近没见过那个女人，她儿子倒是被我碰上了。我不是今天去电脑城买设备吗？看上一款你曾经用过的鼠标版型，他欺负我穷没带钱，就抢了我的鼠标。当时你们俱乐部的那个经理也在，估计他就是那会儿看我不顺眼，才会故意在测试时为难我。”

明明是她坑了薄希明一把，可到她嘴里就是薄希明抢了她的鼠标。

不得不说，对待仇人，薄九就是这么任性和没原则。

封尚听到这里，好不容易插了一句话：“我……我也没钱，能……能体会到那……那种被人欺负的滋味。”

薄九和他击了个掌，两个人颇有难兄难弟的意思。

封尚安慰她：“偶……偶像，我……我可以把我的鼠标给你。”

“不用，今天晚上我和大神一起刷个本就能赚笔钱。”薄九一边说着，一边往嘴里塞了一口牛肉。

秦漠修长白皙的手指顿了顿，看着旁边埋头吃肉的他，心头那抹诡异的愧疚感又涌了出来……

一顿香喷喷的火锅吃完，薄九就想先和秦大神告别，回家装她的小型笔记本电脑。虽然买的零件还不全，但组装内部还是可以的。

没有想到秦大神竟然会开口留她：“我一会儿在这里还有个饭局，你跟我一起，吃完我送你回去。”

薄九刚要拒绝，秦神神情淡淡地接了一句：“吃完再一起刷本。”

这意思是不吃就不一起刷本？

可她刚吃完火锅，又吃……

秦漠像是看出了她的想法，继续道：“坐坐就走，不用你再硬塞。”

“其实我还能再吃一盘牛肉。”薄九手托着下巴，“答应你了。”

秦漠没有再说话，不过封尚在旁边看着，觉得从进来到现在，秦少的脸色终于算是缓和了下来。

一会儿两个人有饭局，封尚待在这里也不好，主要是他担心一会儿他哥会来，再发现他偷偷参赛的事。

说起参赛，封尚还有话要问薄九：“偶……偶像，我们战队其他三个人是谁？能……能把他们的游戏名告……告诉我吗？我……我给他们金币！”

薄九很满意她勾搭到了一个这么善解人意的队友，不过……

“目前战队里的人……”薄九说到这里顿了一下。

封尚坐直身子，两眼发亮，等着薄九接下来的话。

“只有你和我。”薄九一锤落音，邪气依旧，“是不是觉得很骄傲，能成为元老级别的队员？”

饶是乖宝宝封尚听了这样的话，嘴角都不由得抽了抽。原来连战队都没有组成。为什么他总有一种被偶像坑了的感觉？

“有我在还怕招不到人吗？”薄九说着就要去拍封尚的肩。

突然，秦大神一抬手，把这个家伙的动作挡下来：“你的爪子。”

薄九好看的薄唇抿了抿，把手收回来道：“总之，尚宝宝，你放心，到时候不怕没人陪我们打。”

封尚想了一下偶像在游戏里的能力，稍微放心了一点，只是“尚宝宝”又是个什么鬼？

被偶像招进队这件事确实很幸福，即便是现在没有成规模，他相信以后肯定能火。

而且偶像都说了，要带着他拿第一。

如果到时候实在没有队友，他就用游戏金币请三个入队。

这么想着，封尚不舍地站起来：“那……那偶像我先走了，回家换套装备，毕……毕竟要跟着偶像打……打天下了。你……你和秦少先应……应酬！”

“好。”薄九勾唇，眼里映出了光。

看着这样的偶像，封尚的脸蛋又开始变得红扑扑的。他想了想，还是决定嘱咐偶像一句，于是偷偷拉了一下薄九的衣角。

没想到朝他看过来的人却是秦大少。

秦大少就那么看着他，俊美的脸微微侧着，凤眼半挑，眼睛明明是半弯着，却带着一股凉意。

让人见了头皮发麻。

封尚总算明白他家大哥那么精明能干的一个人，为什么在秦少面前也会发怵，明明是个经纪人，却连手底下的大神都管不了。

乖宝宝封尚缩了缩脖子，原本想要留给偶像的警告也艰难地咽回肚子里。

薄九察觉到封尚在拽她，回过头去看了一眼：“怎么了？”

“没……没什么。九……九九我先走了，你……你要是没事的话，也早……早点回家上游戏。”

别和秦少称兄道弟，他是一头老虎！

他偶像这么聪明，应该也知道这一点吧？

可是他看偶像刚刚的反应，一副不像知道的样子。

薄九倒是吃饱了，像只漫不经心的猫，摆了摆手，还是那副帅气的样子：“你先走，等这边吃完饭，我上游戏带你。”

“好……好的！”封尚是真的想和偶像多待待，不想走却又抵挡不住秦神身上散发出来的寒意。

封尚想了想，还是一步三回头地离开了火锅店。

明明是他约的偶像，最后却成了他要走。他原本还想和偶像一起回家，让偶像看看他在游戏里买的装备呢。

秦神这是喧宾夺主。

封尚想到这里，就有一点小情绪了，却又不敢说出来。

秦漠看着封尚离开后，才将目光收了回来："不想让封逸知道他弟弟要参加电竞赛，平时就离封尚远一点，在游戏里也是一样。"

"知道了。"薄九伸了个懒腰，嘴上应着，实际不一定会那么做。

两个人坐在一边，阳光从外面照进来，透过落地窗打在了少年干净细腻的侧脸上。

秦漠站起来，手上拿着那把车钥匙，朝着薄九挑了挑眉："起来。"

"去哪儿？"薄九疑惑了，不是说一会儿在这里还有个饭局吗？

秦神依旧是高冷的模样，脸上看不出任何情绪："距离开餐还有一段时间，先去消消食。"

开车消食吗？

薄九跟着秦大神下来，看见的就是那辆线条迷人的限量跑车。纯黑的喷漆，轮胎却带着一抹红，这种车性能很好。

"喜欢？"秦漠看着少年双眼亮起来的模样，按下了开锁键。

旁边的接待立刻上前，替他打开了车门。

薄九想了一下，一般来说，到了这个时候，如果她说喜欢，大神肯定会立刻说送给她。

毕竟之前那些金币、钻石什么的，秦神都大手一挥送了。

于是薄九很认真地说："我很喜欢！"也像送龙虾那样，给二十辆吧，不嫌多！

秦漠扫了薄九一眼，见薄九正握着小拳头。他的嘴角勾了勾，学着薄九当初气他的样子："真可惜，再喜欢也不是你的，努力吧，或许有一天能买到也说不定。不过应该没那种可能，毕竟省内也只有这么一辆。"

大神，你不按套路走很难搞的，你知道吗？

秦漠看着薄九那略显郁闷的表情，拎着薄九的后衣领，把人塞到了副驾驶座上。

车子开起来的时候，比看上去还要拉风。

尤其是里面还坐着同样出色的两个人。

薄九的银发被从车窗灌进来的风吹得十分凌乱，带着一种说不出来的劲酷。

那样的画面引得不少人停下脚步，想在跑车等红绿灯的时候拍张照。

然而秦漠的右手握着方向盘，矜贵淡漠的侧脸随着车子一闪而过，然后停在了电脑城门口。

薄九看着那个地方，不由得挑了挑眉。

秦漠站在那儿，长身玉立。

店里的人并不多，但凡进店的人，都看向薄九他们这个方向。

准确来说，他们都在看秦大神。

毕竟这里是一些爱玩游戏的人经常来的地方。

秦漠一进店门就被他的那些潜在粉丝给认了出来。

“是秦神！”

“他也是来买配件的吗？”

“真没想到能在这个地方看到秦神！”

来买设备的大多数都是男生，并不会像女孩那样疯狂。

但秦漠的人气在那里摆着，还是引发了不小的轰动。

店经理听到是秦神来了，立刻大步走了过来，不敢有一丝怠慢。

毕竟对他们商人来说，秦漠不仅仅是电竞大神，更是跺跺脚就能让整个江城抖上一抖的秦家大少。

店经理那张脸上挤满了笑，刚想开口，就看到了秦漠身边站着的薄九。

抢鼠标的事原本就是不久前才发生的。

店经理自然还有印象，尤其是薄九那头炫帅的银发和那张俊美的脸，让人想忘记都很难。

可是他怎么也没有想到，这个少年会和秦神一起出现。

店经理心里“咯噔”一声，声音也跟着低了一点：“秦……秦少。”

秦漠扫了店经理一眼，语气冷漠：“他中午看上的是哪款鼠标？拿出来。”

总共也没有多少字，却让店经理艰难地动了动喉咙：“秦少，这位客人看上的鼠标，店里确实只有一个，中午被人拿走后，店里已经没货了。我马上去安排人要货，就是得麻烦秦少等……等一会儿。”

店经理说到后面，已经不敢再去看秦漠的脸了，男人强大的气场压得他有些抬不起头来。

秦漠的声音依旧很淡，指了指薄九，对店经理道：“记住这张脸，以后他过来拿什么，优先给他什么。”

“是，是！”店经理知道，秦总这是带人来找回场子的。他也十分庆幸中午的时候做得不是太过分，否则按照秦总的作风，就不是让他认人这么简单了，很可能会端了他的店。

店经理现在想起来还一阵后怕。

薄九其实也有一点意外，她以为秦漠口中所说的消食，不过是开开车，吹吹风。

现在看来……

秦漠转过头见少年正望着自己，眉毛挑了挑，又抓住他的后衣领给他拽了过来：“喜欢哪个？挑吧。”

“大神，真的没有哪个人会喜欢被你这样拎来拎去。”薄九一边说着，一边整理了一下自己的衣领。

秦漠在少年的后脑勺拍了一下，笑容冰冷：“闭嘴，挑你的东西。”

薄九生平第一次被人拍后脑勺。

既然是他带着她来找场子的，她也就不能还手打回去，一会儿得多坑他点东西。

秦大神是不在乎花钱的，看少年被他拍了以后，单手捂着后脑勺，一脸不甘心的模样，心情也跟着好了不少。

薄九也看出来了，秦大神现在的兴趣爱好就是欺负她。

老实讲，在没有接触秦大神以前，她只是以为这个男人不好惹。接触以后她才发现，这个男人根本就是个黑心的人。

正常人哪里会把欺负朋友当成一种乐趣？

全天下也就秦大神这么一个了。

以秦漠的人气，注定是不能在电脑城多待的。

薄九十分迅速地挑了一大堆内置零件，还有一个很小的外壳。

当听她说只要外壳的时候，店经理诧异地朝她这边看了一眼："您……您确定要这么买？"

这些零零散散的东西能做什么？为什么不直接买成品？

薄九笑了："确定。"外面的笔记本电脑伪装性不好，她要弄个伪装性好一点的。

秦漠就坐在旁边，修长的双腿搭着，看的是一本电竞杂志。听到这句话后，他朝着薄九这边掀了掀眼帘，目光幽深，看似波澜不惊，实则暗藏了许多奥秘。

薄九也注意到秦漠在看自己，反正她的身份他早就知道了，现在也没什么好隐瞒的："想自己做笔记本电脑。"

秦漠挑了一下眉，走过来，修长的手指挑着那堆零件，商人本性不改："做笔记本电脑这里的硬盘不行，我那里有一块，等你进了'秦氏'再给你。"

意思就是说，她不进秦氏，连想都不要想。

薄九听出大神这话里的另外一层意思："那今天这些东西？"

"如果比赛以后你没进'秦氏'，原价退给我。"秦漠将那一袋子东西扔到少年怀里。

见状，薄九挑了挑眉，什么消食，根本就是为了以后能更好地"奴役"她。

先把她养肥了，等到以后再慢慢宰。大神的套路还真是深。

算了，反正大神无耻也不是一天两天了。

这些硬件确实都很棒。

主要是她的场子找回来了。

薄九勾唇，上前一步，抬起手来就想搭秦漠的肩，再逗逗他。

没有想到这一次，秦漠的反应出奇地快，还没等她把手放上去，他就抓住她的手腕："爪子又不想要了？哥哥作为过来人告诉你，以后别随便挑衅别人，懂吗？"

旁边围观的人很多，每一个看到这一幕的人，都不由得睁大了双眼。

尤其是店经理在旁边看着，简直都要打哆嗦了。

偏偏某人还笑得一脸邪气，完全没有被他震住的样子："哥哥？"

秦漠挑眉，整理了一下自己的领带："我比你大，不叫哥，叫什么？"

这倒是，不过认秦大神当哥应该也有点压力。毕竟秦大神从头到尾看上去都像个奸商，要是再套路她，让她签下"卖身契"什么的……

薄九挑眉，觉得有点得不偿失。

看薄九还在考虑，秦漠一下子就给气乐了，声音也跟着冷下去："怎么？让你叫哥哥，还委屈了你？"

"当然不委屈。"薄九勾唇一笑，"不过如果漠哥你是个'弟控'的话，那就更好了。"

秦漠听着少年口里那一声"漠哥"，心想：看在这个家伙还算顺眼的份上，由他去吧……

下午六点。

趁着还没有堵车之前。

薄九和秦漠买完零件，又回到了那家火锅店。

梁秘书已经在那里等着了，西装笔挺地站在门口，时不时地抬手看一下时间。直到看见他们总裁那辆线条流畅的黑色跑车出现以后，他才缓缓松了一口气。

只是下一刻，他的眼睛都瞪大了。

他居然在秦总的副驾驶座上看见了一个人。

要知道秦总开车的时候，很少会让谁坐在他的旁边。那个人到底是谁？

梁秘书又往前走了一步，就是为了看仔细一点。

可结果让他大跌眼镜，那个人他竟然也见过。

这……这不是秦总去学校的时候，遇到的那位薄家废少吗？

不怪梁秘书会用这样的称呼来称呼薄九，近年来薄家的生意做得越来越大，薄九的名声也就跟着越来越差。

梁秘书也不是第一次知道薄九的名字，在江城，但凡是上流层面的，看见他都会嗤笑。

多少店把他设成拒来客户，尤其是那些高雅的地方，简直是一听到他的名字就摇头。

再加上这次闹出来的事，好像很多人都在等着看贺红花和她这个废儿子的笑话……

虽然这些都不是重点，但总裁怎么会和这样的人在一起呢？

想一想总裁身边的那几个朋友，哪一个拿出来不是响当当的人物。

现在这个……

梁秘书觉得自己不是没睡醒，就是眼睛出了问题："秦……秦总……"他叫着秦漠，目光却落在了那个少年身上。

薄九这么聪明，当然察觉到了这位梁秘书打量的视线。她什么都没说，只是浅浅一笑，银发黑眸，带着一股隐隐的贵气。

梁秘书看得又是一惊。以前和这位薄少打照面的时候，他可不是这个样子，一副暴发户的做派不说，还不知收敛。但现在看上去，他竟有几份优雅的模样。

不过梁秘书知道哪些话该说，哪些不该说。他对着秦漠恭敬地说："秦总、李总和张总已经在里面等着了，您的这位朋友要不要先……"

"他也一起上去。"秦漠的声音很淡。

薄九朝他勾唇。

梁秘书眼看着两个人并排走进了餐厅，又是一惊。

虽然这个饭局是李总和张总为了巴结他们秦总设下的，但这位薄少有资格坐在这样的饭桌旁边吗？

梁秘书倒不是看不起薄九，他就是觉得很奇怪。

他们家总裁什么时候和这位薄家废少这么熟了？

这简直是江城上流圈子最大的反差。

一个天上，一个地下，两个有着云泥之别的人竟然站在了一起。

第五章
微笑

李总和张总看见秦大少带了个少年进来，也是一惊，连忙站了起来。

“都坐吧。”秦漠的声音依旧很淡，却非常有效果。他找了位子坐下，又让薄九坐在自己旁边，“点菜了吗？”

李总笑道：“还没，我们都在等秦少您呢。”说着，他朝旁边的服务生看了一眼。

服务生立刻将菜单呈了上来，梁秘书接过来，放在了秦漠面前。

然后梁秘书低头看着他们总裁用审视的目光挑了两样菜。

梁秘书扫过“毛肚”那两个字时，眼睛都瞪大了。

他们家总裁从来都不吃这种东西，说是脏，吃了不卫生。

而且他还点了撒尿牛肉丸？是谁说不吃加工的肉类的？

难道这些东西都是按照那位薄家废少的口味来选的？

梁秘书被自己这个惊悚的结论吓到了。

一定是他看到薄九从他们家总裁的车上下来，受到的惊吓太大，才会想这么多。

“你看这点东西够不够？不够你自己再加。”秦漠一边说着，一边将手自然地搭在桌上，江城大少那种尊贵倍显无疑。

薄九侧过头去，嘴角微勾："再加个油麦菜。"

闻言，秦漠随手勾了一下。

旁边的李总和张总见了，觉得秦大少对这个少年不一般，立刻对视一眼，心里有了小九九。

"秦少，这位是……"

秦漠的手指拿着菜单，直接扔了三个字过来："我弟弟。"

弟弟？秦大少什么时候多了个弟弟？

没听过秦家除了大少，还有其他儿子啊？

梁秘书当时还在喝茶，听到"我弟弟"这个称呼后，呛得直咳嗽。

秦总，你这样说，问过老板和夫人吗？

秦漠淡淡地朝着他这边扫了一眼，缓缓吐出四个字："认的弟弟。"

闻言，李总立刻接话："能让秦少认成干弟弟的人，肯定有什么过人之处。不知这位少爷该怎么称呼，家里是做什么的？"

"我姓薄。"薄九拿起茶杯来，笑意浅淡，"家里的生意我没涉足过，最近正打算接手。"

张总一听"薄"字，再看看他的样子，突然想到了什么："难不成就是那个薄家？我上次还在商业沙龙里见过你的父亲，现在薄家的生意做得越来越有规模，不错不错。听说薄少爷游戏打得也好，被好几个战队看中了，怪不得会被秦总认干弟弟，你们这都是少年出英才啊。"

"哦哦哦——我也记起来了！"李总不甘示弱，也跟着巴结，"说起来薄少爷和你大哥还真是有着天壤之别，那一位薄少真的是……"

梁秘书一听这句话，就知道李总认错人了，就要开口阻止。

只见银发少年在旁边慵懒地笑了，眼底带着明显的冷意："真的是什么？"

"真的是说不得。"李总摇头，"品位和薄二少您差远了，他妈妈是从农村出来的，大字不识一个还想弄个公司出来，也不想想自己的能耐，最后还不是被令尊摆了一道。你说说，这儿子是个笑话就算了，连当妈的也是，这不给人找乐子吗。”

“可不是。”张总附和道，“听说那一位还整天惹是生非，怪不得薄总会把他从薄家除名。我要是有这样一个儿子，也会被气得够呛，幸亏薄总还有薄二少您在。”

梁秘书听这一位说完，就觉得完了。

是真的完了，虽然从头到尾他们家总裁什么都没说，但嘴角的那抹笑，还有他轻敲桌面的动作，都能看得出来那源源不断散发出来的寒意。

要知道既然总裁认了薄家废少当弟弟，那就是把对方当成自己人了。

总裁这个人又一向护短，真不知道一会儿会怎么样。

薄九左手撑着下巴，一副纨绔气十足的样子：“看来李总和张总都没有见过那个在外面养着的儿子，不然也不可能把我认成是他。真是可惜了，我就是二位口中那位惹是生非的薄家废少。”

顿时，李总和张总两个人的脸色都变了，嘴角的笑硬生生地僵住了。

这大概是他们做生意以来面临的最尴尬的局面，脸烧得都有些疼了，恨不得立刻找条地缝钻进去。但秦总还在他们对面坐着，那张尊贵的俊脸上看不出任何喜怒。

这是不是代表还有缓和的余地？

李总想到这儿，一拍脑门：“你看我这双眼，真是有眼不识泰山。我自罚一杯，自罚一杯！”

“都是之前听人说得太多，对薄少有偏见，这酒必须喝！”张总也跟着举杯。

两个人这杯酒喝进肚子里的时候，都觉得有些苦。

他们绞尽脑汁也不会想到，秦少会和一位臭名远播的暴发户有什么牵连，所以才会下意识地把薄九当成是薄家老二。

现在好了，被人打脸打得那叫一个疼。

然而薄九并没有打算原谅他们，以前的薄九是有问题，但贺红花并不是个笑话，被人这样取笑，她肯定是不愿意的。她的眼中带有寒意，站起来，嘴角还是半弯的，说出来的话冷到极点："漠哥，你们先吃，我这个人就像这两位老总说的，品位、涵养都不够。对着看不惯的人，我吃不下去这顿饭，也喝不下这杯酒！"

李总和张总举杯的手都顿住了，心道：就这脾气，是给他脸呢。

如果不是有秦少在，谁会敬他这杯酒？

他这么说，下的不只是他们的面子，还有秦少的。即便是秦少认了他这个弟弟，他还真当自己是亲的了？

这么不懂事，不用他们说话，秦少也会让他爱去哪儿去哪儿。

可令他们没想到的是，秦少也跟着站了起来，声音里听不出喜怒："不是说好送你吗？"

闻言，李总和张总都傻了眼。

秦漠朝他们这边扫了一眼，眼里的凉意让人心都跟着紧了一下。

"秦少，我们今天谈的生意……"李总还想留人。

秦漠冷冷地笑了一声："我弟弟看不顺眼的人，你觉得我会看得顺眼？"

就这么一句话，彻底让那两个人感到害怕，仿佛连骨头缝里都钻进了那冻人的寒意。

"秦少，这都是个误会，秦少！"两个人拼命想要解释，一路追到了餐厅外面，却被黑衣保镖一挡，再也跨不过去半步。

两个人着急了，舔着干涩的嘴唇看向断后的梁秘书："梁秘书，你帮我们和秦少说说，和……和薄少说也行，他看我们哪里不顺眼，我们都改！"

梁秘书推了推眼镜，看着自家总裁和薄家废少离去的背影，却还不忘应付面前这两位："李总、张总，秦总的眼光比谁都毒，从刚才你们喝酒时的态度，他就能看出一二来。我给二位一个建议，不要再往我们秦总面前凑了，他这个人比较护短。”

连“我弟弟”这样的话都说出来了，看来总裁是真要罩着薄家那位少爷。幸亏有这二位在他面前挡刀，不然他还看不出来总裁是什么意思。

梁秘书决定，以后薄少爷说什么，他就做什么。

惹怒薄少，就相当于惹怒总裁，那后果真是让人不敢想象。

听了梁秘书的话，李总和张总两个人都顿在原地，面如死灰。

他们刚才心里骂得有多狠，现在就有多后悔。

现在哪怕让他们喝一瓶酒给人赔罪他们都愿意，可在江城没有哪个人不知道秦少的脾气。

他不会再给他们第二次机会。

这单生意算是吹了。

他们现在要祈祷的是秦少能快点忘记他们，否则，他们的公司都有可能会开不下去。

薄家那位废少到底做了什么，能让秦少这么帮着他？

那两个人能认识，本就是一件奇怪的事，秦少竟然真的……真的把他当成弟弟来对待。

这个消息如果放出去，整个商圈都会震惊。

实际上薄九也没想到秦漠会做到这种地步，原本还以为哥哥弟弟什么的就是个称呼。

“还愣着干什么？上车。”秦漠随手拉开车门。

这一次是梁秘书开车，两个人都坐在后座上。

薄九不止一次见到梁秘书从后车镜里看她，她朝着对方笑了笑。

梁秘书手上一个打滑，车子差点开偏了。

秦漠皱着眉从商业杂志上抬头，左手一抬，就拽住了薄九的后衣领。

秦漠把声音压低，话语里带着警告：“别打扰他。”

“我就是和梁秘书打声招呼。”薄九慵懒地往后一坐，单手向后搭着，潇洒又帅气。

秦漠根本不相信他的话，一本书扔过去，声音不冷不热：“低头看你的杂志。”

薄九翻开杂志，看了两眼，没兴趣，转过头去对着连坐姿都矜贵无比的男人道：“有没有那种都是美男和车子的？来一本看看。”

听了他的话，梁秘书的心又是一紧。

“我不管你喜欢什么，但以后进了战队，你看的那些不正常的东西最好都收一收，就看那本商业杂志，再不闭嘴就把你扔下去。”

秦漠那样毫无威胁感的语气，除了有一种咬牙切齿感，真的像是在管教弟弟。

可是，总裁说什么？

进了战队？！

也就是说总裁专门去俱乐部找的人就是……这位薄家废少？！

是这样吗？

不行，他得确认一下，不能就这么随便乱猜。

“九少，你和我们家总裁是怎么认识的？说实话，刚才看到你，我也吓了一跳。”

薄九也觉得这个梁秘书不错，手拿着杂志，随口说了一句：“游戏里认识的。今天去参加秦氏内定赛，漠哥来找我，是想看看我的成绩怎么样。”

真的是去找他！

梁秘书已经说不出内心有什么感想了，直直地看着前面的路，手心直冒汗。

薄九就这样被送回了家。下车的时候，她侧过身去拿那些买好的电脑零件。

秦漠看得拧了一下眉，最后像是实在看不下去了，神情淡漠地看着薄九，拿出当大哥的派头，声音冷淡：“天凉了，以后多穿点。还有，作为一个男生你太白了，以后想想该怎么让自己看上去更有男子汉气概一点。”

她穿的衣服不少吧？

至于男子汉气概这件事，她一个女的就更不需要了。

当然，她不会把这个想法说出来，只漫不经心地应了一句：“知道了。”

秦漠看他不当一回事的样子，挑了一下眉：“明天我去打网球，你也跟着。”

“明天我要上课。”秦神是不是忘了她还是个学生？

秦漠的声音很平淡：“等你下了课去。我的弟弟总不能是这副模样。”

秦漠嫌弃地打量了他一眼，语调十分高冷：“跟我去锻炼一下，别总在家里打游戏，弄得自己这么白。”

她皮肤好还怪她了？她发现秦神是真的打算把自己当弟弟来养。

这要是被秦神发现她是个女的，会不会气得暴揍她？

薄九略心虚地瞄了男人一眼：“其实我明天有事……”

秦漠笑了，有那么一点点腹黑和霸道：“收起你的借口，明天下课后我去校门口接你。”

还真是溜都没法溜。

“进去吧。”秦漠就那么斜靠在跑车上。

薄九勾了一下唇：“那好，漠哥到家了再发微信，上游戏刷一局。”

“嗯。”秦漠应了一声后上了车。

薄九看着那辆黑色跑车消失以后，才进了家门。

家里像是有谁来过，东西被摔到地上，一片狼藉。

薄九的眼神当下就冷了，问旁边的陈晓东：“这是怎么回事？”

“之前公司里的那些队员把仅剩的几个人都挖走了，现在公司成了个空壳，夫人她心里难受，就……就……”陈晓东双手攥紧，牙齿咬得也紧，“他们还嘲笑夫人没有半点能力，根本带不出来什么像样的战队。”

薄九扬手，啪的一声将东西扔到沙发上，冷笑道：“来的人都有谁？”

“梁旭光、张颖超，还有聂旭，这三个人都在排行榜上。他们刚加入公司的时候，条件并不是很优越，很多地方都不要他们，是夫人见他们都是从小地方来的，不忍心让他们回去，才花了很多心思去栽培。现在他们粉丝有了，技术也上去了，却这么来踩夫人。少爷，实际上最让夫人难受的也不是他们走了，而是被亲近的人背叛，是真难受。”陈晓东说到最后，眼眶都红了。

听完以后，薄九把刚脱掉的外套往身上一搭，银色碎发被风吹开，满眼冷意。

“等一下，你这是要去哪里？”陈晓东在后面跟着。

薄九放下滑板，白皙的脚踝一个用力，只留下一个帅气冰冷的背影和两个字：“网吧。”

入秋后，天气就变冷了。

这个点踩着滑板出门，确实有点凉。

薄九进网吧的时候，直接将外套领子竖起来。

上次机子坏的时候，这个少年也来过，所以网吧老板对他倒是颇有印象。

“这次又玩半个小时？”那老板叼着烟，低头正倒腾着什么，“不用押钱了，那边机子开着呢，你自己玩去吧。”

薄九从第一次见这个老板就觉得有意思，所以第二次还是来的这里：“这次玩的时间长些，要到十二点，给我一台好机子。”

“干什么？打游戏？”老板抬起头来，长得还挺帅。

薄九嘴角半弯着“嗯”了一声，目光却是冷的。

“那成，A 区 19 号，等一下你玩什么游戏？听说今天有个不错的战队要直播玩《英雄》，你可以看看。”

薄九笑了：“我看的就是这场直播。”

“嗯？”老板有些没听懂，只觉得少年的那张俊脸格外冷。

网吧的规模不小，薄九沿着排号坐下，直接开机登上了游戏，然后往排行榜上一扫。她利用代码植入，直接定位到了那三个人的位置。

梁旭光、张颖超，还有聂旭，之前这三个人玩游戏时用的还是昵称，现在签了公司，为了招揽人气，就干脆直接用真名作为游戏名来进行直播。

薄九看了一眼电脑上显示的时间，距离直播还有半个小时……时间足够。

薄九两眼一眯，一双白皙修长的手飞舞在白色的键盘上，富有节奏的敲击声仿佛是一首轻快的乐章。

网吧老板拿着少年要的棒棒糖走过来的时候，看到的就是这一幕。

“手速不错，不过你这是在弄什么呢？”

薄九迅速切换窗口，来到了游戏页面，薄唇一勾：“没什么，写点英语作业。”

“在电脑上写作业？”那老板觉得挺有意思的，就和薄九多聊了几句，“原来你也玩《英雄》，网吧里有竞赛，赢了有奖金，要不要报个名？”

薄九拆了一个棒棒糖叼在嘴里，慵懒地笑了笑：“我玩得不好。”

“那真是可惜了，我看你手速还不错……”老板摇摇头走开了，心里却在嘀咕怎么那英语作业看上去怪怪的，还夹着数字？难道是他许多年不上学，已经跟不上时代了？

见旁边没了人，薄九又把代码窗口给调了出来。银发微动间，她直接进入一会儿要开播的平台房间。

就在她刚要动作的时候，手机响了，屏幕上是秦神发过来的微信：“在哪儿？”

“网吧。”薄九想也没想就回了两个字。

秦漠坐在办公椅上挑眉：“我问的是你游戏在哪儿？”

“今天不刷了，有点事。”薄九打字很快。

秦漠目光一沉：“又有人惹到你了，所以你去网吧收拾人？像上次那样？”

薄九偏头用语音回道：“漠哥，你可不要乱说，我不过是单纯地要找人打游戏。”

“你想找谁打？”秦漠将合同放下，顿了顿，又回敲过去一行字，“用不用哥帮你震场子？”

薄九看了一眼直播平台还在上升的观看人数，邪笑道：“漠哥能来，那就再好不过了……”

秦漠听着那边略低沉的声音，就知道肯定有什么事，伸手敲打着键盘开始进游戏。他按照少年给的代码切换进去，自动来到了一个直播平台。

屏幕上有三个少年，穿着新晋的战队服，正在接受线上采访。

“听说三位刚换了公司，不知道这一次的福利怎么样？粉丝们都很关心你们之前在微博上所说的待遇问题。”

梁旭光是三个人里面长得最帅的，所以主要由他发言。他的耳朵上戴着耳机，坐在电脑前，摄像头转过来的时候，笑着道：“新公司比之前那个坑人的公司好了不止十倍，喜欢我们的人都可以放心了，以后我们会努力为大家呈现更好的比赛状态。”

“之前那个公司我也有所耳闻，确实做得不怎么样。”为了增加曝光量，主持人并没有结束这个话题。

梁旭光说了一声“是”，接着耸了耸肩：“那也没有办法，老板是从农村来的，说人的时候很喜欢大叫，估计战队里的人都是受不了这一点才离开的。”

“不懂尊重别人的老板，企业也做不长久。”主持人合上台本，笑道，“倒是你们，遇到了现在的伯乐，以后的发展肯定会越来越好。”

梁旭光也在笑：“我也这么认为。”

“好了，我们话不多说，想必粉丝朋友们也都等着急了。”主持人故作兴奋地说，“同事刚才还在说，你们三个人每一个都是排行榜上的高手，被不少人崇拜，就是之前的公司不会做宣传，耽误了你们的发展，如今终于能让我们大开眼界了！现在是大神选手进入游戏时间，各位粉丝，你们有什么话都可以在直播平台上进行询问，记得打赏哦……”

主持人这句话刚落音，平台就被一个人刷屏了。

是薄九，她戴着黑色耳机，银发闪闪：“既然是大神，那敢不敢接受现场对打？”

怎么会冒出来这样一条消息？这根本不是按台本走的。

主持人皱了一下眉头，下意识地朝导播那边看过去。

导播却给了主持人一个不能断播的手势。

更诡异的是，也不知道是不是网络出了问题，其他粉丝在这一秒都不能发言。

于是那句类似战帖的话，就那样横霸了整个屏幕。

网络直播意味着什么，没有人会不知道。这个时候拒绝，那简直就是还没有出道，就丢尽了脸面。

而且看那个马甲，还是个新手。

不知天高地厚的家伙，既然想送上来挨打，那就成全他好了。

梁旭光偏头，颇为高冷地说：“这位粉丝朋友，看你应该是个业余玩家，还不太明白职业和非职业之间的差距。不过没有关系，既然是在直播上提出来的，我们都会尽量满足你的好奇心，指导你玩一盘。你想和谁打？”

指导？

秦漠也在直播的围观群众里，修长的手指握着鼠标。看到那两个字后，他伸手松开了领带，坐在高档皮椅上，双腿微搭，嘴角弯出一道冰冷的弧线。

这种水平的，也配指导他弟？

当然，秦神一点都没有意识到，他现在这种想法，就是标准的“弟控”想法。

网吧里，薄九戴着黑色耳机，邪气一笑，回复过去一个字：“你。”

“我？”梁旭光笑得更大声，“这位粉丝朋友，我劝你还是选其他两个人比较好，我和你打的话，你的血槽很快就会掉光。”

薄九叼着棒棒糖，“呵”了一声：“没打过又怎么知道？怎么？你不敢接？”

“这位粉丝朋友，我是给你一个不会太丢人的机会，既然你不懂珍惜这个机会，那就来吧。”梁旭光手指一动便进了《英雄》。

顿时，呈现在屏幕上的就变成了两个对战的游戏人物。

薄九的号确实新得不能再新了，可如果梁旭光认真一点来对待这场比赛，去看一眼她的战绩的话，也不会像现在这么自我膨胀。

一个新号在短短一个月时间内完成了二十九场首杀，这样的数据，在哪个俱乐部都会是职业中的顶尖。

梁旭光却只看到眼前这个名为“黑桃Z”的玩家身上连件像样的衣服都没有，后背也只有一把不起眼的青铜剑，而且还是在学完技能路过杂货铺时赠的，眼中的蔑视就更重了：“朋友，你这装备也太差了点，用不用我让你几招？”

“不用。”薄九敲上字后，把嘴里的糖吐掉，娴熟地挑了一根巧克力口味的叼进嘴里，歪头浅笑，“职业选手打比赛话都这么多吗？”

梁旭光双眼一眯，这是给脸不要脸？

“呵，既然这样，那就开始吧。”梁旭光脸上的冷笑，在观看直播的人都看得到。

张颖超和聂旭更是在旁边鼓动：“旭光，毕竟对方只是个业余的，随便教教他就行了，别太认真了。”

“行，给我一分钟时间，等人安分了，我们再直播打本。”梁旭光自信满满地戴耳机，手指放在键盘上，等待游戏三秒倒计时。他想先把对方晃晕，再连续发数招来灭了那小子，这样从直播上看起来才带感。

然而让他没想到的是，他才刚动了没几步，最引以为傲的游戏技能还没有使出来，就见电脑屏幕上漫天光华一闪而过，自己的血条便以迅雷不及掩耳之势迅速往下降。他甚至连对方的动作都没有看清，就在身体溅出来的血花中重重地倒了下去。

网吧里，薄九移动鼠标敲打着键盘，漂亮的走位和操作让对方连复活的机会都没有，又是一个大招放过去。

梁旭光还没来得及回防，就见屏幕上已经跳出两个大字：“KO！”

输了？

他竟然当着粉丝们的面输了！

梁旭东僵住的表情通过直播传送到全国各大角落。

这才多久？

十秒？还是二十秒？

绝对不到半分钟，结果呢？

嚷嚷着要教训人的梁旭光，刚开局就被秒杀了。

所有在看直播的群众都震惊了。

不少在网吧里的玩家甚至连游戏都不玩了，直接站起来看着网吧里的大屏幕，疯狂地刷着屏，那火爆的场面根本无法控制。

“这个人到底是谁！太帅，太帅了！”

“等一下，好像能留言了，快问问他是谁！”

“是不是哪个职业联队的？”

“绝对不是，我怎么觉得他那游戏名有点眼熟……我想起来了，他是‘黑桃Z’，是那个横扫C区首杀的‘黑桃Z’！”

“我怎么觉得‘黑桃Z’是故意隐了战绩。”

“别说，我也有这种感觉，哈哈哈！我大黑桃真腹黑，什么职业新晋王，在我黑桃大神面前简直弱爆了，刚刚还大言不惭地说让人呢，结果连个技能都没闪出来，这脸打得还真是尴尬。”

网吧老板是比不上这些小年轻的，虽然也很喜欢打游戏，却也不至于这么激动。拿着客人点的可乐走过去的时候，他不经意间往银发少年的机子上一看，顿时愣住了。

说玩《英雄》玩得不好的少年头上戴着纯黑的耳机，嘴里叼着棒棒糖，侧脸俊美得就像是从漫画中走出来的。他正在竞技场里和人单挑，一个鼠标晃动，激烈漂亮的操作戛然而止，整个屏幕都被银晃晃的胜利充斥着。

那个样子，一点都不像是不会玩的，反而是高手中的高手。

老板走过去，想再看仔细点，却在看清楚屏幕上的游戏人物之后，身子剧烈地摇晃起来。

“黑……‘黑桃 Z’！”

薄九像是刚从厮杀中抽身出来，凌厉回眸，嘴上还叼着棒棒糖，修长的手指放在唇前，做了个“嘘”的动作。

老板真的是有点被惊着了，看看那张雌性难辨的脸，再看看自家网吧墙壁上挂着的那个两百寸液晶屏幕，上面还播放着刚才直播的画面，亢奋的声音回荡在整个网吧里，每一个喜欢游戏的人都在这一刻深深地崇拜上“黑桃 Z”。

那漂亮嚣张的走位和暴击，还有那击杀敌方时尽显风流的招式。

可就是这样一个被职业战队连续相中，总是神龙不见首尾的大神玩家，竟然会坐在他的网吧里打游戏。

用的是五块钱一个小时的机子，还一直被人当成是个只会玩单机的小鬼，没想到……

激动、诧异、懊恼，充斥在网吧老板的胸腔之间。

最后实在不行了，网吧老板捂着自己的胸口道：“我要先去喝一杯凉水静一静。”

薄九朝他笑了一下，又扭过头去，看着眼前的屏幕，慢条斯理地打过去一句话：“不带顶级装备上场，就是为了要告诉你，只靠操作我也能秒杀你！”

狂妄十足的一句话，就这么横霸了整个屏幕。

直播平台几乎都快被玩家们刷爆了，他们喜欢的就是“黑桃 Z”这股劲。

——不带装备也能秒你！

梁旭东那本就已经苍白的脸，看到这句话后染上了一层愤怒。

他的手指紧紧地握着鼠标，如果不是顾忌着还在做直播，他早就破口大骂了。

这个家伙分明是来给他找不痛快的，还隐了战绩，根本就是故意的。

主持人也看出了端倪，连忙开口帮着梁旭东说话："做直播连带着网速都受影响，倒是让来挑战的观众沾了光。这个结果虽然有些意外，不过也不难看出我们旭光大神的人品，很会为粉丝着想，把胜利都让了出去。这样的选手，难道不应该得到你们更多的爱吗？"

就冲着主持人这番话，观众就知道她根本就不懂游戏。

刚才那场比赛根本不存在什么网速卡的问题，更不是梁旭东把胜利让出去的。

而是他从头到尾都被碾压得毫无还手之力。

看直播的才是真正玩游戏的人，主持人这话一落音，平台就刷出一连串的话："这么明显的局面主持人也能说成是让？职业操守呢？"

"主持人是不是收人钱了？"

"这平台以后不看了，什么职业选手，输了就输了，主持人还帮忙说话。"

主持人一看那炮声对准了自己，又朝导播打手势。

可这一次导播的反应完全不一样了，隔着玻璃竖起一张大字报："采访那个'黑桃Z'，快点！"

这么热烈的讨论量，绝对不能停。

主持人确实是收过薄家的钱，现在被这样一弄，不上不下的，特别难受。

"谁知道他是不是找的代打，有没有用外挂。"梁旭光冷冷地说，"明明知道我们在做直播，还来单挑，是想红吧？炒作手法不错。"

主持人故作惊讶："外挂？那就说得通了，这个'黑桃Z'我也有耳闻，听说一出来就横扫C区，用的还是个新号。按道理来说根本不可能完成首杀任务，十有八九是借助了外用软件。”

秦漠刚给自己倒了一杯红酒，拿着瓶塞还没坐下，看到的就是这么一段对话。

他的目光逐渐变冷。

他弟弟，什么时候轮到别人来插嘴了？

更何况那家伙的手速他比谁都了解。

外挂？这又是在羞辱谁？

秦漠仰头喝了一口红酒，空出一只手，倾身伏下，手指在键盘上熟练地打下几个字：“既然你们这么怀疑，那就和我也来一局，我也不带装备。”

他这么一句凉凉的话发出去，顿时造成了直播屏幕零点几秒的卡顿。

就连薄九都感觉到了那一抹停顿，她明明已经放开了权限，但那一刻确实没有人发言，整个世界仿佛都沉寂了一般。

紧接着就是一阵狂风暴雨般的亢奋刷屏。

“秦……秦神！”

“真的是秦神！”

“秦神下的挑战书！这不是梦！我又能亲眼看到秦神直播打游戏了，我要看秦神的手！”

薄九所在的网吧也受到影响，那些观看大屏幕的玩家们，在秦漠出现的那一瞬间都石化了。

紧接着，一个个极其兴奋地叫了起来。

整个网吧火爆得就像是在过节，除了薄九还坐在机子前面，其他机子都空了。每个人都两眼放光地看着电视屏幕，嚷嚷着让老板把声音放大一点。

秦漠。

单单是看着那两个字就能让人热血沸腾。

平时，秦神只会在一年一度的全明星直播平台上出现。

现在，他居然来了。

群众说到底也都是围观的，要说真正被吓到的是梁旭光。

秦神发这句话是给他看的。

他的技术怎么可能比得过秦神？！说不定会比刚才死得还要惨。

主持人也在看到那个游戏名时震惊了，接着小心思开始泛滥。

她不玩游戏，但是在江城，没有哪个女人不渴望能够接近秦少。

主持人都开始走神了，想着一会儿该怎么和秦少对话，结果后台的导播终于忍不住了，自己走过来，把主持人往后一拽，举过话筒道：“我想现在观众朋友们的情绪和我一样激动，都想要秦神出手，对不对？”

导播说出了每个人的心声，现在他们已经不去管那什么梁旭光了，只眼巴巴地希望秦神能把摄像头打开。

直播平台访问量瞬间达到千万，不少媒体都开始开号进场，其他俱乐部的经纪人更是在这个时候直接打电话给选手们：“上直播！秦漠要打 PK！你们看一看！”

与其说让他们看，倒不如说让他们学着点。

秦神除了在比赛的时候带战队厮杀，从不轻易 PK。

这简直就是百年难得一遇的好时机。

与此同时，还在谈下个赞助的封逸也收到了消息。一放酒杯，很严肃地看着合作商拉老总：“您的手机上有 ×× 这个直播软件吗？”

大神，秦少，我的祖宗，您知道您的代言费是几位数吗？就这么随随便便出现在直播平台上！

梁秘书已经不敢再去看他们家总裁那张脸了，说真的，有谁会为了一个干弟弟上直播找人碴的吗？秦少绝对是有史以来第一个。

他想，总裁一定是因为从小一个人长大，所以才有点“弟控”倾向。

秦漠倒是浑然不在意他所造成的影响，一向以霸气高冷著称的他，只皱着眉头敲过去五个字：“打还是不打？”

他的语气冷得几乎能将人冻死。

梁旭光坐在电脑前面，明明直播室里暖气开得很足，但他还是控制不住有些颤抖。

刚出道就遭遇秦神，只会让他被单方面摧残。到时候人们记住的只有他窝囊的样子，谁还会再喜欢他。

这个比赛，他不能打。

梁旭光想要往后退，导播却一个用力按住他的肩："当然要打，旭光啊，有秦神指导你，也是你的荣幸。"

什么荣幸？这怎么可能会是荣幸？

真和秦神打了，那他的职业生涯就摆脱不了"丑态"两个字了。

"李导，我……"梁旭光还想要说些什么。

导播却掐断他的声音，在他耳边说了一句："这次不打，以后你也别想再打了。"

威胁的意图很明显。

平台看的是流量效益，这场比赛他不打，秦神不出手，又怎么飙收视率呢？

"怎么？你还真当自己是个神了？你们老板挖你过来可不是让你赔钱的，继续播，等下有好处自然少不了你的。"

梁旭光这才明白，进了新公司，他已经不能再像以前那样随心所欲了。他们这些选手在新老板眼里，也不过只是一颗棋子。

这些人不会考虑他的未来，看中的只是眼前的利益。

梁旭光一脸灰败地坐回去，登录游戏后，眼前就是那个如同天神一般的游戏人物。

他咬了咬牙，想做最后的抵抗。

秦神的攻击比起"黑桃Z"，却不是那么剧烈，而是直接定了他的身，让他连动都动不了，一点血一点血地掉。

梁旭光本以为他丢脸也就十几秒的事。

可秦神竟像是在玩他一样，整整让他狼狈了长达三分钟之久。

这三分钟，他摔得要多难看就有多难看。

屏幕上传来的笑声刺耳得要命，最后梁旭光实在忍不住了，一摘耳机扔到了桌面上。

这样的死法，比刚才还要窝囊。

秦大总裁打完之后，神情淡漠地打过去一行字：“你看我操作这么慢，也像是用了外挂吗？”

这句话是真打脸。

梁旭光都僵住了，还要在导播的手势下赔笑。

不少秦神的粉丝在听到偶像那句话后，立刻心领神会地刷起了屏。

预览流量更是达到了前所未有的巅峰值，导播让人把画面切到屏幕上，眼里的兴奋是那么明显。

梁旭光只觉得难堪极了，想要起身离开。

让他没有想到的是，这一切还没有结束。

一道清澈的声音通过话筒传过来，带着少年特有的轻笑：“怎么？想走了？梁旭光，你以为到了这一步我会让你走？刚刚你说过什么，从农村来的，喜欢大声嚷嚷对吧？”

“你在说这句话的时候似乎忘了你好像也是从农村来的，当时的你穷得只能在网吧里吃泡面，是你最看不起的那个老板招你进了公司，管你吃还管你住，在你没有一点才能的时候也用心对你。

“你呢？不感恩也就算了，为了钱背叛对方以后，还在微博上反咬东家一口，说她苛刻你？”

薄九的这番话一出，直播平台立刻掀起一阵轩然大波。

就连旁边的工作人员都一脸诧异地看着梁旭光，似乎谁都没有想到内情竟然会是这个样子。

梁旭光简直没有脸再去看摄像头了，拼命用手挡住自己的脸。

然而薄九的声音却没有停止，她就坐在喧闹无比的人群里，如同一个掌控全场的王者，半勾着薄唇，在所有人都盯着大屏幕刷直播的时候，在网吧的角落里，一个长相帅气的少年戴着黑色耳机，素手一动，拨弄了整个江山。

“现在知道丢脸了？你们刚刚不是还在嘲笑贺红花的公司不行，不会培养人吗？梁旭光、张颖超还有聂旭，我现在就可以告诉你们，我就是贺氏旗下的选手，只虐你们一次怎么够，回去告诉你们老板，等到电竞新晋赛，我要打肿她所有学员的脸！”

随着薄九的话音落下，直播平台的流量破亿。

原来这不是普通的粉丝来PK，而是两个战队之间的宣战。

媒体嗅到了八卦的味道，如潮水般蜂拥而至。

屏幕上无数人在问：“贺氏是哪个公司？”

还有人大吃一惊，因为听过贺氏这个名字的人，都知道那是一家即将破产的公司。

一出道就横扫C区，拿下二十九场，仅仅用了十八秒就秒掉职业选手的“黑桃Z”，竟然是这家公司的签约学员！

他们想了很多有关“黑桃Z”的出身，谁都没想到这位神秘高手竟然来自这家公司。

当天晚上，贺红花的电话就被投资商打爆了。

她还不知道发生了什么事，就听到那边的人大声地嚷嚷着：“贺总啊，你怎么不早点告诉我们公司还有这么一个选手！‘黑桃Z’！你要是早点说，我会撤资吗？那合同我已经撕了，我们再继续合作，这次我给你加投五十万元，成不成？”

贺红花愣怔地看着自己的手机，不敢相信一直逼着她还钱的投资方现在竟然要追加投资，还……还叫她贺总？

这简直比天上掉馅饼还让人觉得稀奇。

贺红花的第一反应是这一定是个骗局，天底下哪有那么好的事。

肯定是想把她最后剩下的那点钱也想办法弄走。

可如果只有这一个电话也就算了。

接下来，她竟然接到了八个电话，其中五个是投资商打来的，其他三个则是江城当地最知名的媒体打来的，说要采访他们公司的选手，游戏名叫“黑桃 Z”的。

这个“黑桃 Z”她也听说过，横扫 C 区的大神。

可他们公司根本没有“黑桃 Z”这个选手啊。

媒体还让她最好能发一张照片过去，说这样有利于他们做宣传。

关键是她这里是真没这个人啊。

贺红花有点蒙了。

媒体也发现两个人不在一个频道上，干脆把一段直播语言发给她，还很亢奋：“贺女士，你先听听这个。等你考虑好之后，随时可以打我这个电话！”

贺红花大字都不识一个，更不知道该怎么打开链接。最后还是陈晓东过来，两个人一起对着电脑，把视频接了过来，再从头看到尾。

陈晓东听到最后的时候，整个人都坐不住了，站起来大喊了一声：“真解气！夫人，这一下全国人民就都知道这三个人是什么嘴脸了，以后也不会再有人支持他们了！让他们和我们解约，活该！”

“黑……‘黑桃 Z’……”贺红花隐约觉得那个声音有点耳熟，明明到脑子里了，却突然之间记不起在哪里听过，“他为什么要帮我？”

陈晓东大笑一声：“肯定是路见不平拔刀相助，夫人，你是不知道，这些网络上的高手就喜欢给人来个大逆转。”

“可我们公司没有他这个人啊，到时候媒体再打电话来，我该怎么解释？”贺红花毕竟是个当老板的，想得也比其他人多。

陈晓东也有些苦恼，实际上他也搞不懂分明事情都已经结束了，为什么那个“黑桃 Z”还要说是他们公司的。

如果他们公司有这么一个大神在，夫人哪至于发愁到这种地步？

他正这样想着，大门被推开了，少年左胳膊下夹着滑板，右手拨弄着自己被打湿的碎发，全身都带着从外面回来的雨气，露出那张颠倒众生的俊脸：“妈，怎么今天这么早就回来了？”

贺红花现在一见女儿心里就开心，拉着薄九说：“九啊，我们公司有救了！”

“哦？”薄九心里早就知道是怎么一回事，没有利益的事她不会随便出手，只勾着薄唇，邪气一笑，“是不是那些投资商给你打电话要追加投资？”

贺红花乐了，嗓门也大起来：“岂止是投资商，就连媒体都打电话来，说是要给我们公司做宣……等等，你怎么知道投资商要追加投资？”

“妈妈的事情，我当然会留意了。”薄九空出一只手来，将贺红花粗壮的腰搂住，将人带到了沙发上。

贺红花只听到这句话就感动得不行，也没有细想整件事，一双粗糙的手根本舍不得放开女儿：“九啊，等妈这次赚了钱，就把公司全交给你。那些事情也不难做，你放心，妈会在旁边看着你的，不会让别人笑话你。”

“有老妈在我当然放心了。”薄九轻轻一笑，还揽着贺红花的肩，“我们先说说媒体的事，他们要怎么给公司做宣传？”

贺红花完全没意识到被女儿套话了，颇为懊恼的地揪了一下自己的鬈发：“说是要采访一个‘黑桃Z’的游戏大神，可关键是我们公司根本就没有这个人啊，总不能凭空变出来一个吧。”

“嗯……”薄九勾唇一笑：“老妈考虑得对，还没有被冲昏头。”

措手不及的一句夸奖让贺红花的脸都有些红了，他们家女儿怎么能这么帅呢？

薄九偏过头去，看着贺红花的眼睛，继续道：“妈，你看要不这样，下次再有记者打你的电话，你就告诉他们‘黑桃Z’是我们公司的王牌选手，要留到电竞新晋赛才会和大家见面。若是哪个直播平台感兴趣，可以来找你融资合作。”

贺红花闻言，双眼骤然一亮：“九啊，你是怎么想到这个噱头的？这样一来我们公司又能赚一大笔了。”

薄九没有再开口，只是淡淡地笑了笑。

很快，贺红花像是想到什么，又皱起了眉头：“可是那个‘黑桃

Z’我们公司是真没有，总不能这么骗人吧。”

“妈，这怎么能算骗人呢？”薄九拍着贺红花的肩，把声音压低，“今天的直播我也看了，既然是‘黑桃Z’自己说他是我们公司的，那电竞新晋赛上他肯定就会出场，不然毁的可是他的名声。所以这一点你大可放心，他到时候肯定会出现。你就大胆地去应付媒体吧。”

贺红花听了女儿给她支的招，欢欢乐乐就去给刚刚那位媒体朋友回电话去了。

陈晓东在旁边看着自家少爷，非常严肃地说：“少爷，为什么我总觉得你在向夫人隐藏什么呢？”

“晓东啊，”薄九手臂一伸，就搭在了她的小书童肩上，“你平时看那么多电影，难道还没有悟出这个道理吗？知道得越多，通常就会死得越快。我打了一晚上的游戏，已经很累了，去给少爷我做个三明治，我可以考虑不揍你。”

陈晓东被自家少爷这么一说，瞬间奓毛了：“我现在就去！”

薄九吹了一下额前的碎发，随手将正在振动的手机掏了出来。是秦漠发来微信，语气如平常一般冷淡：“外面在下雨，没事别总在网吧晃荡。”

他很有当哥哥的架势，薄九拿毛巾擦着自己的头发，朝一旁打电话的贺红花看了一眼。如果她妈知道自己给她找了这么一个干儿子，不知道会有什么反应。

“漠哥，我已经到家了。”

“嗯，明天我去学校接你。”

薄九放下手机，心想有一件事必须提上日程了。

既然她已经宣布了要在电竞赛上让外面那个女人吃点苦头，那她就必须把人招够。

薄九手托着下巴，忽然笑了：“明天下课的时候去游戏里逛逛吧，大神买的那些零件今晚刚好能用到。”

贺红花打完电话回来，就见自家女儿不见了，而陈晓东做的三明治还放在原地。

“九呢？”她问。

陈晓东无奈地摇了摇头，忍了很久才没有告诉夫人，少爷又把自己关在房间里玩游戏去了……

第二天，薄九是打着哈欠去的学校。她组装了一晚上笔记本电脑，肩膀都快废掉了。这一次她没有滑滑板，坐的是公交车，两站路程，一路上有不少女生拍她。

然而教室里就没有那么愉快了。

薄九刚走进去，看到的就是满地狼藉。

薛瑶瑶正蹲在地上，长发垂下来遮住了她的脸。可是不难看出她现在的情绪很低落，就连手指碰到课本的时候，都微微收紧了。

“死胖子，长得这么丑就该有点自知之明离我远点！”男生一边说，一边一脚踹掉了薛瑶瑶手上的书，“还在这儿捡？我告诉你，我已经忍你够久了，你要还想安生学习，就别坐我旁边，简直侮辱我的眼睛！”

薛瑶瑶的手指又紧了一下，指甲几乎掐进了掌心里。

薄九知道她在强忍着，因为她不能哭，一旦哭了，就等于彻彻底底地输了。

周围一群人都在看戏，有些女孩用手掩着浅笑的嘴唇，挑剔的目光一阵又一阵地从薛瑶瑶的身上扫过。

“你说她也是，被退学了就不要再回来了呗。虽然上次小偷的事情是冤枉了她，可她家穷也是真的。还有天气冷了，她又老不换衣服，衣服只有一套，连洗都不洗。还有那头发上也有一股菜味，她是不是连澡都不洗呀？”

“咦，别说了，好恶心！”

嘲笑声总比拳头更让人难受，薛瑶瑶的头垂得更低了，低得几乎要埋到地上。

站在她旁边的男生又想动脚，却被人抬手推到了一旁。

那个男生还来不及喊疼，就见薄九一伸手，把薛瑶瑶拽了起来。她左手搂着薛瑶瑶，右手揪住那个男生的校服，笑中带着狠辣：“打女人的男人连废物都不如，你现在要么给我闭嘴，要么你再动手试试。”

刚才薄九那一推已经推得他连站都站不稳了，再加上薄九的眼神，令男生觉得全身发毛，不禁向后退了一步。

薄九挑眉，松开了他的衣领，又侧身把自己的黑色包钩了回来，衣服半敞着。

薄九先让薛瑶瑶坐下，然后帅气地把自己的包往她旁边一扔，对着男生扬了扬下巴：“以后她都坐我旁边。”

教室里的人早在薄九帮薛瑶瑶的时候，就被惊呆了。

有些女生连眼睛都睁圆了，不敢相信地看着这一幕。

薛瑶瑶本人更是从刚开始就僵住了，想要开口说谢谢，却怕自己一张嘴就会止不住哭出来。

薄九却像个没事人一样，往椅子上一坐，笑意浅浅：“上次的包子很好吃，今天还有吗？”

薛瑶瑶没说话，先点了点头，又摇了摇头，垂着眼睑，大颗大颗的眼泪一滴又一滴地掉了下来。

她也不明白，为什么被人那么欺负的时候都没有哭，少年最普通不过的一句问候却让她泣不成声。

薛瑶瑶想，大概是刚刚的他给人的感觉太温暖了，温暖到连羞辱都能视而不见。

“没有了啊。”薄九颇为遗憾地摸了一下自己的肚子，然后左手一动，一根棒棒糖就出现在薛瑶瑶的面前。她嘴角带笑，“拿去，女孩要多吃点甜的。”

周围的同学们看着两个人的互动，有羡慕的，也有嫉妒的。

班里最好看的那个女孩实在想不明白薛瑶瑶有什么好的，值得薄九这么对她。

“薄九是怎么回事？他什么时候和薛瑶瑶关系这么好了？”

“关系好吗？不是说薄九讨厌女生吗？”

“你看他对女生的态度，像是讨厌女生吗？”

为了维护薄九的名声，学校里已经成立了一支小分队，她们很亲切地称呼薄九为九殿。

因为薄九每次出场，那邪气的模样，那明亮透光的眼神，那面对媒体坦然自若的神态，非常像古代的太子。

于是，九殿一词迅速冒起。

大概是物以类聚人以群分的原因，喜欢薄九的人都很正派。就比如这件事，她们其实早就想出头了，无奈个人力量有限。再加上那个男生在学校本就不好惹，还和校外的人有牵连。就在她们三个人犹豫着要不要为同学出头的时候，只见九殿出手了，那动作帅气极了，真是解气。

从那一刻起，她们就决定，这个少年，她们要守护！

薄九完全不知道，因为她的这一举动从而收获了三个迷妹。

昨天组装了一天的笔记本电脑，现在她只想趴在课桌上大睡特睡。

可以说前两节课薄九都是睡过来的，有薛瑶瑶替她打掩护，老师倒也没发现。

薄九再醒过来的时候，已经是第三节课课间了。

她也不知道蒋飞扬同学在想什么，竟然走到她旁边来，敲了敲她的课桌：“其实你也不用这样，让薛瑶瑶和女生坐在一起就好。”

“我觉得跟她坐在一起很不错。”薄九笑了，“最起码不用担心上课被人举报。”

蒋飞扬脸一白，觉得他根本就是不可理喻。

“随便你！”

蒋飞扬丢下这句话就回了座位，眼里还带着怒意，班里的女孩都不明白他这是怎么了。

薛瑶瑶将头抬了起来：“我……我会不会对你影响不好？”

“影响？”薄九把改造后的英语课本从书桌里掏出来，勾唇一笑，

“我一个倒数第一怕什么影响？你学习比我好，尤其是专业知识，那真的是人学的吗？”

薄九这不是第一次吐槽专业课了，可见她对专业课的怨念有多深。

薛瑶瑶看着坐在自己旁边的银发少年，因为刚刚睡醒，他的头顶上还翘着几根头发，凌乱中带着几分随性，就仿佛能长出一对耳朵一样，让人觉得有些萌。

薛瑶瑶从来都没有像现在这样幸福过。她是真的喜欢薄九，不是男女之间的那种喜欢，她知道自己这副模样根本配不上薄九，是发自内心地想要回报他。哪怕他根本就不需要，她也要让少年感觉到舒服。

“以后专业课上有不懂的问题，我都可以……”

薛瑶瑶的话还没说完，薄九手边的手机就响了，不是铃声，是振动。

薄九做了个“稍等”的手势，然后将屏幕滑开，是秦漠发来的语音，很冷淡的声音：“我中午在学校附近，出来，一起吃个饭。”

“应酬？我就不去了，一会儿游戏里逛一圈，而且漠哥……我真的还是个学生。”薄九总觉得秦大神好像忘了这一点。

秦漠在那边顿了一下，又用做哥哥的高冷语调嘱咐了一遍：“好好上课。”

薄九闻言笑了，偏头发了条语音过去：“放心，为了期末不挂科，同学正打算以后帮我补专业课呢。”

本以为这件事到这里就算结束了，毕竟那边几分钟都没有消息回过来。

就在薄九打算好好挖掘一下战队成员的时候，手机又传来一声振动：“原来你的成绩已经差到挂科了。”

“秦大神，不知道要回什么，你可以不用回。”

薄九说完这句话，秦总还没有一点要收敛的意思，又发过来一句：“你上次挂了多少科？”

薄九的手指一顿，实在是很不想回答这个问题。这对她来说简直就是一个暴击。

她有些怀疑大神是不是故意这么说的。凭着大神腹黑的性子，很有可能。

这样的男人真的不能回他信息。

于是薄九十分果断地把手机放到课桌里。

没过一会儿秦漠又发来信息：“专业课程十科，过一半应该可以做到吧？”

薄九依然没有说话。她现在可以确定，大神绝对是故意的。

“过三分之一？”

薄九一张俊脸上的表情又垮了一分。

大概是觉得差不多了，对方才慢条斯理地发过来一句：“别告诉我过五分之一。”

这样被大神一刀一刀地折磨，还不如自己承认了。薄九略带郁闷地发过去几个字：“几乎全挂。”

“哦？”秦漠那上挑的尾音里带着明显的嘲笑，“原来是这样。”

然而又能怎么样，大神你问这么多，不就是早就确定了她是个学渣吗。

第六章
天使

十一点零五分，五星级酒店里，桌子上摆满了菜肴，这个点普通人吃饭有点早，但谈公事并不算早。

秦漠看着屏幕上的省略号，不由得勾了勾嘴角。

梁秘书站在旁边看着他们家总裁突如其来的笑意，脊背一僵。

应酬的时候秦总什么时候笑过？而且秦总也没有拿手机的习惯吧。

前来谈生意的人也是个世家，比秦漠要大上十几岁，见他笑了，跟着挑了挑眉。

等到差不多把项目定下来以后，秦漠语气平淡地问了一句："听说萧总还有一个上大学的弟弟。"

萧总一愣，似是没想到秦漠会喜欢谈这种私事，笑道："是有个弟弟。"

"他学习怎么样？"秦漠端起红酒杯抿了一口，如天神般俊美的脸上，没有丝毫波澜，就像是在闲聊。

萧总却苦笑了一声："老实讲，不太好，我明天还要替他去趟学校呢。"

秦漠目光幽深，没有人知道他在想什么。

萧总继续道：“不过这也不怪他，现在的大学课本我看都看不懂，这不我正打算找个人给他补补呢。”

秦漠没有再回话。

萧总还以为他不高兴了，也懂得适可而止：“看我，一说起我这个弟弟来话就多。”

“没什么，我也有个弟弟，明白那种感觉。”秦漠的表情依然平淡，一身笔挺的西装尊贵又奢华，说出来的话却让梁秘书差点一口红酒喷出来。

秦总，人萧总家的是亲弟弟，你那个真不是亲的！所以，你到底明白了什么感觉？！

薄九发完最后一个省略号后，就打开手机热点，竖起了专属于她的“英语课本”。

所有人都以为她是在看书。

只有坐在薄九旁边的薛瑶瑶知道，薄九看的根本就不是书，而是一台小型笔记本电脑。

她看着这么一台精致的小型笔记本电脑，吃惊地捂住嘴，生怕自己会叫出来，被其他同学发现薄九的秘密。

谁能想到，明明是一本英语课本，打开后里面竟然会是电脑，他……他到底是怎么做到的？！

薛瑶瑶看着少年完美的侧脸。

她不笨，这种构造的笔记本是不可能买到的，而且那上面也没有商标。只有学过计算机的人才知道，这是一台顶级组装笔记本电脑。

他为什么会有一台这样的笔记本电脑呢？明明他只是一个最普通不过的少年。

曾经他还是个嚣张跋扈的暴发户。

难道这一切都是伪装的吗？

薛瑶瑶看着那双修长的手在键盘上漂亮地变换动作。

她也玩游戏，所以很清楚，越厉害的人，越落字无声。

而且少年在打字的时候根本没低头，一只手撑着下巴，漂亮的双眼看着前方，好像他并没有在打字。

到底是有多厉害才能做到这样。

薛瑶瑶攥紧了手指，血液里流淌着难言的激动。

作为一个穷人，她很清楚上次张主任那件事并不是普普通通就能被曝光的。

这背后有一个推手，或许张主任会很恨这个推手。

可作为受害者的他们来说，能重新回到学校上学，能洗脱她小偷的罪名，都靠这个推手。

那是她心中最想感谢的英雄。

很多人因为家里情况，而遭受着扭曲对待。

就在那个时候，薛瑶瑶看到了很多很多的希望。她一直在想那个人会是谁，甚至连警方都毫无头绪。

如今，她终于知道那个人是谁了。原来他就坐在自己身边，维护了她一次又一次。

薛瑶瑶放下轻颤的右手，拿过碳素笔写了一张字条过去。因为太过激动，她一向漂亮的字都有些歪曲——

张主任的事是你做的，对吗？

薄九还在游戏里找队员，手上的这个英语课本外壳，是她昨天晚上熬了一夜做出来的成果，外壳是她花钱在网上预订的，费了不少工夫。

薄九眼前突然出现那么一张字条，字条上的字迹被泪水晕开了。

薄九一顿，偏头朝着薛瑶瑶看了过去。

薛瑶瑶见状，又扯了一张纸，快速写道："我没有其他意思，也不会告诉别人，我只是想……"

还没等她写完，薄九就把她手里的笔抽出来，干脆帅气地写了一个字在纸上：“对。”

薛瑶瑶看到那个字后，突然就顿住了。

猜测是一回事，确认又是另一回事。

她突然想到，就在那一天，少年面对着无数媒体，仿佛披上了战甲，一对眼睛明亮：“因为我们都相信，正义或许会迟到，但它从来都不会缺席。”

原来是这样，原来一直是这个样子的。

薛瑶瑶眼眶通红地捂住了嘴，很想哭，不是难过，而是很开心。

她又穷又难看，身上的肥肉又多。在学校里，她受过很多同学的欺负。

有些都算不上欺负，只是扫过来的鄙夷目光，还有窃窃私语的嗤笑。这些能够摧毁人心。

薛瑶瑶很庆幸自己能遇到这么一个人。

他有着比谁都帅气的面容，就连看着自己的视线中都充满了暖意。

——我不会说出去的。

她不但不会说出去，还会替少年保密。

薄九笑了笑，写了三个字：“我知道。”

薛瑶瑶顿了一下，又写了一句话：“我看你刚刚好像是在游戏里找人？我也会打《英雄》，要不我帮你一起找？”

薄九听到薛瑶瑶也打《英雄》之后，眼睛一亮，没问她水平怎么样，而是直接把自己的笔记本电脑递过去：“打一局。”

薛瑶瑶还是第一次在教室里打游戏，克服了心理负担之后，操作才溜了起来。而且这台小型笔记本电脑出人意料地好用，键盘的操作没有一点停顿，画面也很流畅，比一些高配电脑速度还要快。

薛瑶瑶并没有用过多么高配的东西，因为人长得太胖，除了游戏，她没有任何娱乐项目。

这样的消遣她能消费得起，到网吧里开台电脑玩上三个小时也不过才六块，甚至顶不上其他同学买一杯咖啡的。所以薛瑶瑶的操作并不弱，甚至比一般玩家手法还要娴熟。

薄九在旁边看着，好看的眉挑了一下，还没等她打完，就在字条上写下一串话：“我这里有份工作，酬劳不错，你有没有兴趣过来帮我的忙？”

薛瑶瑶连工作内容是什么都没问，立刻写道：“我愿意！”回答完后，她才发觉自己好像太热情了，生怕薄九会讨厌她，手又往回缩了缩。

薄九很高兴，嘴角半弯着，笔锋流转：“说一下工作内容，每天利用课余时间打游戏。你的操作我刚刚看了，不错，就是还有点小缺陷，这些我们以后再沟通。总之，我们的目标就是要称霸今年的电竞新晋赛，所以学习上你要安排好，别到时候挂科太多，拿不到参赛资格。”

薛瑶瑶看着“挂科太多”四个字，轻轻地咳了一声，回了一句话：“其实，九殿，你有没有觉得学习方面还是你应该多留意一点才对？”

薄九骤然一顿，想起之前在陈晓东那里看到的成绩单……

确实是她该留意一点。

薄九抬手把自己额前的银发往后一理：“放心，这次最多挂一门。”

薛瑶瑶提醒少年：“挂科一门也是挂科，为了提防青少年太过沉迷游戏，电竞新晋赛的规定是一科都不能挂。”

薄九一顿：“赛制规定是这样的？”

“嗯嗯。”因为薛瑶瑶本身是《英雄》迷，所以多少也会关注一点电竞赛的赛制，“九殿，你要努力了。”

薄九这才觉得她之前最需要做的根本不是买东西组装笔记本电脑，而是掏出专业书来看上个几十遍，关键她对专业课不来电。

“要不要请个老师补补？”薛瑶瑶在字条上写着。

薄九看着那行字，顿时有点惆怅。不过能找到队员还是值得高兴的，她随手写道：“你手机号多少？告诉我。”

薛瑶瑶脸一红，刚低声回一句“我没有手机”，就见老师骤然出现在她的旁边。

薄九的反应很快，左手一撤，就把笔记本电脑抽走换成真正的英语课本，其他字条也都被她扫到一旁。

只有刚写的那一张，被老师抓了个正着。

老师看着那纸上的字，皱了皱眉头，问薛瑶瑶："这是怎么回事？"

薛瑶瑶攥紧了手，刚想开口。

就听少年在她轻笑道："陈老师，这张字条是我写给她的。"

老师怎么都没有想到薄九会要薛瑶瑶的手机号，顿时也不知道该说什么好，只是推了推眼镜："薄九，上课就要好好上课。喜欢薛同学是好事，但是不要影响上课。"

这句话信息量太大，全班同学都震惊地朝着薄九这边看过来。

什么意思？薄九喜欢薛瑶瑶？

有些女生多少有点不能接受，如果长得漂亮也就算了，偏偏是那么一个……

薛瑶瑶想解释，却见薄九朝着她眨了一下左眼，带了些邪气。

她知道薄九是为了保护自己才任由大家这么误会的。

毕竟传字条这种事，如果让别人知道是她主动的，那她在学校里听到的流言蜚语只会更多。

她和薄九是两个世界的人，这一点她一直都懂。

就像她和那个人一样，即便她现在成了他的继妹，在学校里他们也有着云泥之别……

有了老师的警告，接下来薄九就没有再登游戏，而是拿出手机来给秦漠发了一条微信："漠哥，今天打网球，我能带一个同学过去吗？"

即便薄九性格再跋扈，骨子里还是带着该有的礼貌。既然是秦漠带她去，那有些事情就必须提前问好。

秦漠回过来两个字："可以。"

薄九看着屏幕，勾唇一笑。等到下课后，她才偏过头去对薛瑶瑶道："下午课上完后你有时间吗？如果有的话，我带你去打场网球……"

薛瑶瑶一开始并没有同意她偶像的邀约，老实讲她从来都没有在专门的网球馆里打过网球，感觉那里面的消费应该不低。

再加上她的身材也不好，到了那样的场合，总会被当成异类。

薄九大概看出了她的顾忌，轻笑着加了一句："放心，不让你上场打，你拿着我的笔记本电脑在旁边打游戏就行，主要是我能在旁边纠正一下你玩游戏的小缺陷。"

原来薄九刚才就看出来了她根本没有手机这回事。

只是他温柔到什么都没有说。

就连放学以后，也是薄九单肩挎着黑色包，走在她的外侧，那样子还是帅得不行。

外面在下小雨。

薄九没有拿伞，银色的发被打湿以后，那张脸便更显精致。

"薄九，你能等一下吗？"

突然，一个女孩红着脸挡在薄九面前。她被后面两个好友推着，双颊都有点发烫："今天新上映的一部电影很好看，我可以约你一起去看电影吗？"

薄九笑了笑："今天有事要忙，抱歉。"

被拒绝的滋味总是不好受的，虽然女孩知道对方很有可能不会接受，但还是低下头，攥着电影票的手也有些颤抖："那……那你先去忙。"

薄九看着她泛白的指尖，嘴角微勾："今天下雨，还是早点回去好，注意别感冒了。"

瞬间，那三个女孩沸腾起来。

被关心的女孩更是感觉到前所未有的暖意。

这就是她们的九殿，就算是拒绝人，也拒绝得这么温柔。

秦漠降下车窗的时候，看到的就是这样一幕。他仍然坐在车后座上，双腿搭着，上面放着一台商务平板电脑，像是刚结束了一个视频会议。

他左手把玩着限量版的银色火机，却在扫过车外后微微一滞。

“秦总，我们需要再往前开一点吗？”司机还以为是他的问题，小心翼翼地问着。

秦漠将打火机一收，直接推开车门，扔下一句“不用”，就朝着少年走了过去。

北方的秋雨通常情况下都非常冷，所以这天秦漠的打扮也与往常不同，笔挺的西装外搭了一件纯黑色双排扣风衣，风衣领子上还有一圈纯白的狐狸毛，处处都彰显他的霸道矜贵。他那张俊美无瑕的脸更是在短短几秒钟内吸引了无数目光。

秦漠把司机给自己打着的黑色雨伞拿过来，直接撑在少年的头顶，无视四周越发浓烈的尖叫声，语气平淡：“上车。”

薄九侧过头去看了薛瑶瑶一眼，打开了后面的车门，示意她坐进去。

秦漠在旁边重重地皱了一下浓眉：“这就是你发微信说要带去球场的人？”

“是啊。”薄九推着薛瑶瑶的后背。

薛瑶瑶却感觉到前所未有的压力。

薄九从来都没有说过他要一起打网球的人是秦神啊！

而且秦神看她的目光虽然没有什么不礼貌的地方，但那透着冰雨般的眼神，轻易就让人全身发寒。

“怎么不进去？”薄九轻笑了一下，“进去吧，我和漠哥说过了，可以带人。”

薛瑶瑶艰难地咽了口口水，她甚至都不敢想象自己在靠近这台车的时候，周围的人是怎样的目光。

旁边的学生们都已经震惊得说不出话来了。

先不说秦神出现得有点突然，只看那个胖胖的女生，竟然能离他那么近，还很有可能会上他的车，她们就觉得一阵羡慕和嫉妒。

薛瑶瑶的头皮都有些发麻，犹豫了很久还是迈不开那条腿。

眼看着薄九就要将人推进去，后衣领又被人拽住了。

秦漠一只手打着伞，打伞的那只手还专门戴上了黑色手套，有点像书里写的恶魔。他另一只手抓着薄九，容颜俊美：“懂不懂规矩？让女孩坐前面，我们两个男的坐后面。”

薄九心想：我也是女的。

她的嘴角勾了勾，很绅士地打开了副驾驶座的门。

薛瑶瑶这才有勇气迈出步子，主要是觉得秦神的目光好像没有刚才那么冷了。

三个人上车以后，才隔断了外面的轰动。

像这样的天气，商务车里都会常备毛巾。

秦漠漫不经心地抽了一条，随手就丢到了少年的头上。

在后视镜里看到这一幕的薛瑶瑶惊呆了，不知道该有什么反应，只能僵坐在那儿。

司机的心情也很复杂，他还是第一次见少爷在下雨天下车。

这太不符合少爷平时爱干净的作风了。

不，不对。

应该说他竟然会允许一个浑身湿漉漉的美少年坐在他身边，一般不都会被他踹下车的吗？

薄九倒觉得没什么，她边擦头发边笑着问：“漠哥，等很久了？”

秦漠闻言，一侧头，看着少年被淋湿的发丝，手指僵了一下，声音也跟着冷下来：“擦你的头发。”

说完这句话，他就把商业平板电脑重新拿到手上，又插上了耳机，一副打算继续开会的高冷表情。

薄九见大神在开会，也没有打扰，就那么头顶着毛巾，拆了一根棒棒糖含在自己嘴里。

过了一分钟，薄九以为大神还在全神贯注地开会。

谁知一个抬头，坐在旁边的男人浓眉一皱：“你就不怕感冒？”

薄九拿着毛巾赶紧擦了擦。

“有时间多看看书。”秦漠的一只耳朵上还带着黑色的耳钉，神色平淡地掀了一下眼皮，似笑非笑，“最起码不要挂科。”

提到成绩，薄九就安生了，全程叼着棒棒糖，一言不发。

对于这一点，秦大总裁还是很满意的，甚至专门让司机把车停下来，给他和他的同学买了些喝的。

毕竟是自己认来的弟弟，不安生的毛病在慢慢纠正，他多少也要在外人面前给弟弟一点面子。

这是秦大总裁最直观的想法。

尤其是他侧头看到少年低下头吹着从杯子里散出的热气，白雾沾上那银色的碎发时，越发觉得自己这样的做法很正确。

和他养的猫一样，给东西吃就会消停一点。

秦漠把商业杂志摊开，薄唇勾了一下，一副心情很好的样子。

薛瑶瑶捧着热腾腾的焦糖玛奇朵，心里非常清楚，她这是沾了薄九的光。只是她没有想到的是，薄九和秦神的关系会这么好。

虽然上次她也看到薄九上秦神的车了，但上车的原因没有几个人知道，有人还猜测是不是秦神要给薄九一个教训。

毕竟当初薄九的那些做法太……秦神大概忍不了他。

而且整个学校的人都在说薄九想尽办法接近秦神，肯定有什么目的。

可她看这两个人的相处情况，薄九并不像主动接近啊……

司机看到秦漠嘴角的笑意，手一滑，原本要递给他们家少爷的咖啡就歪倒在了车外。

秦漠朝这边看了一眼。

司机立刻道：“少爷，我再去买一杯！”

“不用了。”秦漠把商业杂志一合，侧脸还是那么俊美，“我喝他的。”

被点名的薄九抬起头来，头上的银发微微上扬，有点猫耳朵的感觉。

司机听到秦漠的话后骤然僵住，他甚至怀疑是不是自己的耳朵出现了问题。

他们家那个一直有洁癖，看谁都像在看细菌的少爷，居然说出了这样的话。

如果夫人和老板知道这件事，肯定会十分诧异。

这根本不像他平时的作风。

薄九挑了一下眉，嘴角微勾，似乎并不在意："那漠哥现在就要喝吗？我刚吹了吹，应该不烫了。"

秦漠没有开口，而是侧过头，直接喝了起来。他俊美禁欲的侧脸显得非常英挺，尤其是他身上还穿着黑色西装。

薄九又是浑然天成的元气美少年。

薛瑶瑶只觉得全天下最帅的两个人凑在了一起，真是养眼极了。

"有点甜。"秦漠喝完说道。

薄九又喝了一口，细细品了品："确实有点，肯定是我刚刚吃了棒棒糖的原因，巧克力味的。"

秦漠对上司机打量的视线，声音低沉下来，用一如既往的命令口吻道："开车。"

"是，少爷！"

司机还是第一次看见少爷和别人关系这么好。即便是大院里的那几位，好像都没被少爷这样对待过。

秦漠当然知道司机在想什么，不过他没有必要告诉对方，对待朋友和对待弟弟是不一样的。

对待弟弟，那就尽量让着他。

薄九看着手里的咖啡，嘴角不自觉爬上了笑意。

不过很快薄九就没那么开心了。

去过正规网球场打网球的人应该都知道，那里面的温度基本上都是不高不低，有专门的人会递上毛巾和茶水，必须换好运动服，戴上护膝等专业用具，教练才会允许上场打球，这样也是为了防止有人在打球过程中肌肉拉伤。

戴护膝什么的都好说，可是进男宾部换运动服这一点……

薄九真有点不太方便。

她单手插在裤袋里，顿了一下，侧过头去朝薛瑶瑶看了看。

薛瑶瑶其实也不想换衣服，主要是她的身材，这里的衣服她应该都穿不下去吧……

然而薛瑶瑶还是低估了秦漠这个名字的影响力，在江城但凡是这种产业，或多或少都会有秦氏的股份。

所以在这里，他们都是享受贵宾级的待遇。

站在旁边的接待生都非常漂亮，穿着职业套装，对着她道："薛小姐，我们已经替您准备好了您要穿的运动服，请这边来。"

那接待生说完，朝着秦漠半鞠躬，然后才带人离开。

薛瑶瑶是第一次来这种地方，难免有些拘谨，所以也没有察觉到薄九有什么不妥。

装潢华丽的大厅里除了接待生，就只剩下薄九和秦漠两个人。

男更衣室就在他们左手边不远的地方。

薄九还在想她要找什么借口时，秦漠已经单手抓着她的衣领，将人带进了门里，左手还不忘把运动服从接待生手里扯过来。

虽然是贵宾级的待遇，更衣室却是同一个。

薄九一进门就打量四周，除了柜子打开能起到一点点的遮蔽功能，其余的地方都空荡荡的。

她要是在这里换衣服，不出三秒性别就会暴露。

其实早在秦漠说要打球的时候，薄九就已经做好了会有身体碰撞的准备，早上特意在胸前绕了一圈绷带，还专门穿了一件纯白的跨栏背心。

可即便如此，她也不能在大神面前换衣服吧？

薄九抱着秦漠给她的黑色运动服，好看的眉头皱了一下，连带着目光都沉了下去。

秦漠身上的风衣已经在进来的时候交给了接待生，现在身上只剩下西装。他单手解着衬衫，偏过头来看着薄九：“怎么了？”

薄九想起两人第一次在餐厅吃饭的情景，皱了皱眉。

看来故技重施是不可能了，现在的大神和她刚见面时那个还会看“见面教程”的男人有着本质上的区别的。

这个区别就是——他是真的把她当成了弟弟。

“还不动？”秦漠修长的手指一扯，随手就将衬衫扔到了衣柜里。他拿出打火机来偏头点了一支烟，烟雾升腾间，薄九只能看到他性感的腹肌。

不过庆幸的是，大神抽完烟后，换衣服的速度明显加快了，一副“你也赶紧换完滚出来的”模样。

从头到尾大神都是高冷的，只是那张脸确实俊美，即便是穿上运动服，也像是漫画里的那些主角，好看得不像话。

薄九看着他走出去的背影，暗暗松了一口气。她走到衣裤前，将校服外套扔到一旁，紧接着一个弯腰就将上衣脱了下来。

薄九脱衣服的姿势很帅气，也很迅速。

但她没有想到的是，就在她拿过运动服要穿的时候，吧嗒一声，更衣室的门被拧开了！

秦漠就那样优雅地靠在门框上，好整以暇地看着她，多少有点守株待兔的意思，眉毛一挑：“这就是你刚才不想换衣服的原因？因为太瘦？”

薄九现在无比庆幸刚才没有将衣柜门关上，那半开着的一扇门刚好能遮住她胸前的位置。

意识到他要朝着这边走过来，薄九迅速将手中的上衣往头上一套，衣摆刚好拉到腰的位置。

秦漠走到她旁边，看着她：“慌什么？”

薄九垂眸，刻意放低自己的声调：“我怕漠哥看到会笑话我。我身材没漠哥的好，干瘪瘪的，又白得有些过分，连腹肌都没有。”

听薄九这么一说，秦漠的手指顿了一下。他像薄九这么大的时候，好像也很在意自己的身材。

怪不得这个家伙从刚才开始就一直闹别扭，不肯脱衣服，原来是叛逆在作祟。

这一点秦漠还是能够理解的。在他看来，稍微有一点小叛逆也没事，并且这点小叛逆还有关薄九的自尊心。

作为哥哥，他似乎应该多给薄九一点私人空间。

毕竟他们不是亲的。

如果梁秘书知道秦漠现在的想法，一定会庆幸他们家总裁总算意识到他和人家不是亲的了。

秦漠本人完全不认为自己的想法有多向着少年，只看了薄九两眼，声音很平淡："确实没什么男人味，一会儿出来多跑几圈。"

说着，他就转过身，修长的手指随意摆弄着黑色护腕，侧脸清冷如常："换吧，我不看。"

大神，你就不能出去等着吗？

算了，大神还是在她眼前比较好。他心思太缜密，为人太腹黑，套路太娴熟，一不小心就会让人着了道，以前薄九没有遇到过这么难对付的人。

不过大神好像吃软不吃硬，只要她蔫一点，似乎大神真的就会拿出疼弟弟的架势来对待她。

薄九看着男人挺拔的背影，缓缓勾唇，换好衣服后也就没顾忌了。反正她胸前缠了绷带，又穿了外套，根本不用在意什么。于是她直接从背后将手搭在了秦漠的肩上，一副好弟弟的模样："漠哥，一会儿让着我点，我控球不好。"

秦漠忍了很久才没把薄九的爪子给拍下去。

秦漠非常高冷地告诉自己，薄九现在正是叛逆期，任何抗拒他的行为或许都会对他的心灵造成伤害……

此时，薛瑶瑶已经坐在球场外围等着。她手边放着倒好的茶水，茶几中间是一个非常漂亮的大果盘。来这种地方，与其说是来打网球的，倒不如说是来享受的。

除了室外绿茵茵的草地，室内的温度都是经过调控的，褐色的沙发靠上去也特别舒服，鼻息间还有淡淡的古龙水味。

薛瑶瑶还有些拘谨，她的腿太粗了，总想藏起来。

可她抬头看见那两个人时，竟然连拘谨都忘了，只愣怔地看着少年朝自己笑了笑，然后又侧过头去和秦神说着什么。

秦神伸手捏了一下薄九的后脖颈："不要和我讨价还价，一场三十分钟，少一秒都不行。"

薄九的俊脸一垮，多少有点小郁闷："我长得帅也不行？"说好的"弟控"呢？

"身材就那样，还说自己帅？"秦漠将接待生递给他的球拍接过来，塞到少年的怀里，漫不经心地说，"好好打，别想偷懒。"

那接待生没想到秦少会把他的球拍给别人，诧异地朝薄九这边看了两眼。

薄九也聪明，一看接待生那目光就知道这球拍十有八九并不是网球馆提供的，而是大神私有物。

她侧过球拍一看，果然在纯黑色的拍把上用银色的流光刻了一个"秦"字。

薄九顿了一下，抬头将目光放在不远处的男人身上。

他正在挑选球场提供的球拍，修长的双手包裹在纯黑的打球手套里，一身职业球装显得颇为专业。低头时，他长而浓密的睫毛打下一片阴影，整个人看上去有一种漫不经心的味道，像极了当红明星在拍电视剧。

秦大神这模样要是放在直播平台上，估计受欢迎程度又会高一个层次。

薛瑶瑶捧着茶杯，羡慕地看了球场上一眼。

薄九对上她的视线，轻轻一笑，按着球拍走过来，然后从书包里拽出了自己的笔记本电脑，倾身对着她道："你先登游戏玩两局，中场休息的时候我给你说问题。"

"好。"薛瑶瑶没想到这个时候薄九还想着自己，有一种被照顾到的感觉，脸瞬间红了。

薄九的目光扫过茶几上的果盘，捏了一块西瓜放到嘴里，声音温和："水果什么的都可以随便吃，不要拘谨。"

"嗯。"薛瑶瑶用力点了点头，看着薄九那张脸，眼里是满满的崇拜。

站在球场上的秦漠看到这一幕，将左手上的球拍弹了几下，目光一沉。

难道是快要开场了，所以大神的杀气也上来了？

"开球。"秦漠只丢下两个字，就身形挺拔地站到了网前。

薄九也认真起来，半曲着腿，侧颜干净又俊美，银发打在耳边，搭配着黑色耳钉，一个用力就很厉害的扣杀。

秦漠不慌不忙地观察着球飞来的方向，随后侧过身子去，以一种非常漂亮的姿势握紧球拍对准白球利落地抽拍。

啪！

薄九的额头顿时就中招了！

她伸手揉着额头，显得有点可怜："漠哥，你是故意的吧？对着我的脸打？"

这真的是请她来打网球的？而不是来借机报复她的？

秦漠看着薄九，目光沉了沉："既然是来打球的，就一心一意地打球，不要总是想着别的。"

"我什么时候总是想着别的了？"薄九嘀咕了一句，多少有点被冤枉的感觉。

秦漠的视线扫过薄九的头，最终还是没有战胜心里涌出来的内疚感，侧过头去看了接待生一眼，声音并不是很愉快："去把冰块拿过来。”

“啊？是！”接待生还没有反应过来秦少要冰块做什么，就见他抽了一条毛巾，将冰块包起来，放在少年手里。

薄九一愣，看着男人故作冷漠的脸，勾唇笑道：“没有那么严重，就是刚才有点疼。”

秦漠扫了少年一眼，声音淡漠：“再三心二意，下次会更疼。”

还在打游戏的薛瑶瑶不自在地动了一下，总觉得自己坐在这里有些多余。

她还是不要往球场上瞄了，尽量降低自己的存在感比较好。

薄九冰敷了额头后，秦漠亲自发球，力道比刚才轻了很多。

薄九打球的时候比平时的她还要帅气，尤其是她在场上几乎没有停留，不停地来回跑动，惊人的弹跳力配合着她那张脸，青春到让人羡慕的地步。

两个人的技术都不错，尤其是秦漠。他只是站在那里，不动声色地来回走动，漫不经心地挥拍，惊人的球技配合着那充满线条感的完美身材，引得另外那个球场上的人发出阵阵惊呼。

“这算是职业水准了吧？打球的人是谁啊？”

“他你都不认识？秦家你总应该听说过吧？”

“你光说废话，我问的不是秦少，我问的是和他对打的少年！”

“不知道，会不会是大院里的哪位少爷？“

球场毕竟很大，也注重隐私，尤其是秦漠他们这边是贵宾级待遇。

那边的人看这边的时候，就只能看到身形，看不到相貌。

“薄少，你过来看看能看清楚不。”

薄希明长得矮，那几个和他爸谈生意的大人都看不清，他就更看不清了，摆弄了一下手上的网球拍，道：“秦少我见过几次，他身边除了大院的那几位也不会有谁了，对方的身份应该不用猜吧？”

那几个人一听，立刻笑起来，恭维道：“说来也对，不过我还没有在现实生活中见过秦少呢，薄少果然厉害。”

“这没什么。”薄希明微微抬着下巴，神情倨傲。

薄忠义听到儿子被夸，非常高兴：“我这个儿子啊，平时看起来不怎么爱说话，打游戏可厉害着呢。秦少不也打游戏嘛，这一来二去就认识了。”

“既然认识，那我们过去打个招呼？”那几个人听到这里，就动了心思。

薄希明却皱了一下眉头：“秦少打球的时候不喜欢被人打扰，还是以后有机会再去吧。”

“以后啊……”那个人很明显是失落的语气，不过最起码还有希望，“那就靠薄少引荐了。”

薄希明“嗯”了一声，又朝着那边看了一眼。

实际上，他也在想待会儿要不要找个偶遇的机会和秦少说上两句话。

他之所以会来这里打网球，也是听说了秦少经常会过来运动。

之前他确实和秦少打过几次照面，却都是在大门口，总共也没有说上几句。

这一次，他一定要努力努力……

一场球打完，就连站在旁边看的辅导员，都忍不住想夸这场球打得漂亮。

结局当然是秦神赢了。

薄九的体力确实跟不上，后半场的时候，她白皙的额头上就溢了一层薄薄的汗，连带着银发都湿了，贴在耳边。她抬手一擦，笑了：“漠哥，我休息一下，我们待会儿再打第二场。”

秦漠扫他一眼，随手就将自己的保温杯递给了他。

薄九确实渴了，刚运动完的人必须喝水，于是她接过保温杯来，低头喝了几大口。

薄九喝了两口，意识到秦漠也没有喝水，又把保温杯递了回去。

秦少接过来，随意地低头喝了两口，又转过头来吩咐接待员：“捡球。”

“哦，是！”

不怪接待员有些反应迟钝，实在是他们打球的画面太有冲击力。

薄九见大神好像不太渴的样子，就那么抱着保温杯走到薛瑶瑶身边，又叼了一块西瓜，然后偏头朝着屏幕看过去，一只手撑在薛瑶瑶的身后，另一只手伸出来点在她的鼠标上：“你的职业有的时候不需要操作那么快，除了键盘，搭配上鼠标，敌人攻过来的时候，先闪再回手杀！”

薛瑶瑶眼看着电脑上一个绝招被薄九轻轻松松使出来，眼里充满了震撼。

她其实一直想问：薄九操作这么厉害，在游戏里到底叫什么名字？

可还没等她开口，就见秦神坐在了他们面前。他没有出汗，就是因为这样才会更加让人觉得这个男人高不可攀。他偏着头，全身都透着雍容的奢华。

薛瑶瑶不明白薄九是怎么做到敢和这个男人勾肩搭背的。

反正她是怕得不行。

“看清楚了吗？”少年声音还在耳边响着，带着温柔，“以后你就这么打。”

薛瑶瑶刚硬着头皮“嗯”了一声，秦漠就开口了，一把将薄九拽过去，声音有点低沉：“我让你来是来打网球的，不是让你教游戏的。刚还说过让你别三心二意，这么快就忘了，嗯？”

薄九摸了摸鼻梁。

薛瑶瑶想给少年解围：“九殿，你刚才说的我都知道了，你们去继续打吧，我收拾一下东西先走。”

“先走？”

薄九挑眉：“这里坐车不方便，等我们打完再送你回去，是吧？漠哥。”

秦漠虽然觉得少年薄九这样的行径让人很看不惯，但最基本的教养还是有的，淡淡地“嗯”了一声。

薄九站起来，伸了个懒腰，对着薛瑶瑶帅气一笑：“总玩游戏确实也不好，我带你打一场网球？”

“不，不用！”薛瑶瑶连忙摇手，她在说这句话的时候，不自觉地朝秦漠的方向看了一眼，秦神应该不太想让她和薄九一起打网球吧。

薄九却误会了她的意思：“还是你比较喜欢和漠哥打？我们两个你挑一个吧。”

秦漠闻言，不动神色地皱了一下浓眉。

薄九早已站起来，笑意犹存：“选谁？

薛瑶瑶有苦难言地跟过去：“那还是九殿你吧。”

她是真的不敢选秦神，他身上那样与生俱来的气势让她有些喘不过气来。

“看来我比漠哥要有魅力。”薄九这句话是冲着秦漠说的。

她笑了一下，尖尖的虎牙露着。

秦漠的目光扫过站在薄九身边的女孩，顿了一下，他这个弟弟会不会对薛瑶瑶太好了一点？

他认识薄九的时间并不算长。

不管是游戏外的那个少年，还是游戏里的“黑桃 Z”，都不是那么好接近的。

秦漠想到这里，不由得多看了那个身材臃肿的薛瑶瑶一眼。

薛瑶瑶只感觉自己的后脖颈都发凉了，根本不好意思回头。

说实话，她真的是太胖了。她腿上都是肉，一会儿跑起来肯定会一颤一颤的，实在不太美观。

没有人会喜欢在自己偶像面前暴露自己的短处，但回去打游戏又不现实，秦神明显不想再看到他们摆弄电脑。

薄九就在她旁边，也看出了她的顾忌，趁着挑选球拍的时候，轻笑着道：“我从刚才就想要问了，你为什么叫我九殿？”

“这……这是学校喜欢你的女孩们，不是那种喜欢，是那种喜欢。”薛瑶瑶生怕自己解释不清楚，“反正就是你的迷妹，我们一起帮你取的外号。因为你很像古时候的太子，邪气又霸气。”

薄九听了这个解释，还觉得挺有意思的。太子？她？女孩们的想法真是又可爱又很萌。

“那就让本“太子”教教你怎么打网球吧，很多女孩在这方面都不太擅长。”为了让薛瑶瑶看上去不那么尴尬，薄九眨了一下左眼，然后绕过一只手放在薛瑶瑶的手上，姿势帅气不说，声音还非常好听。

“手指用力，打球的时候身体尽量往下压，视线顺着球拍和你要打的球持平，利用脚踝带动全身发力，就像这样。”

说着，薄九握着薛瑶瑶的手，连同球拍往上一用力，动作非常酷。

瞬间，她的鼻息处就只剩少年身上特有的糖果气息，清淡如泉水，让她整张脸不由自主地滚烫起来。

她从未想过有一天会离偶像这么近。

薄九特有的温柔真的能将人融化。

“会了吗？”

好听的声音又在她的耳边响起，她一偏过头去就看到少年在笑。

就连旁边那个网球场的美女们都忍不住看了看，目光中充满羡慕。

“我也想要这样一个帅哥教我打网球。”

“笑得太好看了，他是谁呀？”

“不知道啊，第一次见。”

美女们都不由得停下动作，隔着球网注视着薄九，眼神火辣辣的。

唯有半透明的休息室里温度是低的。

站在秦漠身侧的接待生都不敢偏头。

从秦少身上散发出来的寒气几乎能将人的血液都冻结。

这到底是怎么一回事？

秦漠看着球场，单手撑着下巴，戴着黑色手套的修长手指搭在椅子上，一双狭长幽深的眼睛冷到极点，就连声音都像北极的风，冰冷刺骨：“去把他们叫回来。”

毕竟是从军区大院里出来的，身上的狠辣从来都不会掩饰：“打完三十分钟就要休息，这个道理他不懂，你们也不懂吗？”

说着，他不经意地抬起头，看了接待员一眼。

那目光冷得让人头皮都发麻。

接待生不敢反驳，虽然每次秦少来打球都是要打上一个多小时才会停，但现在秦少说打够三十分钟就休息，那就必须休息。

“九少。”接待生其实也觉得这个时候去打断对方教球，多少有那么一点点不和谐。可自己又能怎么办呢？秦少发话了，他不敢不从啊。

薄九侧头：“怎么了？”

“我看这位小姐很热的样子，刚才您应该也没有休息够吧？”接待生也会说话，“以前没有运动过，现在运动时间太长的话反而对身体不好，我们先把球场清理一下，两位一会儿再打？”

再打，您就跟秦少打吧，别忘记是谁找你来打球的，否则我还得重新找借口。

薄九还奇怪呢，这个球场怎么才打了半个小时就要清理？不过既然接待生这么说了，她也不好多说什么，带着薛瑶瑶就往休息室那边走去。

薄九一抬头，就见秦漠一派尊贵的模样，手指点着她自制的笔记本电脑，另外一只手端着咖啡杯，整个王者风范：“笔记本电脑不错。”

夸奖的话薄九当然全盘接受：“硬盘买得好，运行速度很快，以后就用它和漠哥一起打本了。”

秦漠“嗯”了一声，并没有继续这个话题，反而偏头看向薛瑶瑶，漫不经心地转了一下手上的黑色手套：“薛小姐和我九弟是怎么熟起来的？我看你们关系不错。”

九弟？

薛瑶瑶这边还对这个称呼有点蒙，不过秦神的问题还是要回答的，即便是硬着头皮："我和九殿是同班同学，九殿人好，对我很照顾。"

"哦？"秦漠的尾音向上挑，笑得多少有些冷，"看来他在学校里过得还不错……"

薛瑶瑶不懂秦神为什么会这么问，只点了一下头。

薄九还在旁边喝水，仰头时，白皙的脖颈总会显得特别修长。

秦漠朝薄九看了一眼，愣了愣，伸手就把人揪了过来："光顾着交友，难怪成绩那么差。"

薄九咳了一声："以后不用担心了。瑶瑶是我的队友，还是给我补专业课的小老师，以后我的成绩就要交到她手里了。"

秦漠侧过头去看那张白嫩俊美的脸，声音平淡："补专业课的事不要麻烦女孩，尤其是薛小姐，她平时应该也很忙。"

"我……我……"薛瑶瑶本来想说不忙的，可在接触到秦神那如冰的目光后，接下来的话硬生生被吞回肚子里。

薄九确实没有考虑过这个问题，薛瑶瑶的家境不是很好，到时候玩游戏肯定会占用她一部分时间，她平时应该也要自己做饭吃，再加上指导自己学专业知识……好像时间并不充裕。

"没关系，我请个另外的辅导老师也行。"薄九对着薛瑶瑶笑了，很明显是在替她解围。

秦漠在旁边看着，目光沉了沉："挂科这种事被外人知道，你觉得很骄傲？"

——漠哥，你不要总是说话带刀子。友情是怎么破裂的？就是这么破裂的。

薄九说到成绩就有点蔫："没办法，参加电竞新晋赛要每一科都及格才行。"说到这里，她又是一笑，一副邪气的模样，"要不我花钱买通漠哥，你给我走个后门？"

"可以。"秦漠扫了少年一眼，"一千万元，让你过。"

薄九垮了："哥，还是你给我一千万元，让我请个老师吧。"

秦漠看着少年的模样，眼里的冷意总算是散开一点："以后你的专业课由我来辅导。”

为什么他们总觉得秦少绕了一圈，最终就是为了要说这句话呢？

薄九也愣住了：“漠哥，你平时应该更忙吧？”

“辅导你的时间还是有的。”秦漠一边说着，一边站起来，“以后这种丢人的事还是交给哥哥来办，懂了吗？”

所以大神是嫌她这个“弟弟”丢人，才要教她？

突然感觉学习这件事压力好大。

“怎么，不愿意？”秦漠打量着少年那张脸，冷笑了一声，带着再也不需要掩盖的邪气，“是不是想让我扔你出去？”

薄九笑了：“那先说好，你教我的时候可不许说我智商低。”

秦漠也笑了：“智商这种东西，你有吗？”

辅导还没开始，她就已经感受到全世界深深的恶意。

接下来，两个人又打了一场网球。

这一次薛瑶瑶很自觉地把自己当成壁纸。

秦漠和薄九的对战还是很有看头的。

但这对于想要和秦漠偶遇的薄希明来，却是一种折磨。

他大小也是个薄家的少爷，门口来来回回的人又这么多，他站在这里就像个接待生一样，实在是没有面子。

十五分钟前他就已经让人去找秦少了，说想和秦少打一场球。

这样的说法一般都不会被拒绝。

可那边给出的回复是说秦少在忙，连休息室都没有让他进。

十五分钟，他已经站了足足十五分钟。

关键是，秦少也没有给他一个否定的答案。

再等下去，一会儿和他们薄家谈生意的那些人出来，他又该如何自处？早知道他刚出来的时候就不应该夸下海口。

薄希明攥了攥手上的球拍，又笑着对黑衣保镖道：“你再去帮我问问？秦少什么时候能出来？”

黑衣保镖倒是挺有礼貌，让去问就去问。

只是秦漠听到这个问题后，仍然是淡漠的三个字：“让他等。”

薄九见这么一会儿黑衣保镖都进来四次了，扭了扭手腕上的黑色绷带，侧头问：“是有事吗？”

“没什么。”秦漠看着少年一直在流汗脸，声音清冷，“上次那个薄希明欺负过你？”

薄九挑眉，上次？欺负她？

那个人还欺负不了她。不过既然大神这么问了，她当然是要点头的：“嗯，是啊。”

“那就对了。”秦漠弹了一下自己的球拍，说了一句莫名其妙的话。

薄九听得云里雾里，完全不知道大神的点在哪儿。

秦大神觉得他的做法是没问题的。

既然有人欺负了他弟弟，那他这个做哥哥的，当然要给弟弟出气了。

薄希明在外面站了四十分钟，一张小俊脸被看得尴尬十足。还有客人直接把他当成辅助教练，招手让他过去捡球。

这一幕刚好被出来的薄忠义他们一行人看到了。

薄希明实在撑不住了，朝着那位客人恶狠狠地看了一眼：“你才是捡球的！”

那位客人也恼了：“你不是捡球的那站在这里干什么？”

薄希明说不出来他连门都没进得去，只用蛮力朝外面冲。

“薄少，怎么了？秦少他人呢？”那一行人急匆匆地问道。

薄希明的火气没处撒，直接说了一个“滚”字。

那些长辈的脸色立刻就变了。

薄忠义还想解释：“这孩子……”

那位客人却冷笑了一声：“哈？秦少？秦少是他想见就见的？在这儿都站了半个多小时了，明摆着是被秦少拒绝了还不死心。这种人我见多了，以为来打了两次网球就能巴结上秦少，结果弄得自己火气这么大，装什么大款！”

就这么一句话，说得薄忠义尴尬极了。

黑衣保镖看到这一幕后，又走了进去，在秦漠耳边说了几句话。

秦漠连神情都没有变，手上拿着球拍：“知道了。”

即便这样，保镖也能察觉到，这一幕分明就是他们秦总布的局。

一场网球打到天黑才散场。

秦漠是真的忙，作为集团总裁，身上还兼任帝盟队长，电话总会时不时地来一两个。

薄九趁着大神没空管自己，先进到更衣室，迅速换好衣服，然后单手插在裤袋里，邪笑地对还在讲电话的男人比了一个“我先出去”的手势。

秦漠原本不想让薄九先出门的，想着这个家伙不安生的本性，不放在身边看着，就会惹麻烦。

但是他转念一想，少年现在正是叛逆期，也不能管得太严，于是点了点头。不过他那眼神中还是充满了警告，意思无非是让他老实点。

电话那头的人不知道他们家总裁为什么这么安静，还以为是报告出了问题，小心翼翼地道：“秦总？”

“你继续。”秦漠把球拍放下，走进更衣室，一只手拿着电话，牙齿咬在球衣拉链上，另外一只手一用力，脱衣服的姿势狠酷中透着帅气。

三个人坐一辆车，还是按照之前的位置。

只是这一次无论是司机还是薛瑶瑶，接受能力都比刚才强了很多。

“先送薛小姐回家。”

“是。”

司机开车很稳。

薛瑶瑶的家却有点难开进去。

那是一个菜市场旁的老小区，来来回回的都是自行车。

别说秦漠了，就连司机都很少来这种地方。

薛瑶瑶懂事，没有让他们往里面开："就到这里吧，我家不远了，剩下的路我走过去就行。谢谢秦神，谢谢九殿。"

薄九见她下车，也跟着走了下去。

"真的不远了？"

"嗯。"

薛瑶瑶点头，圆乎乎的脸很可爱："九殿，你放心，我回家后会好好练习你今天交给我的技能的。"

"那个啊，随意就行。"薄九笑了，看她一整天都有点紧张，忙用语言开解她，"有我这个队长在，输不了。"

薛瑶瑶也跟着笑起来，九殿果然很温柔。

秦漠坐在后座，把车窗降下来，黑沉沉的眼睛就像凉透了的夜。

这一次他没有下车，而是等到少年上车以后，才慢条斯理地整理了一下自己的衣袖："今天的饭局取消，直接回本家。"

回本家？

可车上还有别人啊，少爷是不是忘了要把九少爷送回家了？

薄九也有点顿住，挑眉道："那我呢？"

秦漠偏头笑了一下，并不是很愉快的样子，戴着黑色手套的右手轻轻拍了拍少年的肩，气息像是冬天吹来的北风，冷到了骨头里。

"跟我回去。"

跟大神回家？

薄九想了想，也没有什么不可以的。

大神家应该有很多好的电脑零件。

"好，去了以后还能参观参观漠哥的房间。"

薄九说得倒是随意。

司机整个人震惊了。

少爷要带大院以外的人回本家？

这简直就是以前从来没有过的事。

即便是少爷上学的时候，也不会邀请谁回家。虽然刚才少爷的语气不像是邀请，倒像是要找人麻烦，却足以让人觉得这是个梦。

车开得不快，一路上薄九都能看到大院特有的标志。

这样的地方一般都是闹中取静，车辆进出都要经过盘查，普通人根本进不去，每天都有专门的人站岗。

她以前也不是没有去过这样的地方，只是那时候，她还不是薄九……

秦漠一下车，站岗的人唰的一声就将手臂举起来，真真切切地让人感觉到这里和外面是不同的。

“少爷。”一个中年妇女迎上来。

秦漠单手将薄九拽过来，声音很平淡：“张阿姨，薄九，我弟弟，以后他会经常来，你看着安排。”

张阿姨愣住，她在薄家工作这么久，少爷什么时候有弟弟了？！

老板和夫人应该都不知道吧？

薄九还想和张妈说话，那迷人的邪气微笑刚刚展示出来，就被秦大神捏住手腕：“别随便搭讪，明白？”

“我就打个招呼。”

秦漠手上一用力：“打招呼也不行，上楼。”

薄九叼着棒棒糖，有点小郁闷。秦大神这个做哥哥的，会不会管得太严了？

秦漠进了房间就把外套扔在沙发上，左手扯开衬衫的纽扣，挑眉看着少年，显得有点霸道：“觉得我管你很严？”

薄九也坐过去，慵懒地打着哈欠：“有点。”

秦漠看着少年，不知怎么的寒意就退了一些：“我们来聊一点男人之间聊的话题。”

男人之间聊的话题？

她聊？不太合适吧？

她又不是男人。

老实讲，漠哥，你真的找错人了。

“你现在很想谈恋爱？”秦漠见薄九那蔫头蔫脑的样子，又觉得自己的语气似乎太强硬了，毕竟对待弟弟不应该像对待下属那样，“你还是学生，注意力更应该放在学习上。”

薄九听得有点蒙，她没有想要谈恋爱啊。

“以后离一些女孩远一点。”秦漠见薄九总不抬头，声音也淡下来，“比赛之前，最起码要先及格吧？嗯？”

薄九又被戳了一刀，忍不住手臂一抬，放在他的肩上：“漠哥，不如我们来聊一聊该怎么变成一个好哥哥的话题？”

“哦？”秦漠侧头看着薄九，“你的意思是说我这个哥哥还不够好？”

一般这个时候，是没人敢招惹秦漠的。

但薄九不一样，在她眼里没有什么是可怕的：“再稍微宽容一点就更好了。”

“我至今为止还没有把你扔出去，已经对你很宽容了。”秦漠扫过薄九那只手。

薄九也看了看自己的手，认真地解释道：“和漠哥关系好才会这样。”

“我看和你关系好的人不少。”秦漠冷笑了一声，他没有想到这家伙居然会对薛瑶瑶那样的女孩有好感，随手扯了一下自己的衬衫，换了个话题，“饿不饿？”

薄九叼着棒棒糖点头：“早就饿了。”

闻言，秦漠看了薄九一眼，又觉得自己确实有点小题大做。

管得太过确实会引人反感。

叛逆期，一想到这三个字，秦漠就决定适当管教，不要太严格。

“想吃什么？”秦漠一边问薄九，一边走到电话旁。

薄九想了一下：“辣的火锅，毛肚、牛肉多一点，再来盘青菜。”

秦漠听完，倒没有攻击薄九是个吃货，而是低头按下内线：“喂，张阿姨，我们在家吃。你准备一些火锅底料，底料要辣的，还有……”

薄九看着秦漠的侧脸有些意外，她还以为他们会出去吃，没想到是在家吃。

“你先随便看看，我去换身衣服。”说完这句话，秦漠就扯着衣领，打算走进卧室。接着他似想到了什么，又停下来问，“你要不要也换一套？”

薄九当然不会答应，更衣室里的事，她可不想再经历一遍。

“漠哥的衣服太大，我穿着不合适。”

闻言，秦漠上下扫了薄九一眼，确实有点矮。

不过这句话他没有说出来。作为一个好哥哥，给弟弟留点面子也是有必要的。

可惜薄九完全没有领悟到大神是在给她留面子，毕竟秦大神那个眼神太丰富了。

她又不傻，当然知道他在想什么。

她低头看了看自己，一米七三的身高，作为一个女孩来说，她并不矮。

秦漠去换衣服了，薄九当然也就随便逛逛。尤其是对这个之前差点抓住她的男人，她更是感兴趣。

毕竟她在西部逍遥了那么多年，很多人齐心协力都没能锁定她，甚至连她是男是女都不知道。

虽然这一次她被秦漠察觉有一部分原因是因为工具跟不上，可即便是这样，大神的推理能力也实在是有点非人类。

秦漠的房间和他的人一样，黑白分明，用的是全木质的书架，奢华又清冷。

书架上放满了书，除了一些有关计算机的书，还有许许多多的心理学，以及作案动机分析之类的书。

薄九挑了一下眉，随便抽出一本书来看，眼里闪过一道光。这是大神除了游戏，其余的爱好？

心理犯罪？

现在，研究心理犯罪的应该不多吧。

更何况还能在书里做注解的，就更不多了。

薄九玩味地勾唇，大神藏得还挺深。

怪不得他们都说秦少这个人惹不起。

心理犯罪，心理测写师，再加上对电脑又有研究……

薄九始终相信，在这个世界上，有些人是无论努力多久都比不了的。

大神或许就是那其中之一。

“对我的书感兴趣？”秦漠已经换了衣服，浅色针织衫搭配长裤，这让他看上去柔和许多，有点像男明星在家里的样子。他黑色的碎发贴在耳旁，带着湿气，露在外面的手腕看上去特别白。

他从薄九的身后绕过来，修长的手指放在她看着的那本《心理犯罪》书上。

薄九回过头去的时候，又想到了身高问题，她已经不算矮了，秦漠却还比她高了整整一个头。

怪不得刚刚秦漠那么嫌弃呢，他个子这么高，确实有资格嫌弃她。

秦漠低下头，把薄九手上的书抽出来，放回书架上，另外一只手直接拽住薄九的后衣领：“书好看吗？”

“还可以。”薄九轻轻一笑，“怪不得漠哥之前能这么快就定位到我的范围，推理能力这么强，早知道我就不那么快跳出来了，再陪漠哥玩几把。”

秦漠再一次告诉自己，薄九现在正处于叛逆期。

作为哥哥，就算这个家伙随便动了他的东西，他也不能捏断这个家伙的爪子。

不过这小孩还是要管的。

秦漠也不管薄九是什么表情，拽着他就往外走：“书一会儿再看，先去吃饭。”

自从遇到大神以后，她被人当成麻袋的次数明显多了起来：“漠哥，打个商量，别总这么拖着我走，太影响我的形象了。”

“偷看别人的书就不影响你的形象了？”秦漠抓着薄九的样子就像在教训不听话的猫。

薄九也没否认：“我是想看看能抓住我的人到底有多厉害。漠哥，你除了玩游戏还做什么？”

“赚钱。”秦漠说完，抓住薄九后衣领的手紧了紧，“别打听那么多，再废话我就把你炖火锅。”

薄九觉得应该趁着这个机会教育一下大神，于是一脸邪气道：“漠哥，作为哥哥你还有一点不及格。真的，你讲话太粗鲁了，会追不到女朋友的。”

“我不用追什么女朋友，自然会有女人来追我。”秦漠的声音很淡，“所以你说的这些话不在我的考虑范围之内。安分一点，别让我扭断你的脖子才是你要做的，明白了吗？”

说完这句，秦漠就放开了薄九，那背影挺拔得甚至有些理所当然。

大神说的这番话，薄九确实有点难以反驳。

他确实不愁女朋友的事。

在江城，不仅是玩游戏的女孩们都喜欢他，就连不玩游戏的世家小姐们也痴迷于他。谁能拒绝得了秦家权势的诱惑呢？

即便是将这些都抛开，大神那身材和相貌，到哪里必定都非常抢手。以后她还是不要拿女朋友的事来攻击大神了，完全攻击不到啊。

不像大神攻击她的成绩，一攻一个准。

想到这里，薄九又有点小郁闷了，准备待会儿用热腾腾的牛肉火锅来安慰一下自己。

让她没有想到的是，餐桌上就摆了一副碗筷，还是摆在秦漠的面前。

薄九浅笑着抬头，看张阿姨，那张干净俊美的脸上满是阳光。

张阿姨却不敢和这个帅气的男生对视，只是一直偏头朝着秦漠那边看，欲言又止。

薄九一见这种情况，就知道肯定是秦漠吩咐了什么，也不拐弯抹角，直接对着秦漠道：“漠哥，我的碗筷呢？”辣锅里的牛肉都煮沸了，这个时候夹出来，塞上一大口进嘴里，连唇齿都是香的。只要想一想，就觉得好吃。

秦漠只淡淡地掀了一下眼帘，然后用筷子夹了一堆牛肉放进自己碗里：“我这个哥哥做得这么不合格，当然是我吃，你看着了。”

——做人真的不能这么狠，会没有朋友的，你知道吗？

秦漠又扫了薄九一眼，只见薄九的小俊脸顿时垮了下去，漂亮的眼睛还在看着自己，样子显得有些无辜。

这又让他想起了薄九还处在叛逆期的事，他开始反省自己是不是做得太过分了。

毕竟这是薄九第一次来家里做客……

“很想吃牛肉？”秦漠问对面的人。

薄九手托下巴，拿舌尖舔了一下嘴唇：“你说呢？漠哥，我陪你打了这么久的网球，早就饿了。”

“在你陪我打网球的时间里，你撩了多少人你数过吗？”秦漠笑了笑，“还有三分之一的时间在教别人。”

薄九顿了顿，一下子站起来，手臂撑着餐桌，嘴角含着笑意：“嫉妒？”

“嫉妒？”秦漠身上的温度更低了，手上拿着竹筷，用眼神示意薄九看那锅底，“又想变成它了？”

薄九真心觉得秦漠太难搞，牛肉什么时候才能吃到？她好饿啊。

薄九又蔫了，秦漠不是看不出来，眼睛扫过薄九垂下去的脑袋，嘴角勾了一下，拿出当哥哥的架势：“以后还三心二意吗？”

薄九摇了摇头，她现在只想吃肉。

见状，秦漠将自己面前放了肉的碗朝她面前推了推：“吃吧。”

薄九立马坐下，拿起筷子夹了一块肉放进嘴里。

那牛肉凉过之后也不会太烫人，吃起来刚刚好。

看到这一幕，张阿姨不禁想起了秦漠小时候的事情。

少爷八岁左右的时候坐在院子里看书，小小年纪的他就像个绅士了，穿着一身纯黑的小西装，外面披着绒毛风衣，手边总是会放着一杯茶，大院里的人都会回过头来看他。

夫人当时心里美美的，就想喂少爷吃一口水果。

一开始的时候少爷没说话，大概是觉得夫人哄他哄累了，才很冷静地把书放下，告诉夫人："妈妈，口水对细菌的传播途径是普通呼吸的十几倍，不要拿自己用过的牙签喂别人吃东西，这是常识。"

这一幕到现在还总是会在张阿姨的脑海里回放。

因为一个不到十岁的小孩竟然会说出什么细菌传播这种话来。

那样的画面真是又萌又让人吃惊。

以至后来张阿姨做什么的时候，第一反应就会想到干净不干净。

毕竟他们少爷的洁癖是真的严重。

可这样的少爷居然允许别人用他的筷子吃东西？！

薄九倒是觉得没什么，有肉吃的日子最开心不过了。

她瞬间就把刚刚的问题给抛到了一边。

秦漠看薄九那笑弯了眼的模样，也没有再多说什么。

既然是他自己认回来的弟弟，当然要精心养着了。

对方应该也已经意识到了自己的问题，还算安生。

比起那些整天胡作非为的人来，这一点还是比较可取的。

秦漠这样告诉自己后，也吃了几口牛肉，用的还是那双竹筷。

张阿姨再一次被震惊了，手上拿着一副备用的竹筷，这一天让她感觉魔幻。

不过同样的，她也为少爷感到高兴。

这样的少爷总算是有点人情味了。

一顿火锅吃完，薄九满足极了。她刚要帅气地和大神来个"明天见”，就听男人慢悠悠地说：“我让人准备好了专业书，补习从今天开始。”

薄九对专业课有着天生的抵触感，手指撑着自己的下巴，纨绔一笑：“这么赶，学习效率会不好的。”

“还有不到七天你们学校就会开始考试，你觉得凭你的能力，不这么赶时间能过？”秦漠把钢笔拿过来，侧脸俊美依旧。

可即便如此，薄九也感觉到了被攻击的感觉。

薄九不由得开始问自己，她找谁不好，为什么偏偏要找大神？

“吃饱了就起来跟我上楼，是男人就不要这么磨磨蹭蹭的。”秦漠穿着针织衫，单手插在裤袋里的样子并没有那么强的压迫感。

“注意力集中一点。”

两个人坐在同一张书桌前，书桌上除了课本，还有各种各样的数据线、经济杂志，以及大神经常会用到的平板电脑和心理学科的分析表。

薄九对后者比较感兴趣。

秦漠修长的手指敲在桌面上，神情冷淡地将课本翻开。

薄九这才把注意力收回来。

秦大神放在一旁的手机在振动，他并没有立刻去看，而是抬头问了薄九一句：“你哪里不懂？”

薄九的手指还绕着自己的银发，听到这个问题后僵了一下，接下来很认真地看着秦漠道：“我哪里都不会。”

秦漠翻书的手顿住，偏头朝他挑了一下眉：“很骄傲？”

薄九摸了摸鼻梁：“我又没说很骄傲。”

“从头开始学。”秦漠的手指落在其中一页上，“先把这几个记住，然后……”

薄九倒是听得很认真，毕竟这是有关她接下来能不能参加电竞新晋赛的关键。

“这里不对……”

出乎意料，秦漠教人的时候格外有耐心。

大概学习好的人都这个样子，在他们的眼中，什么专业知识都不过是小菜一碟，可以任由他们摆弄。

其间秦漠还接了两个电话，是生意上的事，都被大神一心二用地处理了，并且处理得非常漂亮。

好像那边还有人问过：“秦总，你说什么市场分析？公共关系？”

“在帮我弟补课。”秦漠淡淡地回答。

手机那边的另一位老总惊呆了，侧过头去问旁边的好友：“秦总什么时候有弟弟了？那一位生二胎了？不太可能吧？”

“弟弟？”好友也是一脸蒙。

老总点头：“没错，是弟弟，还说在给他弟弟补课。”

第七章
彩虹

秦漠左手还拿着手机，发现薄九的问题后，手指点在薄九眼前的练习本上，声音缓慢：“这里……”

薄九顿了一下，抬头看向男人深如海的双眸，就见他对着那头说了最后一句：“今天不出去。”然后就把手机收了。

秦漠目光掠过薄九的脸颊：“重新写一遍。”

有这么个老师真的压力好大。

薄九飞快地动着手中的钢笔，就像是个奋斗的小强。

他的存在感太强了，真的谁都不能比。

不过有一点还是很好的。

学习好的人和普通人最不同的，就是他很快会得到一个非常准确的认知：“薄九。”

“嗯？”薄九看着他。

秦漠修长的手指揉了一下自己的额角：“你确实很不适合学这个专业。”

“漠哥，让我来吐槽一下，你难道不觉得这个专业很反人类吗？”薄九说得十分认真。

秦漠冷笑了一声："我觉得你能被生出来才是在反人类。"

还能不能愉快地聊天了？

"这条路走不通。"秦漠的手指一转，将书抽到一旁，"按照这样的速度学下去，七天之后你绝对过不了。"

薄九第一次和他意见统一："我也这么觉得。"

"把你们最近学的课程给我画出来。"秦漠翻着杂志。

薄九看了看手上那本书，决定实话实说："这个问题要去问老师。"

秦漠看着薄九，声音平淡："如果我是你们老师，我现在就把你扔出去。"连学到哪里了都不知道。

薄九并没有罪恶感，只好奇地问道："知道学的课程做什么？"

"帮你押题。"

大神漫不经心的四个字，再次让薄九意识到他和好学生之间本质上的区别。

原来好学生是有押题这种功能的。

这对他们不公平呀，这和考试之前就已经知道了答案有什么两样？

薄九这边还在郁闷，那边秦漠已经从座位上站了起来。

"去做什么？"

决定大发慈悲地让她休息了？

秦漠扫了薄九一眼："打电话给你们系主任，问一下学习进程。"

明明秦漠什么都没说，但薄九就是看出了他的无奈。

也是辛苦他了，薄九这样想着，拆了根棒棒糖放到嘴里，又低头去看那一串串文字。

系主任接到秦漠的电话，先是愣了一下。当秦漠说第二句话的时候，他才缓过神来："我们系的专业课讲到哪里了？这个……我得先给任课老师打电话。"

秦漠淡淡地"嗯"了一声。

系主任听不出来那里面的情绪，又问了一句："秦少，我们系是有你什么人吗？”不然按照秦少的性格，绝对不会过问学校里的人。

秦漠这一次没有再说话，因为薄九正抬头看着他。

薄九并不知道秦漠都说了些什么，只是因为她也渴了，就跟着走了过来。见秦漠手里还拿着电话，她眉毛挑了一下：“漠哥，问不出来吗？”

“问得出来。”

秦漠一边将手上的矿泉水递给薄九，一边对着那边淡声道：“先这样，主任，我等你的电话。”

薄九接过矿泉水喝了几口，白皙的颈部和光滑的下巴总是给人一种说不出的帅气和漂亮。

系主任那边刚收了线，就给任课老师打了电话。他问的第一件事就是：“你教的这些学生里有没有姓秦的？”

系主任这么一句话，让任课老师也蒙了：“倒是有一个男生姓秦。”

“他长得怎么样？生活条件呢？”如果是秦少的亲戚，就算是远房的，家庭也不会差到哪里去。

任课老师摇头：“很普通的一个学生，体型微胖，家里是卖早点的。”

“那就不是了。如果不是远方亲戚的话，还能是什么？难道……是因为女孩？”系主任像是恍然大悟一般。

“女孩？任课老师满脸疑惑。

系主任不想再继续这个话题，也担心秦漠等太久了，立刻认真道：“这件事你不需要关心，你的专业课讲到哪里了？都讲了什么重点？发一份到我的邮箱……”

秦漠收到那份资料后，只大致扫了几眼，就开始拿笔一个重点又一个重点，把可能会考到的东西都圈了出来。更牛的是他从大题中找出了四道，修长的手指敲在那上面：“你们考试的时候会考到这四道中的一道，你不会做，那就把答案直接记下来，你的记忆能力应该不错。”

“还可以。”薄九叼着棒棒糖，笑得从容。每一个当黑客的都有良好的记忆能力。

如果不是这个专业不太对她的胃口，她真的不至于这么惨，还需要秦漠来给她补课。

不过秦漠也是真的厉害，这么多大题都能押中。那前面的选择题再用点心，应该就能及格了。

薄九一想到这里，立刻就开心了，洁白的小虎牙一露：“漠哥，既然分数上面都能把控了，那现在我们是不是应该结束了？”

“分数上能把控了？”秦漠挑了一下好看的眉。

薄九指着试卷：“这里，这里，还有这里，加起来足够及格了。”

“我秦漠教出来的学生，怎么能够只考到及格呢？”秦漠的语调淡漠。

为什么她觉得让大神来教她根本就是个坑呢？大神对分数的要求和她简直就不在一个层面上。

她只想及格，并不想成为什么学习厉害的学生。

可是没办法，毕竟她还要靠着大神帮忙押题。

仔细算算，也是有好处的。比起受各种理论的折磨，这样押题让她背下来，她更能适应。

薄九又开始啃笔头，奋发图强了起来。

差不多十点半的时候，她挠了一下自己的后脑勺，皱了一下眉，都这个点了。

“漠哥，要不今天就先到这里？”

秦漠还开着视频会议，很从容地暂停了这边，看向顶着一头毛茸茸银发的薄九，目光幽深：“可以。”

薄九一听这话，慵懒地伸了个懒腰，收拾好东西就打算走。

十点半要打车回家，应该不难。

可她还没有迈开步子，身侧就又传来男人特有的充满磁性的声音。

秦漠按着电话内线，侧脸仍是清冷质感的俊美："张阿姨，拿套新睡衣上来，薄九要穿。"

她要穿？她什么时候说要穿睡衣了？

睡衣又是怎么回事？她明明是要回家的人。

薄九侧过头，看着男人那张英挺的脸，眉毛挑了一下："漠哥，我觉得我们在沟通上出现了很根本的问题。"

"晚了，张叔不在，你自己回去不安全。"秦漠的声音很淡，坐回沙发上，"客房这么多，你随便挑一间来睡。"

薄九勾唇一笑："打个车回去很安全的。"

"你想在这附近打车？"秦漠看了薄九一眼，将薄九整理好的包重新扔回悬空木架上，语气里不带丝毫情绪，"幸亏这个世界有时候看的是颜值，不是智商。"

他又攻击她！

不过整条长安街都不让外地车进入，确实不好打车。

薄九拿起手机："那我打个电话，让家里的司机来接我。"

闻言，秦漠拿着商务平板电脑的左手顿了一下。接着，他那双眼睛缓缓眯了起来，里面是望不到头的凉意："让你睡在我这里很委屈你？"

薄九这才停下要拨号的动作，他给她补习了两个小时也怪累的，她总不能用了人还说走就走，最起码要走得有借口一点："如果是周六我就睡下了，今天是周四，明天我还要上课，换了地方，我怕我会睡不着。"

秦漠抬头看了薄九一眼，然后将平板电脑拿起，站起身来轻轻地拍了拍薄九的肩："你什么时候成了按时上课的好学生了？别找这么唬人的借口，明天我去公司，顺便送你去学校。现在是去张阿姨那里拿睡衣，还是说你想再学会儿？"

这种再学会儿的备选叫备选吗？

她的胸口还缠着绷带，睡在这里怕暴露了。

薄九垂着头，正计算着该怎么拒绝。

外面的敲门声就响了起来。

“少爷，九少爷的睡衣准备好了。”

是张阿姨，知道薄九要留宿秦家的消息后，她还诧异了一下。

少爷真的是越来越有人情味了，竟然还会邀请朋友留宿。少爷有这么大的改变，夫人如果知道了，肯定会将这位九少爷的所有资料都问出来。

就连张阿姨都好奇，这到底是哪个薄家的孩子，能和他们家少爷这么投缘？

秦漠把手从薄九的肩上收回来：“进来。”

张阿姨双手捧着睡衣，看向薄九，表情非常和蔼：“九少爷，我看你比少爷瘦，就给你拿了少爷之前上中学时穿的衣服，还请九少爷不要介意。”

薄九可以拒绝秦漠，可现在如果她不将这件睡衣接过来，伤的可就是一位老人的心。

薄九想想贺红花，再看看张阿姨那闪亮的小眼神，犹豫了一下，正想着该怎么说话，让张阿姨不会太失望，秦神就在旁边事不关己地说：“你是不满意张阿姨给你准备的衣服？所以反应才这么慢？”

几乎是瞬间，薄九就见张阿姨那双眼睛黯淡下去，她连忙一伸手，笑意浅浅，十分帅气：“怎么会不满意呢，张阿姨做的牛肉火锅那么好吃，准备的衣服穿着肯定也舒服……”

张阿姨被薄九那么一夸，整张脸又喜气洋洋起来，莫名还有点红。实在是九少爷太温柔了，和他们家少爷完全不是一个类型。

薄九正打算再接再厉，秦漠就把薄九的话头劫了过去，声音清冷：“觉得张阿姨好，今天就睡下。”

又套路她！

“啊？九少爷今天不住下吗？”张阿姨看着眼前这个长得帅帅的少年，颇为失望，“我还给九少爷煮了皮蛋瘦肉粥，平常少爷都不吃这些东西，现在好不容易有个人吃了……”

薄九仔细想了一下，浴室和卧室都是独立的，就算她住下，也不见得会被发现什么。

话都说到这种地步了，她再拒绝的话，秦漠这个涉猎心理学的“神探”说不定还会怀疑她。

主要是她实在看不得对她好的女人伤心，尤其是张阿姨这样的女人。

“我当然要住下了。”薄九勾唇，伸手将睡衣拿过来，又替张阿姨拢了拢耳边的发，“这么爱吃的我，怎么可能放过张阿姨亲手做的皮蛋瘦肉粥。”

张阿姨一听这话，高兴得像个孩子一样：“我现在就去给九少爷端上来！”

“好。”谁都看不出来薄九内心的小哭脸。

住下来就意味着她要缠着绷带睡一晚上，是女生都知道，那简直就是煎熬。

秦漠见目的达到了，转过头去继续开他的视频会议，非常流畅的英文中偶尔还夹杂着几句法语。

看得出来，那个会议并不是什么小会议，也是难为秦漠了，开着这样的商业跨国会议，还能抽出时间利用张阿姨来套路她。

果然是无商不奸。

薄九一边吐槽，一边计划着趁秦漠还在开会，先去把这个睡衣换上。

不然再出现像更衣室里那样的事，她还真不好应付。

为了防止一会儿秦漠再套路她，薄九先下楼去找张阿姨确认了一下自己的房间，熟悉了一下环境。

房间安全系数很高。

似乎并没有什么需要担心的。

这样想着，薄九掏出自己的笔记本电脑来，很悠哉地上了游戏。

一登录账号，就看到有一个人给她发了一百多条好友申请。

薄九将页面拉开，都是“赏你一拳消消乐”——

“偶像，偶像，你为什么不加我？”

“偶像，英雄也太不是东西了，居然说我恶意骚扰玩家！我明明只是给你发了一百条消息，我还打算给你发一千条呢。”

“偶像，说好的带我打本带我飞呢？你怎么还不出现？”

“偶像，你为什么不上游戏？该不会是被大神拐走了吧？”

从最初的兴致勃勃到最后的沮丧脸，看得出来，封尚已经等薄九等得望眼欲穿了。

薄九放了一根棒棒糖到嘴里后，才抱着笔记本电脑放在长腿上开始回复：“不是大神把我拐走了，是我成功地住进了大神家。”

阵场上绝对不能输。虽然确实是大神套路了她。

“住……住进了大神家？！”“赏一拳消消乐”发了个惊恐的表情过来，封尚怎么也没有想到他的偶像刚出现，就告诉了他一个这么劲爆的消息。

薄九也是不怎么说谎的，不过既然这个牛已经吹出去了，当然要尽量往回圆，不然对她帅气霸道的形象多不好：“这有什么好惊讶的。”

薄九看屏幕看得好笑，刚想抬起手来打字。

一道修长挺拔的身影就从她的身后过来，语气沉沉地念着那上面的话。

薄九一听那熟悉又好听且清冷的声音，后背都僵了。

她平生做过最后悔的事，就是刚刚没有锁门。

谁知道打个游戏的空当，他也能溜过来，走路还没有一点响动，他是猫吗？

秦漠先是冷笑了一声，才侧过头去看着眼前的薄九，那双眼睛就像黑夜流水一般深。

那样的表情看不出喜怒，却足以让四周的空气瞬间冷下去。

薄九轻咳了一声：“这是个误会。”

“是吗？”秦漠挑了一下眉，伸手将薄九的笔记本电脑拿过来，指尖放在上面，有些漫不经心，“这样的误会还真是不常见，就和你考试几乎全军覆没是一个道理。”

每次语言攻击都这么有技术性！

真的是……大神这个习惯到底是怎么养成的？学霸了不起吗？

“以后在游戏里不要加人，队友也一样，影响你的智商。”秦漠一边淡淡地说着，一边操作着薄九的账号，很自然地将“赏你一拳消消乐”从“黑桃Z”的好友列表里踢了出去，然后鼠标一动，直接截图发给游戏人员，点名投诉了封尚。

薄九措手不及地看着大神那行云流水的动作，心道这一次封尚恐怕要发疯了……

封尚确实是怒了！

他明明只是和偶像聊了几句天，还没送金钻呢，什么都没有做。

怎么又说他恶意骚扰？不行，他必须查出来是谁投诉他。

于是封尚利用了一点关系，果断私戳了游戏工作人员。

不查不知道，一查更伤心，举报他的人竟然是偶像本尊。

不仅举报了，还把他拉黑了，为什么？

封尚蔫了，坐在电脑前很委屈，发了一个小哭脸给“黑桃Z”：“偶像，你就算要举报我，也不能拉黑我啊！”

验证消息在闪，秦漠连点都没点开，手指漂亮地一动，切换成自己的账号后才将笔记本电脑递还给薄九。

秦漠的声音淡漠，听不出任何情绪：“为了防止你再说些乱七八糟的话，电竞新晋赛之前你用我的账号，我用你的账号。”

薄九浅浅地笑了：“漠哥，这样不好吧，我们游戏里用的是不同的技能。”

“做黑客的还操控不了游戏里的不同技能？”秦漠的笑意更冷了，递给薄九一条浴巾，“别把我的智商和你的智商放在同一个水平线上，账号写下来，然后去把你的爪子洗干净。”

薄九这才想到自己还没有洗澡呢，也顾不上安慰游戏里的封尚了，拿了浴巾就冲进浴室里。

这一次她没忘记要上锁，并且还上了两道。

薄九完全相信，大神不要脸起来，是真的什么都做得出来。

她还是走保险路线好一点。

想到这里，薄九抬头看了一眼镜子里的自己，明明长得这么帅，还要被威胁，唉……

像是意识到了薄九的郁闷，秦漠站起来，缓步踱到门前，单手插在卡其色的裤袋里，看上去非常酷，声音却还是冷淡，带着天生的命令口吻："账号上的游戏币你可以拿去用，不过有一点，不准加人。"

游戏币？

薄九那双狭长的眼睛亮起来，侧身打开了房门，手臂撑在一旁，一张俊脸上邪笑盎然："漠哥，你放心，最起码的用号操守我还是有的。"

秦漠也有措手不及的时候，比如他根本没有预料到薄九会开门。看着那个近在咫尺的人，他直接空出一只手来，将薄九重新推了进去："好好洗你的澡。"

薄九这一次倒不在乎大神的语气有多冷，笑了笑，重新上了锁开始脱衣服。

她脱到一半的时候，还是有点别扭的。

因为她能察觉到秦漠并没有走，就坐在浴室外的沙发上，像是还在开会。没有水声的时候，她仍然能听到他说英文和法语。

薄九好不容易才将外面的那一层脱掉。

她扫了一眼自己，直接坐在了浴缸边沿，一条长腿伸直，一条半屈，侧着头仔细地将缠在胸前的白布一点点解开。

随着她的动作，银色的碎发垂下，打在侧脸上。让她看起来非常帅气，就像是一个元气满满的美少年。

这一刻，如果秦漠进来的话，一定会发现他认的弟弟并不是弟弟，而是个妹妹……

她正解得认真，身后骤然响起一阵敲门声。

薄九放在白色布条上的手指一顿。

下一秒，她就拿起衬衫挡在了自己身前。

然而秦漠并没有进来，只长身玉立地站在门外，手上多了一堆常见的洗漱用品："开门，有东西给你。"

什么东西偏偏现在给她？

薄九按着衬衫道："等我洗完澡再拿。"

"那里面连沐浴露都没有，你怎么洗？"秦漠挑了一下眉，声音低沉，"开门，把张阿姨给你准备的东西都拿进去再洗。"

这句话说完，秦漠见里面迟迟没有动静，修长的手指搭在门把上就准备拧锁。眼前的木门随即开了一条小缝，薄九将头探出来，白皙的脖子露在外面。她还露出了那张帅气的俊脸，身后是浴室里特有的水雾，连又黑又浓密的睫毛上都沾着热气。

"漠哥，东西在哪里？"薄九说得自然，嘴角还带着一抹浅笑。

秦漠将一袋子洗漱用品递给了他。

薄九抬手一接，还吹了一声口哨。

秦漠拿这个不正经的家伙没办法，干脆将门一拽，把薄九关在了里面，眼不见心不烦。

薄九松了一口气，若门缝再打开一点点，她肯定会被发现。

让大神不耐烦一下她，总比直接进来好。

薄九想到这里，看了看手上的沐浴露，接着右手一抬，总算是把那最后一层白色布带给拆了。

浴室铜镜里的人从一个帅气邪气的美少年顿时变成一个长相极为美艳的女孩，同样是银色的头发，那张脸更加诱人了。

她的身材很好，长腿细腰，隐约能看到那平坦的小腹上有着性感的马甲线。

薄九躺在浴缸里，闭上双眸，任由淋下来的水滴打在她那张白皙的脸上。长长的睫毛在她的眼睑下打出一片阴影，搭配着耳边银色的碎发，总有一种说不出的美感。

如果让秦大神看到她这个样子，绝对不会轻易饶过她。

一会儿出去的时候她必须谨慎一点，刚才那件睡衣她看了，并不是很保险。

就怕缠上白布也能看出一点点。

薄九想到这里，骤然睁开双眸，左手按住银发。既然已经决定要住下了，其余的问题她会尽力解决，说到底也不过是睡个觉罢了。

秦漠的注意力还集中在商业会议上，左手边放着一个透明的杯子，杯子里装满了水。

会议那头的封大经纪人却觉得很奇怪，秦总明显有点漫不经心。

“有关电竞新晋赛，我有一个新的想法。”

合作方说完所有的话之后，秦漠才开了口，戴着蓝牙耳机的他看上去总是会比一般人更具有商业精英气质：“既然是要找最有价值的新队员，那就放弃之前内定的人选，让他们也跟着再比一次。”

“放弃之前内定的人选？”

秦氏俱乐部的几个经理面面相觑。

和秦漠合作的那一位是个欧洲人，勾唇笑了笑，显得颇为无奈：“可是秦，这个内定方案原本就是你方提出来的。”

“那是之前的‘秦氏’，并不是我接手的‘秦氏’。”秦漠的声音平淡，即便是在合作方面前也是不急不躁，“人才从来都不是通过内定可以筛选出来的，相信罗伯特也听说过这样一句话——高手在民间。”

罗伯特闻言，双眸一亮，接着耸了耸肩：“好吧，秦，你再一次成功地说服了我。你对于‘秦氏’来说，还真是一把御用宝剑。”

秦漠的手指滑动了一下，没有否认，更没有谦虚：“谢谢。”

“秦，我就喜欢你这种性格！”罗伯特大笑起来，“听说你最近也开始玩私服了？还去了什么直播间？我们这边的战队可是都很关心，到底是谁有那个能耐让你去关注一个小直播。”

秦漠的脸上没有丝毫波澜，偏头点了一支烟，夹在修长的指间：“不是能耐的问题，那是我弟弟。”

“弟弟？”罗伯特表示很吃惊。

梁秘书是负责会议记录的，一般这种跨国会议，他都会旁听。

可是听到“弟弟”两个字之后，梁秘书整个人都有些不好了。

秦总，说好的不是亲弟弟呢？

罗伯特还在问：“秦，你什么时候有弟弟了？我记得秦氏集团只有你不是吗？”

“干弟弟。好了，不说了。”秦漠抬头扫了一眼挂在墙上的时钟，“我得去看看那家伙。就这样，晚安。”

罗伯特真是好奇极了，在他的印象中，秦可一直是个难以接近的人，真没想到那个男人会对弟弟这么好。

俱乐部的人看到那句话后，反应还不是那么大。

梁秘书却开始觉得头疼，总裁这才认识薄家那位少爷几天？就把人带回家了。

梁秘书纠结了，他要不要给夫人或者老板打个电话呢？

可是打电话去他又该怎么说呢？

和思想活跃的梁秘书不同，游戏那头的封尚只觉得自己是最可悲的人。

所以他哥哥敲门进来的时候，他也没有将笔记本电脑收起来，一脸失落的模样，很憔悴。

封大经纪人还以为他弟弟是游戏里的钱不够花了，立刻大手一挥，往里面充了三千元，问：“够吗？”

“不……不是钱的事！”封尚就算结巴，也觉得这件事很悲催。

封逸挑眉：“那是什么事？”

封尚刚想告诉他哥自己认识“黑桃Z”的事，可转念一想，他哥要是知道了这件事，肯定也会知道他那天去参加内签的事，所以他摇了摇头，什么都没说。

封逸有槽要跟自己弟弟吐一下："你老哥我以后有得忙了，秦总不知道是怎么回事，突然取消了这次内签人员的入队资格，让他们想入队的，就来参加今年的电竞新晋赛，我得重新编排策划。未来的日子里又不能去约会了，你说为什么我家大神偏偏是这副德行呢？"

"我……我也不知道。"封尚总觉得秦神会做出这么一个决定，左看右看都是在替他偶像出气。

难道偶像真的被大神给拐跑了？

封尚越想越觉得沮丧，他还想养着偶像呢，怎么就让秦神给捷足先登了？

薄九还不知道有人起了想要养她的心思，左手拿着毛巾，随意地擦着自己的银色短发，就那么赤着脚走出了浴室。发尾还在往下滴水，落在她淡色的薄唇上，皮肤又白又水，如玉般清透，从鼻梁到下巴都漂亮得无可挑剔，干净得让人难免多看两眼。

薄九的嘴里叼着一根棒棒糖，缓缓地朝着秦漠走过去。

那慵懒的模样，就像漫画里的恶魔执事，帅气逼人。

见他出来了，秦漠索性关了所有文档，将商务平板电脑往旁边一放，扫过薄九的眼睛，右手一抬："毛巾给我。"

薄九这种时候不会太和大神反抗，毕竟穿着睡衣呢。她的目标可是保护好自己的前面，随手就把毛巾交给了男人。

秦漠甩开那落在他手背上的水滴，声音平淡："低头。"

大神这是想给她擦头？

刚好，她自己擦也不方便，索性就交给大神，也省得一会儿水滴在前面太多，露出什么来。

想到这里，薄九非常听话地凑了过去。

秦漠看着眼前这颗脑袋，右手抬起，力道算不上轻柔。毕竟秦大神认为，对待弟弟就要有对待弟弟的样子，一个男生也没必要对他温柔。

张阿姨端着消夜进来的时候，看到的就是这一幕，手上的皮蛋瘦肉粥差点倒在地上。

眼前的少爷，真的不太像是她认识的那个少爷。

以前的少爷高冷、淡漠，好像所有的事情都掌握在他手中。

会不会是因为从小到大少爷都是一个人，所以好不容易来了个朋友才会这样？

张阿姨这么想着，考虑着明天就给夫人打个电话。

她怕这会儿告诉了夫人，夫人会激动得睡不着觉。

秦漠也看到了站在门口的张阿姨，将手收回来：“好了，你可以去吃张阿姨为你做的消夜了。”

薄九闻言，更加开心了，抬头对着张阿姨一笑：“谢谢张阿姨。”

张阿姨连忙摆手，看着薄九不怕烫地喝着自己煮的粥，也跟着高兴起来，一大盅都放在了那里。

薄九一点也不发愁自己吃不完。

最美好的生活莫过于晚上十一点多上完课，还能喝上热热的肉粥了。

尤其是在江城，秋末的天气已经开始冷了，外面弥漫着一层又一层雾气，吃点东西下去肚子里才暖和。

而且她还可以一边吃，一边去游戏里挥霍一下。

最重要的是，她对大神账户里有多少钱十分感兴趣。

就凭着上次大神送她东西的那种态度，绝对少不了。

薄九一边喝着粥，一边登录了大神给的账号。

她兴致勃勃地打开了那个账号的资料列表。

一个零、两个零、三个零……八个零、九个零。

九个零的虚拟游戏币，就算是兑换成人民币也破百万了……

薄九再侧过头去看自己那个账号，才几千块。

这难道就是他与大神之间的差距？

薄九低头，叼住了喝粥的勺子。

不公平。

她得想办法多赚点钱。

薄九想到这里，又像记起了什么。

对了，封尚！

薄九划开页面，就见“赏你一拳消消乐”正在世界上撩女孩子。

根据他所说的话，薄九锁定了封尚的正确位置，然后一个消息发过去：“在吗？”

封尚送走他哥哥后再坐下来，就见游戏里的秦神正在跟他说话，一口水呛得他咳嗽了起来。

难道是假号？

这是封尚的第一反应。

这个假号简直就是撞他枪口上了，非要给他一个厉……等等，那个人头顶上有排名，上面还悬空着两个霸道十足的标记“帝盟”。

这个标记，封尚再熟悉不过，秦氏俱乐部下的战队……真的是秦神在和他说话？

封尚觉得自己受到了惊吓，第一反应不是回复游戏里的秦漠，而是点开了“黑桃 Z”的昵称，又发了一串验证过去：“偶像，偶像！秦神居然问我在吗？我该怎么回答他？”

秦漠刚登上薄九的游戏账号，就收到了这么一条消息，修长的手指滑过鼠标，漫不经心地抬头，看着坐在他对面的薄九，目光渐渐沉了下去……

这个家伙，只要不看着他，他就会做出点不安分的事来。

秦漠冷了目光，眼底像是翻腾着无数的云。那云里藏着什么，没有人能够看清，只是萦绕在他身边的气息明显变冷了。

薄九还不知道自己已经被大神盯上了，咬着勺子，空出一双手来敲字：“封尚，你做什么呢？怎么不回复我？”

封尚见状，脸色都变了，立刻给“黑桃 Z”截图发了过去：“你看，大神他还叫我封尚，偶像，你说大神他……他该不会想搭讪我吧？！”

秦漠的眉毛一紧，右手掌心里的那个定制鼠标差点被他捏碎了扔出去。

不过他脸上一点动怒的表情都没有，反而是那双眼睛冷得厉害，嘴角也有些上扬。

圈子里的人都知道，每当秦漠这个样子的时候，才是最可怕。

秦漠并没有回话，反而伸手取过放在手边的水杯，交叠着修长的双腿，看戏一般喝了一口水。下巴处勾勒出来的那抹曲线，让他看起来就像一个绅士，冷漠又矜贵。

薄九等了一会儿，见那边明明在线，可就是不回复她消息，于是又敲了一串字给封尚：“封尚，是我，薄九，我用着大神的账号呢。”

封尚还在激动地胡思乱想，没想到刚点开信息，竟然看到这么一句话。

封尚蒙了：“那……那偶像的账号呢？”

“当然是大神在用了，而且我一定要洗白自己一下，拉黑你和投诉你的人也是大神。”薄九想着终于可以坑大神一次了，打字打得特别爽快，“他从刚开始就一直在用我的账号。”

封尚看到这句话，又回头看了看他刚刚和“黑桃Z”的对话，简直要哭了，打起字来一点也不结巴：“偶像，为什么你的账号要给大神用？这下惨了。”

“惨？”薄九不明白了，“有什么好惨的？”

封尚觉得一时半会儿也解释不清，干脆直接把聊天记录截图发给了薄九。

薄九本来还高兴地喝着粥，毕竟现在她用的可是大神的账号，在游戏里也是个货真价实的有钱人，资料数据九位数可不是骗人的。一会儿再让封尚配合她去接个打本拿首杀的大任务，这次把价钱抬高点，来点新鲜血液，不然都对不起大神账户上的虚拟货币了。

然而就在她勾唇点开消息的一刹那，所有的美好打算都戛然而止。

薄九看完那段聊天记录的下一秒，就立刻朝着大神的方向看了过去。大神正似笑非笑地盯着她，如同古井般的眼底是一阵让人头皮发麻的寒意……

“封尚？”秦漠开了口，那样的声音，任谁听了都知道他现在的心情绝对称不上好。

薄九笑着解释：“那只是一个不会让人感觉太过疏离的昵称。”

秦漠闻言，偏头勾唇，非常冷：“亲昵到让人以为我在搭讪他？”

“这绝对是封尚的问题，他这个人就是容易多想！”薄九一脸认真的表情。

秦漠显然是对这个借口并不满意，沉声提醒薄九：“如果再让我发现你登着我的账号胡乱聊天，你今天晚上就不用睡了。”

薄九能察觉到男人身上散发出来的危险气息，这和之前几次都不太一样。

不过秦漠也并没有为难她，只是在警告过后又投诉了封尚一次。

用户被投诉，都要禁言十分钟。

封尚一下子被投诉这么多次，这和被关在小黑屋里有什么区别？

薄九正想着，秦漠就开了口：“你该庆幸他是你之后要参加电竞新晋赛的队友，否则他这个账号就不用再玩了。”

薄九绝对相信大神的话，默默地替封尚点了一支蜡烛。

封尚也收到了被投诉的消息，在游戏里他可是个话痨，这种不让他说话的滋味太难受了。

主要是，他也不清楚偶像和秦少那边是什么情况。

秦少该不会看到刚才的内容后，找偶像算账吧？

不过有一点封尚还是注意到了，秦少居然会把自己的账号交给别人玩？！要知道那个游戏账号的价值可不是几十万元可以评估的。

当年在秦少还没有成为职业战队的时候，就有人开了十万块要把他的账号买下来。

那个人怎么也没有想到，他要买的账号竟然会是权倾江城的秦家少爷的，这下得罪了秦少不说，之后也再没有在游戏里露过面。

用秦少的话来讲，他用过的东西，就算是不要了，也只会封掉，不会交给任何人。

可如今秦少竟然把那个账号交给了他的偶像，而且一交还交了这么长时间。

这件事如果被他大哥知道了，肯定又会起一场风波。

封尚想着他以后也要和偶像交换着账号玩，不能什么事都落在秦少的后面。

薄九倒是没想那么多，她这次上线就是单纯想带封尚过一次本。

她之前并没有见过封尚操作，过一次本就什么都清楚了，到时候也能根据她所了解到的信息进行整个团队的调整。

“漠哥，要不要和我一起刷个本？”薄九偏头问秦漠，银色的碎发在灯光下透着别样的柔软。

在秦大神看来，这是薄九主动认错的信息。他眼睛里的冷意总算是退了一点，稍微点了点头，便移动着自己的鼠标，根据好友亲密度直接传输到了薄九那边。

薄九很快就接了一单生意，把“赏你一拳消消乐”也拉进了打怪的队伍里……

封尚以往见到“黑桃Z”这个游戏名称的时候，都会特别特别开心。

结果现在进了本，他恨不得躲着那个名称走。

大概是因为已经见过真人的原因，封尚现在只觉得就连站在他面前的游戏人物都像是秦少本人。一身古时裘毛披风，如同从漫画中走出来的人物，自带冰冻功能，只是长身玉立地站在那里，就能让他四周的空气都跟着冷下去。

封尚艰难地吞了口口水，往薄九身边靠了靠。

发单的那支队伍根本就没有想到会是秦神本人接了他们的邀请，而且还带了两个人进队伍。

“黑桃Z”他们已经不陌生了，主要是那里面居然还有“赏你一拳消消乐”这个非常有名的人民币玩家。

一瞬间，他们有点不敢直视那三个人。

要知道这里面的每一个人拿出来都有名。

先别说秦神和“黑桃Z”了，就是“赏你一拳消消乐”这个家伙，在游戏里也是非常具有认知度的，富豪榜上每天都能看到他。

奇怪的是，这个人平时一进本必定会刷屏，看到漂亮的玩家就更奔放了。怎么这一次会这么安静？

其余的玩家还在纳闷，薄九已经开始了指挥模式。比起她那等级略低的账号来，大神这么一个装备齐全的大号，刷起本来简直不能太简单，一路往上走，杀得那叫一个凌厉。

倒是“黑桃Z”这个账号没什么动静，甚至连出手都没有出手，一点用处都没有。

那队伍里的一个女玩家也玩得不好，但她最起码还知道动几下手，“黑桃Z”却连用药都不会。

如果不是秦神带来的，这样的人就应该被踢出队伍去。

那个女玩家越看“黑桃Z”慢悠悠地走路的样子，心里就越不爽。

凭什么这样的人会被秦神另眼相待？

分明什么本事都没有，就会跟在队伍后面蹭经验，还一副自己是绝世高手的样子，让人看了就觉得讨厌。

一开始女玩家还忍着，等到后面她没来得及回防，掉了大半血的时候，就彻底怒了，她在电脑那边嗤笑了一声，连语气都是嘲弄的：“什么C区最让人期待的新人王，操作牛，手速快，被秦氏俱乐部重金挖来，原来只不过是个跟着大神蹭经验的软脚虾，连怪接近了都不知道。我看那些首杀也不一定是某人拿下来的，连最起码的救人都不会，和这样的人组队，别说是拿首杀了，就连这个本说不定都过不去。”

《英雄》这个游戏是能发语音的，这也是为什么会受那么多职业战队喜欢的原因。

它能让游戏职业化，更能在成神之后通过声音来吸引人。

女玩家开的就是语音，声音虽然甜美，但那话里的嘲讽让人听了很不舒服。

就算她没有具体点出来要说的人是谁，可玩《英雄》的人都知道，C 区这段冒出来的新人王只有“黑桃 Z”。

于是她这段话刚出来，游戏屏幕上就陷入死一般的宁静之中。

薄九嘴上还叼着棒棒糖，打怪的手跟着一顿，直接又是一个大招发过去，指法漂亮。

其他玩家却没有那么快的反应。

偏偏就在这个时候，最大的怪出现了，并且朝着他们这边的队伍使出了类似火球一样的特杀。

别说其他人，就连“赏你一拳消消乐”这样的高手也措手不及，掉了半罐血。还好他的技术不错，能在瞬间后退。

剩下的玩家们就没那么好运了，直接被撂倒在地，死相很凄惨。

按理来说，一支队伍死得只剩三个人，其中一个也奄奄一息得厉害，这一局就不可能赢了。

可让人没想到的是，一直默默无闻的“黑桃 Z”竟然在这一刻一个剑影旋转，就在薄九的身后撑起了巨大的风华。那亮起来的光几乎占满了整个屏幕，耀眼的银色让人久久都回不过神来。

除了被秦神保护住的薄九，她的杀气似乎没有因为其他人死了而减少半分，反而在秦神的掩护下直接一跃而起。就连她黑色的战袍上都带着银色的光，使出了狙杀暴击。

在乱人双眸的特效下，人们看到了一场前所未有的顶级配合。

帅气，不羁，无人能敌！

整个队伍的人都愣怔地看着这一幕，手臂都感觉到了前所未有的振动。

那种手法分明是……分明是秦神最擅长的“三千刀斩”！

为什么“黑桃 Z”的账号会使用出秦神的独门绝招来？

现在操作“黑桃 Z”的这个人到底是谁？！

这是每个人心里的疑问。除了疑问，还有震撼，那是从内心深处宣扬起来的沸腾。

虽然他们听过太多秦神的传说，但现在的秦神已经成神了，不管他用顶级账号使出什么绝招来，人们心底总有那么一个很小的声音在说，秦神能这么厉害和他用的账号脱不开关系。

可现在，一个新号既然使出了最有难度的“三千刀斩”。

虽然那个新号身上顶着新人王的光环，但这样的绝招如果不是从《英雄》一出就玩游戏的老玩家，绝对使不出来。

那分明就是秦神！

除了秦神，全国的所有战队都没人能使出这个绝杀。

既能保护人，又能在保护人的同时进行辅助进攻。

传说中的“三千刀斩，万怪退散”。

电脑屏幕还是银光闪闪的，倒映在每个人眼中。

紧接着，他们只听到耳机中传来“轰隆”一声巨响。

大怪重重地倒下，激起四周的尘埃如雪。

就在那瞬间，“黑桃Z”“秦漠”“赏你一拳消消乐”等人的大名直接出现在了全服首页上，高高地挂在顶端，一连三次，首杀完成！

更牛的是，他们这群人甚至还打破了全服纪录，成为有史以来完成首杀用时最短的队伍。

刚才还在说风凉话的那个女玩家直接傻了眼，拿着鼠标的手都还在颤抖。

队伍消息已经被所有玩家刷爆了。

每一个人都在说着那个绝招——“三千刀斩”。

银光退散过后，队员们自动复活。

这时，薄九身形一动，一串话敲了过去：“从进本开始，我就说过每个人各自保护好自己，不要被怪杀死就行。就算‘黑桃Z’没有救人，他也没有掉血。倒是你‘小优涟涟’，本是我接的，我是指挥官，我不说话你就不要乱动，还跑到那么远的地方去杀怪，连这种最基本的指挥都不懂，你是第一次玩《英雄》？”

女玩家被指责得有点委屈，还想替自己辩解，一出口就是装可怜：“我是怕那边的怪会伤害到你们……”

薄九挑眉：“好，就算事情像你说的那样，你怕怪伤害到我们，乱动了自己的位置。你少了血就少了血，迅速回队伍就好，还在那里嘲笑别人？你知不知道就因为你那一段话，这个本差点过不去！‘小优涟涟’，我告诉你，别想在我面前泼了别人脏水还想全身而退，从今往后，但凡是有‘小优涟涟’在的队伍下单，我一律不接！”

“我也不接！”封尚说完这句话以后，直接在全服上花钱开刷。

整整九十九条，全屏炸满同一条消息，那样的阵仗实在少见。

“赏你一拳消消乐”发布了通告：“全服听令，以后有‘小优涟涟’的队伍，不要找我接！”

就这么一句话引起了轰动。

不仅仅是因为“赏你一拳消消乐”从来都不会在游戏里和谁树敌，更不会专门把谁挑出来拒绝。更因为一条全服通告就是一百元。

九十九条，简直不敢想。

“只有我关心为什么赏同学会发出这样一条消息出来吗？”

“我知道！内部消息！大家刚才看到那个破纪录的全服首杀了吧？是秦神和我大黑桃带领着大家赢的，这个‘小优涟涟’不服从指挥自己掉了血，还嘲讽我大黑桃操作次，配不上新人王的这个称号，结果呢？我大黑桃一个绝杀，不仅保护了队友，还暴击了全场！这脸打得还真尴尬！”

一瞬间，激起千人浪潮。

虽然“黑桃 Z”这个玩家来的时间不长，但就因为他是普通玩家出身，没有经过任何培训，却以绝对的技术碾压过无数次战场，所以“黑桃 Z”在《英雄》里的声望是实实在在的。

无论是那些被薄九一起带着打过副本的玩家，还是那些看过直播的玩家，每一个人都从心底里佩服“黑桃 Z”。

“小优涟涟”被拒的原因一出来，至少有三个战队的队长联名刷服发声。

“全服听令，以后有‘小优涟涟’的队伍发单，永远不接！”

顿时全服轰动。

因为谁都知道，在C区只有这么几个战队牛。

想要过比较复杂的副本，就必须由他们带着。

可现在，这些操作厉害的战队都拒接“小优涟涟”，不用明说，谁都清楚后果是什么。

“小优涟涟”真的是搞不懂这个游戏了。都什么玩意儿，为了一个男号，要拒接她这个美女？

“小优涟涟”看着被踢出队伍的屏幕消息，气得一摔鼠标，脸色变得非常难看。

听到响动之后，还在练着手速的薄希明眉头皱了皱：“姐姐，怎么了？”

“小优涟涟”的本尊就是薄雪儿，薄希明的同胞姐姐。

薄雪儿的火气还没有消下去，喝了一大口水，接着冷笑了一声：“还不是那个‘黑桃Z’！仗着有秦神给他撑腰，他就觉得自己有能耐了？那群玩游戏的宅男也是脑子有坑，有我这个美女他们不护着，偏偏要和一个男的站在同一阵线上，还联名拒接我？哈，这真是我听过的最好笑的笑话！”

“‘黑桃Z’？”薄希明听到这个名字后，放在键盘上的手指停下来，目光里也带出丝丝嘲讽，“那个什么C区新人王？”

“可不就是他。”薄雪儿也不管电脑了，转过头来对着薄希明道，“操作倒是不赖，就是人品真是让人不敢恭维。”

薄希明依旧清高：“那是他还没有见过职业的，一个不知从哪里冒出来的野玩家也想称王，真是搞笑。”

薄雪儿也跟着勾唇：“你说得没错，如果是弟弟上，打得他或许连哪里是北都会不知道。”

“这样的小角色还不值得我动手。”薄希明垂眸，语气平淡，“我的目标可是新晋赛。”

薄雪儿调皮地眨了一下眼睛：“是是是，我的天才弟弟肯定是看不上这种人的。不过我听说‘黑桃Z’也会参赛，而且还是以贺氏战队的身份参加，真是不知道贺红花那个村姑是从哪里把这个‘黑桃Z’给挖来的。”

“他不会参赛。”薄希明又开了口。

薄雪儿不明白了：“为什么？”

“到时候你就知道了。”薄希明一边说着话，一边登了自己的游戏账号。

对于这个“黑桃Z”，他已经有了个大概了解。

他妈妈那边更是给了他一个具体方案。

“黑桃Z”从出现在《英雄》开始，就一直在接单赚钱，说白了就是缺钱。

这样的人最好对付了。

薄希明移动着鼠标，不甚在意地点开“黑桃Z”那个游戏人物，发了一条验证消息过去：“‘黑桃Z’是吗？我就直说了，贺红花给了你多少钱让你参赛，我们这边都可以给你双倍的价钱。条件就是你放弃这次比赛，把你这个账号交出来。我知道你这个账号的战绩不错，不过将来职业战队看的也不是这些野路子的东西，主要还是看现场操作。你开个价吧，只要不是太离谱，我都可以接受。”

电脑那头，秦漠看着屏幕上显示的验证信息，目光淡淡地端起手边的杯子喝了一口纯净水，并没有立刻回复。

薄九还不知道她的账号被薄希明看上了，操作着大神的账号，正在检查刚才打BOSS爆出来的装备，脸上带着笑意：“漠哥，我们运气还不错。”

秦漠漫不经心地“嗯”了一声，然后才空出一只手来回复消息。

他并没有拒绝，反而给薄希明开出了一个具体价格。

只不过薄希明看到那个价格后，脸都青了，手指重重地敲字：“一千万元？！‘黑桃Z’，你这分明就是狮子大开口！”

秦漠仍然保持着商业帝王一般的坐姿：“连一千万元都掏不出来，你们还做什么公司？谈什么生意？”

就是因为对方的态度太过淡漠寻常，仿佛一千万元不过只是个小数字，才会让薄希明看到这条消息之后脸都涨红了。

薄希明也不知道为什么，在那一瞬间，他又想起了白天在网球场发生的事情。

那种难堪的感觉重新涌上薄希明的心头。

他原本以为花上个十来万就能把事情给办下来，毕竟“黑桃Z”那么爱钱。

没有想到……

薄希明的目光阴沉下去，连打字都带了狠劲：“这做人还是有点自知之明才好，在游戏里都这么穷，一套像样的装备都没有，更何况在现实里。‘黑桃Z’，有些事我不挑明了是给你留面子，既然你不接受我们的合作，那我们就新晋赛上见吧。但愿到时候你还有底气这么狂。”

说完，薄希明就下了线，接着给他妈打过去一个电话：“妈，事情没有谈下来。那个‘黑桃Z’在我面前充大款，一张嘴就是一千万元。他那是个新号，就算在游戏里战绩不错，但他现实操作怎么样谁都没有见过。你为什么非要把他那个账号买下来给我用呢？”

“希明，”电话那边的声音压得很低，像是避开舞会的音乐声，“‘黑桃Z’现在的这个账号已经吸引了江城所有媒体的注意，你知不知道这意味着什么？这意味着到时候新晋赛一开，这个‘黑桃Z’就会成为电竞头条，一战成名是肯定的！也不知道是哪个高人在背后指点贺红花，让她那么一个村姑给开了窍，玩了这么一手。但现在谁都不知道这个‘黑桃Z’本人是谁，妈妈想了很久，最好的办法就是能把这个账号给买下来，然后安在你身上，到时候你就以‘黑桃Z’

的身份参赛。具有天才少年称号的你，再加上这么一个呼声高的账号，绝对会大火！”

薄希明这时才明白他妈是什么意思，也跟着有些着急了起来：“那现在怎么办？那个野路子已经拒绝我了。”

电话那边安静了三秒钟，又传来声音：“既然给了他好处他不想合作，那我们就花点钱把他的账号弄到手。放心，对付这种敬酒不吃吃罚酒的人，妈妈自有办法。”

《英雄》里，薄九还在给这次刷本的队友们分配装备。对于那些全服挺她的人，她也非常大方，首杀爆出来的钻石都以分享的形式给了各大站队的队长。

“赏你一拳消消乐”分到的装备是最好的，薄九承认她藏了私心，毕竟这是她将来的队友。不过其他人也没有在意就是了，毕竟都不是玩职业的，也没有必要去搜集什么材料。他们喜欢更实际一点的东西，比如钻石，对于其他那些附带的东西也并不在意，自然也都听了薄九的安排。

薄九为了感谢他们，这次接单的价格还给对方打了八八折。

看着这一幕的秦漠，握着鼠标的右手轻轻一滞，从电脑屏幕上掠过，放在了那两个还在交头接耳的游戏人物身上。

“偶像，这……这些都给我吗？”封尚完全没有想到有大神在的情况下，偶像也能这么想着自己。

薄九叼着棒棒糖，侧头回过去一行字：“电竞比赛的时候用得到。你的技能我差不多都了解了，等过几天我们战队的人碰个面，去网吧现场连一把，一起过本。”

这两个人聊的是私信，别人看到的只是薄九和封尚的游戏人物离得特别近。

封尚看到那段话后，“呃”了一声才回复道：“偶像，你忘了，我们战队就你和我两个人。”

“现在是三个。”薄九笑了，嘴角带着浓浓的邪气，“这也是我今天为什么要上线的原因，而且我们的新队友还是个女生哦。”

封尚震惊了，打字的速度也跟着快起来：“女……女生？在哪里？我……我怎么没有看到！我……我一直以为我们会……会是个全光棍战队，偶像，你……你不会是在骗我吧？”

“封尚，作为队员，你要绝对信任你的队长，我怎么可能骗你呢？”薄九看着他那反应，嘴角的笑意更浓，“而且新队友的性格很好，是个心地不错的姑娘。”

封尚已经不管对方是什么类型的姑娘了，他已经想好过几天如果见到新队友要怎么打招呼了。

嗯，就说带她打本带她飞，顺便给她买装备。

这边两个人聊得正嗨，那边秦漠的脸色一点一点冷了下去。

薄九并没有察觉到。

秦漠笑了一声，那样的弧度怎么看怎么狠辣。他将水杯放回原位，然后才站起来，一步一步朝着少年走过去。

“聊得这么开心？”秦漠的声音一向很平淡，仿佛对什么事都漫不经心，却带着一股不容抵抗的凉意。

薄九听了大神的问话之后，将头抬起来，这才发现他已经走到了面前。他就那么站在床边，手里拿着一本书，卡其色长裤让他看起来柔和了许多，但那涌动而出的压迫感依旧很强大，骨子里依然有着霸气。

有点酷，还有点冷。

最重要的是，他好像并不太高兴。

薄九还叼着她的棒棒糖，完全不清楚发生了什么。不过按照她对大神的了解，大神心情一不好，就会用言语攻击她。

一会儿她只要四两拨千斤，这件事基本就解决了。

让薄九没有想到的是，大神根本不按常理出牌，一开口就问她：“你喜欢跟男玩家玩还是女玩家玩？”

这么优雅且直接的一个问题，确实需要好好回答。

“女玩家可爱，男玩家英俊。”薄九笑着拿手指缠上自己的银发，就像个自带贵气的公子哥。

秦漠缓缓勾唇，似是不悦，又像带着玩味，“你是想说都行？”

薄九认真地说：“嗯，他们都挺喜欢跟我玩的，太厉害了就是会有这种负担。”

“到底是谁给的你这么强大的自信？”秦漠的声音依旧平淡。

薄九想了想，严肃道：“与生俱来的。不过漠哥放心，我还是最喜欢跟你一起刷本。”

这样回答应该就没问题了。

薄九一边思考着，一边回复封尚发来的信息，也就没有注意到秦漠在听到这句话后，眼睛里闪过一道寒光。

如果是梁秘书看到自家总裁露出这样的表情，肯定会为某人捏一把冷汗。

因为秦漠现在是真的不太高兴了。

秦漠扫了一眼时间，时针已经快到十二点了。

两个人白天打了网球，晚上上了课，又拿了一把首杀。

这都是耗费脑力和体力的事，并且薄九在前一天还组装了一台笔记本电脑。现在已经夜深，她忍不住打了几个哈欠。

秦漠见状，站起身走出了房间。

第二天，晨曦的光透过摇曳的窗帘打下来。

薄九的第一反应就是自己女生的身份绝对不能暴露。

她一个动作坐起身，听到不远处的浴室里传来水声。

薄九一惊。

秦神在洗澡？

第八章
天堂

浴室里，水哗啦啦地流着，并没有腾起雾气。

泛着冷意的水滴下，秦漠偏头，恰到好处的黑发微微遮住了他的眼睛。

薄九身上的睡衣已经换成了自己的衣服，银色的发，浅笑的脸，单肩背着包，显得既帅气又精神。

看样子是睡得不错。

家里很少来人，现在有薄九在了，张阿姨一口气做了四种早餐，炸馒头片、油条、小肉包，还有蔬菜粥，笑呵呵地让薄九多吃一点。

薄九自然不会拒绝这份好意，吃得非常香甜。尤其是炸馒头片，颜色金黄，放在嘴里咬的时候外酥里软，特别好吃。

可薄九一个人也吃不了一盘，大神早上只喝牛奶，手上还拿着商业报纸在看，显然没有想替她消灭的意思。

薄九不忍张阿姨失望，干脆把剩下的几块放进了打包盒里。

张阿姨看得高兴："还是九少爷朋友多，我们少爷从来都没有想过要给同学带早餐。"

"倒不是朋友多，就是我有个同学对我挺不错。"薄九笑道，"也想让她尝一尝张阿姨的手艺。”

张阿姨就爱听薄九说话，见薄九要去上学了，送到门口时还有点不舍：“下次还跟着少爷来，到时候夫人也在，夫人见了九少爷一定也会喜欢的。”

“好。”薄九坐在车上，朝着张阿姨勾了勾嘴角。

秦漠就坐在薄九的身侧，目光淡漠地扫过薄九手里多出来的那一盒炸馒头片，过了半晌才对着司机下了命令：“开车。”

“是，少爷。”

司机听得出来他家少爷的语气不是很好，但他还是按照吩咐，先到了江城大学。

秦家的车，无论是车型还是牌照，都非常惹人注目。

好在现在这个点到学校的学生并不是特别多。

不过车子一出现，还是引起了不少同学围观。

薛瑶瑶原本还戴着耳机背英语单词，看到大家的反应后，也往身侧看了过去。

就见从加长的黑色车上走下来一个银发少年，那少年嘴角上扬着，带着青春的俊美和邪气，不是薄九还能是谁。

薛瑶瑶一看到那张脸，就快步走了过去：“早上好，九殿。”

薄九刚下车，偏过头就迎上了薛瑶瑶的笑脸。她侧头对着秦漠道：“那漠哥，我就先走了，你路上注意安全。”

说完以后，薄九摆了摆手，单肩背着黑色包，一只手随意地插到了裤袋里，含笑朝着薛瑶瑶走了过去。

薛瑶瑶看着薄九越走越近，脸都开始红了。

见到薄九激动了的她竟然忘了这是在校门口，也不知道她这样和他打招呼，会不会对他造成什么不好的影响。

想到这里，薛瑶瑶看了一眼旁边，有几个女孩子正朝着他们这边指指点点，那眉眼中透露出来的八卦意味，让薛瑶瑶不自在地拧了一下手指。

“早上好。”薄九这时已经走到了她身边，全身都散发着好闻的糖果气息，对周边的流言视如无睹，笑得依旧耀眼帅气。

薛瑶瑶“嗯”了一声，看到薄九脸上的笑容后，心中的勇气也多了几分。

薄九勾唇，将手中的餐盒递给薛瑶瑶：“大神家的早餐，你尝尝，味道很不错。”

“这……”薛瑶瑶下意识地朝着薄九身后的那辆车看了一眼。

九殿，你把秦神家的早餐给我，就不怕秦神看见会不高兴吗？

好在那辆车也只是停了一下就淡漠地开走了，非常符合其主人的性格。

在薛瑶瑶眼中是淡漠，可在开车的司机看来，他们少爷的那双眼睛已经冷到了极点，连带着周遭的气温也跟着冷了下来。

秦漠单手托着下巴，看着后车镜里那双越来越远的人影，嘴角勾了起来，却没有任何暖意。

此时，薛瑶瑶回神。大神家的早餐？难道……

“九殿，你昨天是在大神家睡的？”

薄九伸了个懒腰，“嗯”了一声。

薄九是真的帅，所以那些学生才会停下来，神情激动地看着他。

只是，薄九居然住在了大神家里？！

薄九担心再说下去，薛瑶瑶会太激动，没再继续那个话题，而是随意地问：“昨天《英雄》练得怎么样了？”

“还可以，就是速度还提不上去。”

“多练几次就好了，你平时都在哪个网吧上网？今天约一下吧，让你见见我们另外一个队友，‘赏你一拳消消乐’。”

薄九很理解薛瑶瑶在听到这个名字之后为什么会是这样的表情，伸出手来拍了拍她的肩：“要习惯。”

薛瑶瑶还在接受中，毕竟她实在没有想到，有一天她会和游戏里那个真“土豪”扯上什么关系。

“九殿，你是怎么认识这个‘赏你一拳消消乐’的？听说他只带女孩打本……”

薄九漫不经心地笑道：“比赛的时候认识的，他还请我吃了一顿火锅。”

“比赛的时候？”薛瑶瑶一顿，像是想到了什么，又道，“九殿，你玩《英雄》是不是很长时间了？”

薄九拆了根棒棒糖叼在嘴里：“还行。”对她来说，任何游戏都是用来练手速的。

“那你在游戏里叫什么名字？”即便是现在，薛瑶瑶还记得昨天薄九教她时使出来的漂亮指法，那绝对是高手中的高手。可是在各大战队的联播里，她并没有找到和薄九相似类型的选手，薄九到底是谁呢？

薄九闻言，停下脚步，右手伸出来，笑得十分俊美：“重新认识一下吧，我是‘黑桃Z’。”

闻言，薛瑶瑶彻底顿住，心像是被箭射穿了一般震惊。

“黑桃Z”。

那个一出道就拿下无数场首杀的新人王。

那个刷新无数记录，却行踪诡异的C区大神。

那个打破了所有规则，特立独行，不买任何战队账的顶级存在。

薛瑶瑶听说过这个名字很多次，甚至有的时候打游戏经常会在排行榜上看到这个人，然后告诉自己：看，这个世界上并不是所有没有钱的人都会被埋没。

“黑桃Z”就是这样一个例子！指法漂亮，出其不意，更是傲立称王，所有江城的电竞媒体都想要拿到这个人的第一手资料，他却隐而不见。

有人说，“黑桃Z”一定很难看，所以才会畏惧露出真颜来，不然这么一个好的出名机会，他怎么可能会不接受采访？就算是做一场直播，上上下下也能有十来万的收入了。

还有人说，就算“黑桃 Z”长得还过得去，肯定年龄也不小了。看他操作那么熟练精湛，又熟悉游戏里的各种套路，一定是个大叔级的男人。

可是“黑桃 Z”却是他！

薛瑶瑶捂住了嘴。

她怎么也没有想到，对她来说如标杆一样的人物竟然就是她们的九殿。

纵然是已经到了教室门口，薛瑶瑶的情绪仍没有平复下来。

如果学校的女孩们知道了这件事，一定会疯了。

九殿他根本就不是废物。

他不仅温柔帅气，更是《英雄》里首屈一指的大神！

薛瑶瑶侧眸看着少年干净俊美的侧脸，嘴里呢喃：“如果让那些说‘黑桃 Z’丑的人知道本尊其实长这样，肯定会直接炸屏。还有那些记者，也会收回对‘黑桃 Z’相貌的猜测。九殿，你为什么不接受采访呢……”

“因为时机还没到。”薄九转动着碳素笔，轻轻一笑，却带有一丝腹黑的味道。

薛瑶瑶并不知道薄九具体是什么打算，她想她需要静一静来消化这个令人振奋的消息。

她从一开始接触《英雄》到现在，从来都没有想过有一天会见到“黑桃 Z”。

因为她很清楚，那绝对是个与别人不同的大神。

可如今她居然要跟着他一起组战队去打职业赛。

那是一种什么样的滋味，没有玩过游戏的人真的不会明白。

她的心跳乱了节奏，就连血液都是沸腾的。她好像终于开始了自己的梦想，第一次离得这么近，都是少年赋予她的……

薄九并不了解自己对薛瑶瑶造成了什么影响，她还在想昨天大神指给自己的那几道题。

嗯，过几天考试就全靠它了。

薛瑶瑶见薄九想事情想得认真，不忍心打扰他，随意找了个位置坐下，她刚落座，就有两个女生主动走了过来，朝着她笑了笑：“你也喜欢九殿吧，我们也喜欢，要不要坐在一起？”

那个时候起薛瑶瑶就知道，这个世界上长相帅气的人有很多，可只有那么一个人，能用他的人格魅力影响周围的人。

所以她们才会叫他九殿，那是独一无二的存在。

薄九也听到了这边的声音，很帅气地朝着她们三个人笑了笑，经过的时候还给了她们每个人一根棒棒糖。

不同于薛瑶瑶，那两个女生很激动，糖吃在嘴里感觉很甜。

就像九殿说的，女孩要多吃糖，善待别人。即便是做不到善待，也不要随波嘲笑。给人尊重，就是给己尊重。

她们都记着，并且为之骄傲。

其实她们私底下有讨论过派一个人去加薄九的微信，可是看薄九的模样，又不像是喜欢被打扰的人。

为什么薄九不去做明星呢？这样她们就能理直气壮地喜欢他了，还可以做各种周边，比如抱枕什么的。

一想到这里，两个女生的话就更多了。

薛瑶瑶在旁边听完后，很坚定地对她们说：“放心，你们想的，总有一天能实现！”

等出了抱枕，她也要买一个。

见薛瑶瑶现在有人和她坐一起，薄九并没有和她坐一桌，而是自己一个人一桌，这样她更方便训练手速。

毕竟玩网游只是一时的事，等贺红花的事情解决了，她还是要回归原来的生活。

薄九观察了一下，最后面的位子不错，靠窗又是死角。虽然对于好学生来说是个坏去处，可对于她来说，那里最适合她了。

薄九含笑走过去，将自己的黑色包一放，然后坐了下来。

也不知道是不是因为跟大神学了一晚上的缘故，这次上课，她竟然能听懂一点了。

不过老师教起课来不会戳重点，比起大神来有点逊色。

或许也不是老师能力的问题，而是大神太厉害。

薄九再次想起在秦家书房里看到过的那些资料，心理犯罪、逻辑推理、法医常识，这些书籍普通人应该不会经常去看……

一个人一桌还是有好处的，下课后，薄九上游戏格外顺利，也不用刻意避开谁。毕竟她现在用的是秦神的账号，若被谁窥屏了，只会惹来麻烦。

一般游戏里不加好友，是很难找到玩家的具体位置的。

可这对薄九来说并不算什么，她利用微数据调控，直接锁定了“赏你一拳消消乐”，并且通过联盟平台发了个对话窗口过去：“在吗？”

原本还在打游戏的封尚吓了一跳，还以为自己中毒了。一看说话的人是他的偶像，立刻来了精神：“在，在，在！”

“今天晚上七点，西城网吧见。”薄九慵懒地打着字，“我们联手刷个本。”

封尚还没去过网吧，想一想真人联手打本就觉得十分激动：“好，都……都听偶像的！”

薄九笑了：“我会带着队友过去，看到人后你可别紧张。”

封尚一下就从椅子上站了起来。

他开始很认真地挑选衣服。

上次和偶像见面太偶然了，不像这一次。

从严格意义上来讲，他们这是要见面，而且还不是一对一见面，是团队见面。

虽然封尚从来都没有和游戏里的人见过面，但小说还是看过不少的。

战队线下见面，那种感觉就像即将见到心爱的女孩一样，连心跳都比平时要快很多。

不得不说，封尚是真的激动，以至提前了一个小时在网吧门口等着。

北方的天气，生活过的人都明白，秋末过后，冷风吹在脸上会带着一点点疼。

不过这些都阻挡不了封尚身体里的热血。

倒是把他放下的司机很不放心，又倒回来，降下车窗道：“二少，要不你进去等？”

“不要。”封尚坚持，“我要给他们一个惊喜。你走吧，不要让我哥知道这件事。”

司机无奈，只好将车子开走了。

网吧老板注意到了他，锁上主机后推门走了出来：“嗨，小兄弟，老站在外面干吗？”

“我……我在等人。”封尚还有点结巴。

网吧老板手推着门：“等人？那进来吧，我这店窗户大，你站在里面他们也看得到。”

封尚闻言，双眼瞪圆：“你……你怎么知道我是面基的？”

“我这网吧，每天都有三四个人因为打《英雄》约了见面，真人联本也不是什么稀奇事了。”

网吧老板叼烟的动作虽然带点痞气，却成功地说服了封尚。一瞬间，封尚也明白为什么偶像会选在这里见面了。貌似老板人不错？

又过了半个钟头，薄九带着薛瑶瑶走进来的时候，就见封尚正捧着一杯奶茶和老板磕磕绊绊地交流。

“看来我不在的时候，你混得还不错。”薄九一边走，一边把外套脱了扔到沙发上。一进了网吧就有点热，不脱不行。

老板抬头看了少年一眼：“原来是你的朋友。不过先说好了，这奶茶可是要收费的。”

“行，多少钱，等打完游戏结给你。”薄九眨了一下左眼。

封尚却有点不好意思：“我……我出来的时候没带现金，所……所以……”

“上次你请我，这次我请你，一会儿还要联本，晚饭就在网吧吃，老板这里的快餐做得也不错。”薄九顺带着连人都夸了。

老板叼着烟，好像很开心：“成，想吃什么写下来，让人给你们做。”

“听见了吧？”

薄九浅浅一笑，接着转过头道：“忘了给你们介绍了。瑶瑶，这是封尚，你也可以叫他‘赏你一拳消消乐’。”

薛瑶瑶愣住，她原本以为按照游戏里“赏你一拳消消乐”的作风，怎么着也该是个有着憨沉声音的彪悍男人，或者就像他们说的那样，是个抠脚大汉。

可谁能想到，他会是这个模样……

封尚重重地咳了一声，很认真地说：“我……我已经在游戏里充好了钱，一……一会儿带你打本，带……带你飞。”

薛瑶瑶原本不想笑的，可是听他说出那句在游戏里常说的话之后，实在是忍不住：“好。”

封尚心道：果然是偶像带来的女孩子，确实好相处。

薛瑶瑶也是第一次碰到不嫌自己胖的男生，感觉到对方的友善，紧张的心情一下子就放松了。

“我打得不好，一会儿还请多多指教。”

封尚道：“没……没事，过不了关，我可……可以给你们买装备。”

“有我在，怎么可能过不了关。”薄九站起来，嘴里还叼着棒棒糖，薄唇微勾，右手成拳，往外一伸，“走吧，先震惊一下C区。”

看着自己眼前那个拳头，薛瑶瑶和封尚对视一眼，也将手伸了过去，抵靠在了一起。

就这样，不久以后震惊电竞新晋赛的一支黑马队伍在网吧里正式成形！

三个人很帅气地坐在了一排，戴的都是黑色大耳机。其中薄九的指法是最漂亮的，从登录游戏到接单都一气呵成。

现在是吃饭时间，网吧里的人并不是特别多。

一般要到八点以后才会开始有大批的人来。

“还少一个人。”薄九戴着耳机，侧眸对着封尚道，“刷公告喊他们。”

网吧老板自从上次知道薄九就是“黑桃Z”后，就想着要亲眼看一次薄九打游戏。现在听他说缺了一个人，把烟摁进了烟灰缸里道：“你看我行吗？”

薄九回过头去，一见是他，笑了：“当然行。”

团队里又多了一个游戏名，那个游戏名虽然没有在排行榜上，级别却很高，像是很久没玩了。

网吧老板手指飞快地打下两个字：“开吧。”

四个人，每个人都有每个人所擅长的，薄九作为主要攻击力，每一招出去都是致命的。

她很冷静地指挥着每一个人，把他们放在了该放的位置上。

在这样一个小小的网吧里，有节奏的键盘声起伏着，没有人知道这里即将有一支战队要诞生。

不过是短短的半个钟头。

KO！首杀完成！

屏幕上出现了耀眼的银。

随着特效声响起，有上网的人推开门走了进来：“是谁打了个首杀？这声音听着真带感！”

网吧老板站起来，给那个人开机子。

紧接着又有一批人走了进来，这个时候网吧里彻底热闹起来。

原本要在这里吃饭的薄九也打消了念头，看了封尚和薛瑶瑶一眼，跟着摘下耳机：“我们去外面找个地方好好谈一谈？”

两个人自然同意。网吧里人多嘴杂，对话确实不太方便。

薄九走过收银台的时候脚步顿了一下，然后对着里面的网吧老板道："有没有兴趣一起打职业赛？"

"我？打职业赛？"网吧老板像是被嘴里的烟呛了一下，"我不行了，年纪太大了。你没见电视里的那些职业选手都是些小年轻吗？"

薄九勾起嘴角，指尖滑过自己的下巴："那些都是靠脸吃饭的，我们战队靠的是实力。怎么样？要不要一起玩玩？"

"玩玩就不必了。"网吧老板将烟取下来，夹在手指间，一脸的痞气，"如果是拿个奖什么的，我还可以考虑考虑。"

薄九笑了："只拿个奖怎么够？不震一震电竞界，还玩什么游戏？考虑一下？"

闻言，网吧老板的瞳孔放大。

就听那边打游戏的人在喊："老板，来瓶水！"

"来了。"

网吧老板叼着烟，从冰箱里随意地拿了瓶矿泉水，又看了薄九一眼："比赛的时候带上我。"

薄九嘴角上扬："好。"

薛瑶瑶在旁边看着这一幕，一开始并没有说话，等走出网吧后才道："那个老板刚才的绝招用得好厉害，我还没动手，眼前的怪就被全灭了。"

"是……是个隐……隐形高手！"封尚在说这句话的时候眼睛都是亮的，"真……真没想到一个小网吧的老板，打……打游戏这么厉害！"

薄九轻轻一笑："他的右手手指比左手手指反应要灵活，并且在拿东西的时候，食指还会下意识地侧面敲打，这是经常玩游戏的人才形成的惯性。他以前应该就是职业战队的，为什么会离开这一行，也只有他自己才知道。"

"偶……偶像，你……你该不会一开始就看出他……他……"

虽然封尚的话还没有说完，但薄九已经知道他的意思："第一次来这个网吧就注意到了，当时老板还在鼓捣主机。不然你以为我为什么要约你们来这儿？”

说到最后，薄九灿烂地一笑。

封尚和薛瑶瑶对视一眼，几乎可以肯定——网吧老板被套路了！

仅仅通过一个动作就能判断出职业来……这也太“逆天”了。

“都看着我做什么？”薄九把黑色的口罩一戴，双手插进衣服口袋里，“找个地方，吃饭。”

封尚点了点头道：“这……这么冷的天，吃……吃点热乎的！要……要不去我家吃火……火锅！”

“你家有点远，就近吧，吃完了我还要回去学习。”说到这一点薄九就痛心。

薛瑶瑶倒不在乎在哪里吃，能和游戏里的人在一起聚餐，是她以前从来都没有过的经历。

封尚的感觉也是一样的，非常兴奋地跟在薄九后面。

三个人刚要过马路，人行道那边就走过来一行人。他们每个人都穿着职业战队的衣服，身高也都在标准以上，气势非常强。

打头的那个是薄九的老仇人，杜泽。

除了杜泽，还有薄希明。

杜泽一如既往像个狗腿子一样，穿得倒是人模人样，替薄希明挡着左边的路：“少爷，这边，这边走。”

薄希明也看到了薄九，那张脸上满是高傲，仿佛非常不屑和薄九说话。

杜泽顿了一下，一脸鄙夷：“怎么到哪儿都能碰到这些不起眼的小苍蝇，真是晦气！”

那战队里也有认识薄九的人，毕竟有一部分是从贺红花那里出来的，对薄九的印象一直停留在“那个一点能力都没有的废物”上。

“某人还真是心大，现在还有心情来网吧。”

“他一个什么都不会的败家子，你还指望他能有多大的出息？”

“这样看来，我们离开公司也是对的。凭借着贺红花那股疼儿子的劲，早晚有一天我们也得跟着倒霉……”

薛瑶瑶知道，他们这是在说薄九，偏头就朝着少年看过去。

薄九的脸上还戴着口罩，露出来的眼睛却非常深邃、明亮，如同寒冬的冰挂，冰冷而刺骨。

“这还真是什么人和什么人凑在一起。今天下午我还听同学说呢，某人找了个大胖子当朋友，现在看来还真是不假。”

一开始的时候，薄九并没有动。

在听到这句话后，薄九忍不了了。

只听啪的一声响。

那个队员捂住了自己的膝盖，疼得脸色都发白了。

“不会说话就不要说。”薄九双手依然插在口袋里，一脸淡漠，“最起码不要乱说。”

“你这个……”战队里的其他人不干了，挥舞举起拳头就要冲着薄九冲过去。

“住手！”薄希明清冷的声音响起来，“你们现在穿着这身衣服，如果当众动手，知不知道会有什么后果？明天你们的照片就会出现在电竞小报上。都给我回来，一个连考试都挂科的人，不值得你们动手。”

那几个队员一脸愤愤不平地拽了一下自己的包带，又用手点了点薄九。

封尚还在撩袖子：“偶……偶像，需……需要我上吗？”

“不需要。”薄九勾唇笑了，“在这里打他们，没有多大乐趣。”

封尚有点蒙：“那……那在哪里打？”打架还要挑地方吗？他没打过，完全不知道。

“游戏里。”薄九抬头，声音透过口罩，仿佛带了一种王者的感染力，“电竞新晋赛，全员碾压他们。”

有风吹过，拂开薄九银色的头发，露出一双发亮的眼睛。

“薄少，难道我们就这么放过那小子！你听听他刚才说了什么，摆明了没有把您放在眼里！”

队员们显然是想出这口恶气，以前他们在公司就看那废物不顺眼，只不过看在要拿工资的分上都在忍他。可现在他们已经不在贺红花手下工作了，凭什么还要忍他。

“谁说要放过他。”薄希明冷冷一笑，语气中充满不屑，“不只是你们看他不顺眼，学校里的人也早就想对付他了，何必自己动手，让别人动手不是更好？”

“高，薄少的办法真是高！”最高的那个队员竖起了大拇指，又看了旁边的队友一眼。两个人的脸上都带着浓浓的狠毒，那个废物的好日子也该到头了。

薄希明也确实没有把薄九放在心上过，只是上一次的鼠标事件，让他觉得是时候给对方一个教训了。真当他还是那个受了委屈不知道说的私生子吗？

是时候让人们好好看看，谁才是真正的薄家少爷！

可惜薄希明根本就不懂，薄九从来都不屑和他争什么薄家少爷的称呼。

战队线下见面，一般情况下都会喝点什么。

薄九一开口就是“一打啤酒”，非常接地气。

封尚觉得自从跟了偶像以后，所有的“第一次”都没了。

比如战队线下见面，比如打架。

“如果喝不习惯就少喝一点。”薄九喝啤酒的姿势很帅气。

封尚看了之后，一脸认真：“偶……偶像，相……相信我，我……我可以！”

“哦，那你喝吧。”

薄九说完，又伸手道：“老板，再来一打。”

封尚噎住了，还……还来？！

“说一下每个人的优点。”薄九进入状态后，有点像是商界的总裁，手指沾了酒，点在桌面上，“封尚，你操作快，等到比赛的时候站在这个位置，主要负责回防补血。瑶瑶你……”

薄九的脸看上去明明很青春干净，在这一刻他们却觉得少年并不是一个普普通通的大学生。

薛瑶瑶也不知道为什么会有这样的感觉。

薄九发出的命令总会让人不由自主地听从。

不愧是九殿。

有这样的队长在，即便是高手如云的电竞新晋赛，也没有什么好怕的。

薛瑶瑶笑起来，那张圆圆的脸也不知道是因为喝了饮料，还是因为对比赛充满了期待，微微泛起了红……

此时，就在江城大学，一辆熟悉的车停靠在路边。

在车的四周还站着几个保镖，每个人都戴着黑色的蓝牙耳机，为了方便沟通。

无论是车还是人，都散发着“生人勿近”的气息。

即便如此，也抵挡不住滞留在学校门口的学生们的热情。

不少女孩都踮着脚拿手机在拍。

司机站在外面，又看了一眼手腕上的手表，为难地对坐在车里的人道：“秦总，已经过去半个钟头了，我们要不要先走？九少爷应该已经回家了。”

秦漠手上拿着上课资料，修长的手指侧过来敲了敲，嘴角向上勾了一下，眼神却冷得吓人：“应该？”

司机立刻道：“我再去问问。”

“不用了。”秦漠随手把资料扔在一旁，完美的侧脸就像是镀了一层寒冰，“上来，开车。”

司机犹豫了一下，多了一句嘴：“不等九少爷了吗？”

秦漠没再说话，那冰冷的神情早已说明了一切。

司机不敢再多说什么，立刻转身上了车，握着方向盘的手还有点抖。

他能够感觉到少爷的心情并不是很好。

当秦家司机这么久，他从来都没见过少爷这么等过谁。结果少爷等的那个人还没出现，想当然也知道少爷现在……唉，实在是不好说。

“前面左拐。”秦漠低沉的声音从身后传来。

司机有点蒙了：“左拐？”

“直接去薄家。”秦漠的眼中没有丝毫波动，却像能透出冰冷的雾气。

去薄家？！

司机掩盖不住脸上的诧异，朝后车镜看了一眼，过了半晌才道：“是。”

可是都不通知一下九少爷就跑到薄家去，实在是不符合少爷平日里的作风。

不，不对，应该说少爷从来都没有去别人家做过客。

少爷到底是怎么想到要去薄家的？！要不要先让夫人给对方的夫人打个电话？

可是这么突然……他们平时也不和薄家接触，根本就没有联系方式。

秦漠并不知道司机的内心活动。

现在的他想法很简单，逮住薄九，狠狠地教训一顿。

“阿嚏！”

薄九原本喝得挺爽的，也不知道为什么，突然之间就打了个喷嚏。

封尚已经有点东倒西歪了，脸也红扑扑的，趴在桌子上。

喝啤酒喝成这样的，也就只有他了。

薄九拿起啤酒，把最后一口喝光后，抬头道：“老板，来，结账。”

薛瑶瑶倒是没有什么异样。

薄九付了钱后，偏头对着薛瑶瑶道：“这家伙就跟我走吧，就他这种状态回去，肯定会被他哥盘问。”

“我……我不怕我哥！”封尚突然惊醒了，“我……我那是听话！”

薄九点头，语气略敷衍：“嗯嗯嗯，你最听话。”

说着，她把人的手臂往肩上一带：“走吧，拦一辆车，让司机先去你家。”

“好。”薛瑶瑶也没有和薄九客气，拦到车之后，她坐在前面，回头看着后座，“九殿，封尚这个样子没事吧。”

薄九看着迷迷糊糊的他：“放心，有我在。”

薛瑶瑶的家并不是很远，去过一次之后，薄九也就轻车熟路了。把她送回去以后，薄九直接对着司机道：“回复兴路。”

这一段走起来要费些时间，尤其是旁边还坐着“闹事”的封尚。

“这……这不是回我家的路。”封尚趴在车窗上，那张俊脸都变形了。

薄九手托着下巴，浅笑道：“对，不回你家，回我家……”

晚上七点，天已黑。

北方已经开始蒙上专有的雾霾，江城全市路段全部进入了高峰期。

薄家大厅。

自从秦漠进来以后，陈晓东的那两只手都不知道该往哪里放了，绷直脊背立在旁边。

“你是说，你们家少爷还没回来？”秦漠坐在沙发上，语调很淡，摘手套的动作慢悠悠的，贵气逼人。

陈晓东是怎么想都想不到秦少会出现在他们家的理由，就算是少爷惹恼了他，秦少也不至于亲自上门来抓吧？

不过，不怕一万就怕万一，他要不要先打个电话通知一下少爷？

“嗯？”秦漠见陈晓东没有回答他，好看的眉毛向上挑了挑。

陈晓东只觉得头皮发麻：“是，我……我们少爷昨天晚上就说去朋友家睡，到现在都没回来。要……要不我去找找？他有可能去酒吧玩了。”

有可能是以前的癖好又回来了？他也搞不懂少爷最近在忙什么。

秦漠听到这句话，勾唇笑了：“如果你家少爷真的去酒吧了，那他今天就不用回来了。”

原本是一句很平常的话，陈晓东也不知道为什么，竟然从那里面听出了可怕的味道。

为什么？

陈晓东不明白，去酒吧怎么了？

对于他们家少爷来说，这是很寻常的事啊。

“这次来得匆忙，没有给贺总带礼物。”秦漠又开了口，礼貌又淡漠，那张脸怎么看怎么尊贵和俊美，“想必这个点，贺总还没有回来。”

陈晓东连忙点头：“是，夫人她出差了，要过两天才能回江城。”

秦少这样问是要走了吗？

想到这儿，陈晓东就打算恭恭敬敬地将秦少这尊大神送出去。

但他没有料到的是……

“你们家少爷的房间在哪儿？”秦漠站起来，一只手插在西裤口袋里，一只手拿着书，连语调都显得漫不经心，“带我过去。”

夜色又浓了几分。

好不容易到了目的地，封尚却迷迷糊糊地乱走。

薄九一把将他拉住，拽着他的袖子就进了薄家大门。

薄忠义什么都拿走了，这栋别墅他却不敢动。

夫妻财产是什么含义，现在几乎连文盲都懂。

可就是因为这一点，那个第三者才不肯罢手。不彻底进了薄家的大门，她就永远算不上正统夫人。

这个道理不仅那个第三者清楚，所有商界的人都明白。

更何况这栋别墅还不便宜，她使出这么多手段从贺红花那里挖走人，除了能让贺红花成为一个笑柄，还有一个原因。就是她想让贺红花手里彻底没了资金，不得已低价出售别墅，到时候她就能名正言顺地接手了。

薄九看着眼前灯火通明的独栋别墅，冷冷地笑了。任何想要毁了她家的人，她都会让对方尝到什么叫悔不当初的滋味。

不过奇怪的是，家里怎么这么安静？她那个小管家也没有出来接她。

薄九费解地偏了一下头，由于手上拽着封尚，所以并没有看到黑暗处停着的那辆整个江城只有一辆的车。

薄九进了大厅后也没看到什么人，她挑了一下眉毛，干脆直接上了二楼，打算先让封尚洗个脸再说。

让人没有想到的是，她刚推开门，就看见怎么都不该出现在这里的秦神，手里正拿着她书架上的书。那张俊美如天神般的脸上看不出任何波澜，他整个人以一种十分慵懒的姿势坐在木椅上，穿一身纯黑的西装，脚穿意大利牛皮鞋，手肘撑着木椅一侧，双眸冷得就像窗外的秋夜："你还知道回来？"

薄九顿了一下，这架势确实很像个当哥的。

她本来是想解释的，可封尚从后面蹿了出来："偶……偶像！我……我们再玩一会儿！玩完我……我再跟你回……回家！"

"跟你回家？"秦漠重复着四个字，似笑非笑地站起来，"还真是厉害，出去一趟就能把封家二少爷带回家，不愧是我秦漠的弟弟。"

秦大神这段话绝对要反着听。

像薄九这么高智商的人，当然不会犯蠢。她浅浅一笑道："今天我们战队全员集合，大家一时高兴就多喝了几杯。他这个样子我不放心他独自回家，才会把他带回我家。漠哥，我可不敢让他露宿街头，他大哥会封杀我的。"

"他大哥会不会封杀你我不知道，再有下一次……"秦漠的声音冷到极致，"我不仅要打断你的爪子，你的腿也别想要了。"

薄九闻言，摸了摸鼻梁，又扫过他放在书桌上的书，不由得愣了一下，这是又要给她补课？

说起来大神就算要给她补课，肯定也是要去学校的，不会来她家。

难道他是去过学校之后，没等到她才来了她家？

薄九这才意识到事态有多么严重。像大神这种注重时间的商人，应该很少等人。凭借着大神的性格，绝对会想办法在她身上找回这个碴儿来。

只是秦漠好像并不急着料理薄九，而是侧身将手机掏出来，眼睛看着她，修长的手指拨出了一个号码。

还在带着战队参加晚会的封大经纪人一见来电就惊呆了。

他家大神什么时候主动给他打过电话？

一般都是他在这边打五个，那边才会接一个。有的时候即使大神接了还会说："封逸，没有什么重要的事就不要总是打电话过来，明白吗？"

他当时气得想摔手机。

如今……

封大经纪人很严肃地咳了一声，刻意压低声音，努力营造出一种成熟感："秦总，有什么事吗？"

电话那头的人像是在笑："封逸，我给你二十分钟，来薄家把你弟弟给接回去。二十分钟之后你如果没到，就可以直接买张机票飞去南非，我会连你弟弟一起打包给你送过去，怎么样？"

还问他怎么样？

"秦总，你等等，我立刻过去！"

封尚像是听到有谁在说自家大哥的名字，一下子就站直了，连带着人也清醒了不少，最起码已经认出了他面前站着的人是谁。

"秦……秦少。"

为什么秦少会出现在他偶像的家里？

封尚摇了摇自己的脑袋，很乱。

秦漠将手机收进口袋里，走到封尚面前，声音里是满满的淡漠："二少，如果我是你，我就乖乖在家待着。就算平时爱玩，最起码也不要这么随随便便就和谁回家，你说呢？”

封尚嘴笨，为什么到了秦少这里，他就成了随随便便和人回家了？为什么要在他偶像面前这么黑他？

“至于你。”秦漠侧过头将左手一伸，就把薄九拽到了自己面前，声音依旧冷淡，一身的商业范，“拿着你的书，先坐在那儿把课题给抄十遍，我们再来谈你今天这么晚回来的事。”

薄九还没张嘴，秦大神又云淡风轻地说：“不想让我帮你押题了？”

薄九立刻放弃了拯救封尚的想法，毅然决然地走向自己的书桌——抄课题。

封逸到薄家的速度还是很快的，他是真的怕他们秦总会把自己派去南非。

只是有一点，他心里还是有很大疑问的。为什么是来薄家接人？

封尚见到他哥以后，彻底不蒙了，封家的老司机还在网吧那边等着呢。

谁都没有想到会是这么个场面。

封逸也没有多问封尚什么，毕竟看秦总那个神情，肯定是不太想让他们多待的。

就这样，封尚想住他偶像家的愿望彻底泡汤了。

不仅如此，估计回去后他哥把今天的事告诉他妈，他妈再和家族里的人一说，七大姑八大姨绝对都会过来慰问他一遍。他想了又想，还是觉得秦少打电话让他哥来接他这件事做得太不地道了。

他明明还打算要和偶像聊天到天亮的，为什么秦少总是要破坏他的梦想？

封尚觉得很郁闷，可郁闷的同时还不得不跟他大哥撒谎。因为他参加了电竞新晋赛的事绝对不能让他哥知道。

薄家门外，陈晓东是不敢出现了。这短短半个小时时间，不仅秦少来了，连封大经纪人都往他们家跑了一趟。

要是夫人在，肯定会想办法留下封大经纪人。毕竟全城的人都知道，任何玩游戏的人到了封大经纪人的手里，都会一炮而红。

当然，最厉害的还是秦少，有这么一个大神待在家里，陈晓东觉得连四周的空气都变冷了。

薄九也察觉到了气氛的变化，不过她现在的注意力并不在这上面，而是在她床头最里面的抽屉里。那里面的东西可千万不能被大神看见……

整个薄家，除了贺红花知道薄九是个女孩，就连总是跟在薄九身边的陈晓东也不知道薄九的真实性别。

这是一个至关重要的秘密，所以即便是在自己家里，薄九的房间也不会像其他女孩那样，到处都是化妆品之类的东西。

但薄九毕竟是个女的。尤其是，以前的薄九一直想象着有一天能够恢复女儿身。

所以在这个房间里，或多或少都残留着女孩的痕迹。

其实薄九也算是个懂事的，她很明白如果被人知道了自己是女孩，那她和她的母亲就都完了。

只是以前的薄九忍受不了这样的生活，才会一方面要掩盖，一方面又冲贺红花发脾气。

以至养成了她偷偷买回来的东西，都会被放在床头抽屉里的习惯。

成为替身以来，薄九一直忙着打游戏、赚钱，根本没来得及去处理这些小事。

而且她也不认为需要处理。

可现在……

薄九的指腹滑过自己的唇瓣。

大神应该发现不了吧？

然而薄九忘了，这世界上有一种定律，叫“墨菲定律”。

秦漠注意到薄九的目光后，也跟着他的视线落在了床头边上，单手插在西裤口袋里，眼睛里是淡淡的冰凉：“你好像从刚开始就一直盯着床头看？”

“有吗？”薄九坐着转椅转过身来，勾唇一笑。

秦漠看着他，那双眼睛就像是夜里深沉的旋涡：“你似乎忘了一点……”

秦漠不急不缓地说：“我读过心理学。”

此刻的秦漠看上去比往常还要危险，平日里他还会用优雅做掩饰，而现在，他看着床头的目光里带有许多说不出的低沉。

实际上，早在看到薄九带着封尚上楼时，秦漠的目光已经无法回暖了。

不管是什么原因，他在等薄九的时候，薄九还在外面肆意地玩，这一点是事实。

想到这里，秦漠的眼神又冷了几分。

他朝着床头走过去，视线掠过上方，最后锁定在了下面的抽屉上。

那样细致精密的推理，哪里是只读过心理学的样子，就好像是法医在找什么证据。

薄九眼看着他修长的手指一下拉开了那个抽屉！

几样少女用品，都是里面穿的，款式很潮，一股脑地随着这个动作弹了出来。

在那一刻，薄九心里只有一个念头——

她要完蛋了！

秦漠就算性格再淡漠，在看到这一幕的时候，也意外地顿了一下。

接着，他眼神冰冷地看着薄九：“我倒是没想到你的爱好这么广泛，你是不是该向我这个哥哥好好解释解释，为什么你的房间里会出现这种东西？”

薄九双眸一眯，有光芒闪过，紧跟着走过去，嘴角带笑：“漠哥，谁家还没几个亲戚呢。”

“亲戚？”秦漠的笑意更冷，把手一松，连眉眼间都带着嫌弃。

薄九说得煞有介事：“嗯，我家一个远方亲戚，在我房里睡了两天，留了点东西，说是下次再来的时候能方便一点。”

秦漠那张俊美禁欲的脸色并没有因为这个解释而显得多好看。

没有人知道，当秦漠看到那些东西的时候，她的心情有多复杂。

要是让大神发现她是女的，大神肯定会让她好看。

“从今天开始，我会让老王定时去学校接你。”秦漠的语气是真冷，不同于以往的警告，而是沉了音调，“你如果再瞎玩，考过你就不用想了。现在，去把床单换掉！”

“换床单？”薄九提醒大神，“现在可是晚上。”大晚上的换什么床单……

秦漠似笑非笑：“看了脏眼。”

“好吧。”薄九想起大神自带洁癖，于是把陈晓东招呼了进来。

陈晓东一个劲地给自家少爷使眼色，询问少爷需不需要帮助。

“拿个床单，把这个换掉。”薄九完全没有看懂她家小管家的眼色。

陈晓东拼命撇嘴。

薄九挑了一下眉：“什么情况？”

陈晓东还想给一点明显的提示，就见靠着落地窗翻书的秦少又开口，声音沉到了极致：“把抽屉里的东西也一起拿出去扔了。”

抽屉里的东西？陈晓东还不知道是什么呢。

就见他们家少爷不动声色地从里面给他拿出了两件女孩穿的……贴身衣物？！

“少爷，我们家怎么会有这种东西？”

陈晓东一下子就叫了出来。

薄九十分镇定地解释：“亲戚的。好了，快拿着东西出去吧，我和大神还要学习呢。”

再待下去，一会儿她的谎言都要被戳穿了。

什么亲戚？！他家从来没有来过亲戚啊。

被推出门的陈晓东知道他们家少爷是在糊弄人。

陈晓东低头看着手里那一堆辣眼睛的衣物，脸色非常难看。

他要不要把这件事告诉夫人？不，还是算了。少爷才刚转好了一点，就把这些事情告诉夫人，夫人一定会支撑不住的。

房间里，秦漠还站在窗前。他的身后是漫天浓雾，泛着凉意，就像透过窗户渗进了他的眼里。

无论是什么地方，被男人这么一站，就有一种要开国际会议的样子。

也不知道大神到底是怎么长大的，被养得这么矜贵，让她对大神的妈都有点好奇了。

薄九的心理活动颇为丰富，刚想走过去继续把剩下的课题给抄完。

“这就是你平时看的书？”秦漠把手上书本的封面转过来，只为了让少年看得更清楚，嘴角还带着似笑非笑的嘲讽，“《霸道总裁爱上我》《猎捕小甜心》《霸道校草哪里逃》？每一本都是同样的类型，灰姑娘遇到白马王子，呵，真是好品位。”

薄九怎么可能听不出那声音里的讽刺，一本正经道：“平时生活就已经那么艰辛了，我是想在学习的时候放松一下心情，这样的书不用怎么思考，刚刚好。”

“理由找得不错。”秦漠又勾了一下薄唇，绝对没有夸奖的意思，“那你知不知道这些书都是谁看的？女孩。你一个男人看女孩看的书很骄傲？”

大神毒舌的技术真的是能让人受内伤。

“总看这些书，怪不得会挂科。”秦漠就那样长身玉立地站着，左手插在裤袋里，眼里写满了对学渣的嘲讽，“既然你这么喜欢看这些书，那今天晚上这十本，每一本念一遍前三页。”

前三页，十本。那也得念三十页！

薄九的嘴角抽了一下，跟着笑起来，四两拨千斤：“这会儿占用漠哥的教学时间，还是不要了。虽然我很喜欢，但我可以私下再看。”

“还真是懂事。”秦漠勾唇，似笑非笑，“不过谁告诉你占用的是教学时间？这些都是睡前故事，用你的话来说，平时生活就已经那么艰辛了，那学习的时候就应该放松一下心情，这样的书不用思考太多，刚刚好。补习完了读给我听吧。”

为什么他总用她说过的话来堵他？这样做是不是太无耻了一点？

更何况她说的生活艰辛是指别人。

连家里的矿泉水都喝价格超贵的大神明白生活艰辛的意思是什么吗？

不过薄九听话很会抓重点：“睡前？”

秦漠就像专门在等她提出这个问题一样，缓缓朝她走了过来。

薄九的房间不像秦漠家那么大，从书架到这边空出来的位置很窄，秦漠一个动作就能让人感受到他身上那与生俱来的压迫感。

“九弟这么喜欢带人回家，应该不会拒绝我的留宿吧？”

他看着薄九，目光冰冷，仿佛只要她说出一个“不”字，他就会隔着窗户把薄九给扔出去，无论这里是谁家。

薄九总觉得大神比她还像薄家的主人，那样强大的气场，就连陈晓东都被吓得听话了不少。

可是，大神留宿？

秦漠并没有给她拒绝的机会，右手拉开了书桌前的其中一把木椅，慵懒地靠坐在上面，双腿交叠，气势华贵。

他的俊脸朝着旁边的木椅偏了一下，那意思无非是在说，让她也坐下。

大神现在命令人都不用开口了，薄九心里嘀咕着，迫于还需要请教押题秘籍，倒是没有反抗。

反正总站着她也累，等她坐下了，再想个好理由出来拒绝大神要睡在她家的要求。

秦漠扫了薄九一眼，声音平淡：“上次押的是大题，这次给你押了二十道选择题。”

薄九闻言，立刻改变了主意！

比起考试不挂科，大神睡在她家这点小要求又算什么？答应！

窗外的夜色又浓了几分。

雾气弥漫，连带着室内的温度都有些下降。

陈晓东端着热茶送进来的时候，看到秦少正在帮他们家少爷补习，心里说不出的惊愕。

他是真的没有想到少爷居然也知道学习了。

而且秦少好像和他想象中的不一样，他一开始还以为秦少过来是要抓他们家少爷去胖揍的。

可现在看来，显然不是。

“这里。”

秦漠见薄九的注意力跟着热茶跑了，修长的手指敲了敲桌面上的纸张。他一身笔挺的黑色西装，双排扣的大衣，有点像是民国时期的军阀少爷，清隽又矜贵。

薄九没听他的，反而放下了手上的碳素笔：“漠哥，你觉得我家这个小管家怎么样？”

“你家的小管家如何我不清楚，我只知道如果你再不认真点，我就把你放到窗户外面去挂着，让你好好吸一吸江城的雾霾。”秦漠低沉沙哑的声音里带着一股凉意。

陈晓东出去之后并没有立刻走，而是在门前顿了顿，又朝着关上的房门看了一眼。

像是看透了他刚才的神情，薄九跟着走了出来，挑眉看着他：“你不继续去拿茶点，站在这里做什么？”

“少爷！”陈晓东一把抓住薄九的胳膊往旁边带了带，好不容易能开口说话了，声音都有些大，火急火燎的，“少爷，要不……我……我们报警吧！秦少他会不会弄死你啊？”

薄九笑道：“放心，大神最多弄根绳子把我挂到外面吸雾霾，我身手还是不错的。你先去煮点消夜，赶在被挂出去之前，我还能吃点东西。”

他是很严肃地在担心好吗！

到了现在，少爷还有心情开玩笑。

薄九刚走进房间，就被秦漠抓住了后衣领，连带着声音都有点低沉：“你说，我是该把你挂到树杈上，还是该让你直接去外面跑十圈？”

“都不太好。”薄九那张脸总是让人无法集中注意力，她露出虎牙笑道，“我这么帅，万一被雾霾污染眼睛发炎了怎么办？到时候不光考试挂科，游戏也没办法打，这样就不能和漠哥一个战队了。”

秦漠看着眼前那张无害的白皙俊脸，仔细想了一下，还是打消了把他扔出去的想法。

既然已经被他当成弟弟养了，那就要精心地养，走出去病恹恹的，丢的也是他的脸。

“你倒是理由一大堆。”秦漠松开了少年。

薄九没说话，趁机坐回自己原来的位子上，继续叼着笔记她的选择题，嘴角勾起一个浅浅的笑。

这样以退为进的办法对大神来说果然管用，看来以后得多用一用。

薄九正这么想着，就见男人走过来，将她眼前的书一合，态度不冷不热：“今天先到这里，明天再记几个公式。”

薄九的银发有点翘：“记公式？”

“会考到的几个。”

大神说起押题的口吻，就像是明天会吃到什么一样漫不经心。

作为一个刚刚入门的学生，薄九真的是理解不了。

明天去问问瑶瑶，他们学习好的人是不是都这样。

不过对于学习任务能提前完成，薄九还是很高兴的。她将长腿一收，就那样坐在木椅上，单手按着自己的脖颈，很酷地来回动了动：“终于可以睡觉了！”

“睡觉？”秦漠看着她，挑了一下眉，伸出修长的手指从书架上抽了几本书出来，向上扬了扬，“你忘了这些睡前故事了？”

薄九一顿，整个人有点僵住，还真要读？

“漠哥，这些小说真的不适合作为睡前故事。”

“适合不适合不是由你说了算的。”秦漠的声音很冷淡，从没有半点褶子的西装口袋里掏出一盒烟，然后抽出一支，咬在薄薄的双唇间，偏头点燃后接着道，“我今天睡前就想听它。”

大神，你这么任性是交不到朋友的。

“不想读？”秦漠低笑了一声，“还是你想去外面跑十圈，好好地吸一吸江城的雾霾？”

薄九伸手将男人手中的书抽了过来，嘴角含笑：“我这么有文化的人，还是多读点书吧。”

“有文化的读这种书？”秦漠淡淡反问。

薄九眼睛一眯：“漠哥，你不要小看这些言情小说，你知道它教会了多少妹子谈恋爱，又教会了多少汉子追人吗？”

说到这里，薄九突然来了兴趣：“说起来，漠哥你确实该多看看这样的小说，有利于你和女孩相处。”

“女孩？”秦漠的声音不冷不热，有点像法医在做什么专业的鉴定，侧脸俊美依旧，脸上没有一丝波澜，“那么麻烦的生物，还是算了。或许有好的，但一部分总为了接近她们眼中的有钱人，做尽了各种出格的事。我想这一点，你比我的领悟还要深刻。”

薄九知道他指的是那个第三者的事，立刻接话：“出轨这种事，在我看来，破坏别人家庭的女人虽然可恶，但那些受不了勾引而抛妻弃子的男人，同样罪不可恕。”

大神竟没有反对这句话，而是淡淡地说了一句：“那样的，不配做男人。”

薄九第一次觉得秦漠这个人可交。他虽然腹黑，却从不使卑鄙的手段对付商场以外的人。比如在对待她的问题上，他一直很纵容。否则以秦家的势力，完全可以在他们第一次见面的时候，就让她在整个江城都寸步难行。

但是，他没有。

又比如现在，很多时候，站在高位的男人在对待出轨的问题上，总是一味地指责女人，殊不知源头的根本也在于他们。

但大神不同，在大神眼里，男人就该有男人的担当，这样的三观就如同他俊美矜贵的脸，完美。

果然，大神这个人不但适合做对手，还适合做朋友。

薄九之前还在遗憾太早暴露自己“黑桃Z”的身份，没有多和他玩几把。如今想起来，要是能和大神并肩作战，也是件比较爽的事。

不过经过这番讨论，她更加确定了一件事——最好不要让大神知道她的真实性别。

只听大神那寥寥一句话，就知道其实他并不太喜欢女孩亲近他，不然也不会用麻烦这样的词来形容。

“先读哪一本？”薄九看着手里的十本小说，有点难以抉择。

秦漠回过神来，声音低沉好听：“你最喜欢哪一本，就先读那一本。”都说通过人平时阅读的书籍，就能推断出一个人的性格。

以前的秦漠非常信任这个专业论调，现在因为薄九，他有些开始怀疑起了人性的复杂。看薄九平时的样子，不太像是读这些言情小说的人，结果他比自己想象中还要蠢。

薄九确实不怎么看这种东西，她平时最爱看的是推理悬疑小说，于是她随手抽出一本。

大神这次倒是挺有礼貌，给了她一个“请”的手势。他的面容淡漠俊美，右手还戴着那只黑色的手套，露出的白皙手腕总让人感觉他不应该存在于这个世界上。

“这是以第一人称描述的小说。”薄九轻轻地咳了一声，“豪门校园文。”

秦漠勾了一下薄唇，多少带有点嘲讽：“《霸道校草哪里逃》？”

“漠哥真是好记忆。”薄九的笑意更浓：“开始了。我叫张美丽，是个随处可见的女孩。直到有一天，我转到了一所名叫‘宇宙环球’华夏最牛的高等学院，我的梦幻生活开始了。那一天，我走着走着就在森林里晕倒了，这时候就出现了一个人。他非常帅！叫欧阳有钱！”

听到这里，秦漠大概是再也忍不住了，勾着薄唇冷笑了一声："欧阳有钱？名字？"

"漠哥，别急，故事才刚刚开始。"薄九念起来可带劲了，"原来这个欧阳有钱不是别人，就是华夏最牛高等学院院长的独生子，会造宇宙飞船，家里还有卫星。他看见我晕倒以后，就给了我一堆金砖，让我去买点东西吃。可是我这么善良可爱又纯洁，怎么会要他的钱！欧阳有钱还是第一次遇到像我这种会拒绝他的女孩，从此就开始围着我转。虽然喜欢我的人很多，从教室里排到了校门口，但我实在不忍心拒绝他……"

秦漠伸出手来按住了薄九手上的书，声音很平淡："用金砖买东西吃？你确定能买到？"

"漠哥，这是豪门校园文，正常，都正常。"薄九忍着笑，眼里像是能溢出光。

秦漠看着近在咫尺的少年："正常？就算我没有看过这种小说，也知道这很不正常。你是故意的？"

"怎么会呢？"薄九不承认，从容不迫地把书一摊，笑容肆意，"你看，这上面就是这么写的。"

"幻想全世界的男人只爱自己的小说？"秦漠修长的手指敲了敲那句"虽然喜欢我的人很多，从教室里都排到了校门口"，眼神微冷。

薄九慵懒地回道："这有什么。每次漠哥去学校，可比这个阵仗大多了，所以一点也不奇怪。"

秦漠竟觉得他有点无言以对。

薄九的脸上还带着笑，终于也有能让大神被噎住的话题了，她要继续念。

秦漠怎么可能会让少年再次荼毒他的神经，光听欧阳有钱这个名字，他就想把这本书合上，再看看少年的样子，挑了一下眉："很得意？"

"没有。"薄九轻笑，总算知道学霸的软肋在哪儿了。大神这种学心理学的人，肯定最受不了的就是这种无脑的言情小说。

秦漠目光微沉：“笑得这么明显还说不得意？”

“啪！”

害怕秦漠的陈晓东手一抖，碗掉了下去。

“有事？”

而且问话的人还不是他家少爷，而是秦少。

“没……没……”陈晓东的底气有点不足，接着又想起什么来道，“我……我家少爷让我给秦少准备的客房，我……我已经准备好了，秦少要不要过去休息？还……还是等一会儿再……”

薄九真是搞不懂他的小管家怎么和封尚一样，也结巴了？难道是被大神吓成这样的？

“客房？”秦漠挑了一下好看的眉毛，“谁说我要住客房了？”

陈晓东顿住，不然要住哪里？

“我睡你们少爷的房间。”秦漠说得漫不经心。

陈晓东却宛如被雷劈到一般，嘴巴都张大了：“睡少爷房间？！”

“怎么？有问题？”秦漠的指间夹着一支烟，朝着烟灰缸里弹了弹，目光淡如水地掠过了他。

陈晓东被那眼神扫得心里“咯噔”一下，连他家少爷的脸色都没看，立刻道：“当然没有问题了！”

“漠哥，你在我的房间里睡，我去睡客房好了。”薄九转过头来，对着秦漠浅浅一笑。

秦漠将企图开溜的薄九给拽回来。

薄九知道在劫难逃，干脆坐在床上，帅气一笑：“漠哥，要不要我再给你读一篇睡前故事，嗯？”

只是下一秒，一股熟悉的闷疼感就从小腹骤然传了过来。

薄九僵了半分钟，接着迅速起身，快步走进了卫生间。

生理期偏偏在这会儿来了。

薄九看着被染了血的裤子，目光一沉，脱掉后简单地用水冲洗了一下。

小腹这才暖和了起来，但是她并没有找到可以用的东西，干脆叠了一层柔软的纸来代替。

只是她现在不清楚床单有没有弄脏。

薄九看着镜子里的自己唇色发白，皱了皱眉头，这玩意儿来得还真是时候。

这样的脸色很容易让人看出点什么来，薄九打开旁边的护肤品盒，抽出一支显色润唇膏，在嘴唇上涂了一下，让自己看上去没有那么没血色。

此时，秦漠察觉到了异样，朝着床单一看，这是？血迹？

卫生间里，薄九看着自己的长腿，拿着纸擦了擦，再将长裤一穿，最后扫了一眼纸篓。既然不确定床单上有没有血，那干脆就把这些东西留得更明目张胆一些。

想到这里，薄九拿了纸搓成一团，塞进自己的鼻子里，觉得装得够像之后才走出了浴室。

一出去，她就看到男人那幽深的眼睛正盯着已经弄脏的床单。

薄九很自然地走过去，慵懒地打着哈欠："漠哥，我鼻子流血了。"

秦漠回头，看着薄九微翘的银发和那张无辜的脸，再看看他发红的鼻子里还塞着一团纸，皱着眉将人拉过来："怎么会流鼻血？"

不知道是不是因为担心，秦漠的声音低沉，有些急切的味道。

薄九竟从里面听出了关心的意味，干脆薄唇一撇："大概是因为又要考试又要参加电竞赛的原因，多少有点上火。再加上最近天气也不好，雾霾又这么大，所以才会这样。刚刚流了好多血，止都止不住，我还怕漠哥见了会嫌脏。"

不得不说，薄九那张杀伤力极强的脸装什么像什么。

"你是我弟弟。"秦漠的声音很平淡，伸出手去按住了薄九的后脑勺，那样子像是要亲自为少年止血。

薄九一抬手挡住他的视线，开什么玩笑，要是真被大神仔细看，绝对会知道她在撒谎。大神这个男人有多不好糊弄，她比谁都清楚。

“别看，脏，血已经止住了。”薄九捂住鼻子，浅浅一笑，“漠哥不用担心。”

秦漠听着少年瓮声瓮气的声音，骤然觉得自己这个哥哥当得有点不太称职。

已经说好了要把人精心照顾着，竟还出现了这种情况。

薄九不知道大神是怎么想的，但无论如何血迹的事总算是解释过去了。

只是这三天她最好离大神远一点，她体质偏寒，生理期的时候行动并不是很方便。

就像现在，她的肚子还是疼的。看来学校那边也要请假了，只希望考试那天这玩意儿能完……

薄九小腹的闷疼感一直存在，但由谁看都察觉不到她的变化来。

就像秦漠所说，薄九这样的人，最难摸透了。

生理期对于薄九来说也并不是坏事，她有理由让大神去睡客房了。

而难得的，大神没有再为难她。

吃早餐的时候，桌子上摆放了一个大果盘，里面大部分都是梨。

陈晓东凑过来，悄悄告诉她：“这些都是秦少让人直接从酒店送过来的，说是少爷上了火，多吃点这个好。”

薄九挑了一下眉，看着眼前那个果盘。

梨为凉性。

是女孩子大概都知道，生理期最不适合的就是吃这种水果了。

薄九冷水都不敢喝，更别说是吃梨了。

但这一次，薄九却轻笑着捏了一块，放到嘴里：“不错，很好吃，谢谢漠哥。”

秦漠把目光从少年的脸上收回来，又让人上了一盅汤。汤的疗效也是一样的，效果都是——降火去霾。

汤里放了百合，薄九真的是不想喝。只是凭借大神的聪明劲儿，不见得当下没有反应过来，随后也不会反应过来。

所以做戏做全套，薄九一个仰头，喝尽了汤水。

秦漠是盯着薄九喝完汤的，他不是没有看出薄九的犹豫，挑了一下眉：“不喜欢百合？”

“平时很少吃。”薄九撇嘴，“我比较挑食。”

秦漠点了点头，声音平淡：“叛逆期。”

这和叛逆期有什么关系？

薄九吃完雪梨并喝完百合凉汤后的效果就是，眼睛明亮多了，不怕雾霾了，只是小肚子疼得根本不想动。

这也是最不能让大神察觉出来的，再加上上午还有一节课，老师点名没人，很有可能会影响这次考试的成绩。

吃完早饭，薄九就站起来，单手插在外套口袋里，看上去似乎跟平时没什么两样。

秦漠把她送到学校，临走前还吩咐司机：“中午的时候再来给九少爷送一次果盘和凉汤。”

“是。”司机点头。

薄九在旁边听着，已经想好要把大神送给她的午餐送人了。那两样东西她是绝对不能再沾了，现在都疼得十分难受。

趁着自己的唇色还没有完全变白，薄九推开车门走下去，朝着秦漠摆了摆手。等到身后的那辆车彻底消失后，她才伸出手捂住自己的肚子，银色的发垂下来，挡住了她那双漂亮的眸。

因为是隔着外套做出来的动作，所以很多人都以为少年是在闹胃疼。

只是薄九的背影依旧帅气，单肩背着包的样子还是让很多女孩子想要凑过去和薄九说说话。

可是，很明显，这天的薄九精神不太好。从进了教室以后，她就将外套帽子一扣，趴在最后面的书桌上，只露出了那张白皙得有些过分的侧脸。

有几个女生朝着后面看了两眼。

“九殿是生病了吗？”

“好像是。”

那隐隐的担忧让早就看薄九不顺眼的五六个男生彼此对视一眼，带出了眼底暗藏的狠劲儿。

“要不就今天动手？反正薄少爷说了，只要我们把那个横到不行的变态拽到他面前去，他就会给我们一大笔好处费。你们仔细想想那个变态有多恶心，学习差得要命，走路的时候又好像从来都没有把我们放在眼里过。真是好笑，他也不看看自己以前是个什么模样，还敢在我们面前嘚瑟！”

说话的人早就对薄九怀恨在心，现在来了机会，当然要煽动别人快点动手了。

他现在已经迫不及待想要看看那个薄九向他求饶的样子了。

“好吧，都听你的。等一下课，教室前面的人都走了，我堵在后门，你们在前门，我们这次就让他尝尝厉害。”

一场预谋就这样悄然诞生，没有人知道，就在教室里，几个人已经决定好了要大干一场。

薄九只感觉到了不舒服，生理期来临的感觉应该每个女孩都清楚，总是湿乎乎的。

她很想去一趟卫生间，可是她这个样子去卫生间也不安全。再加上真的是又疼又累，不一会儿薄汗就布满了她的额头。

这期间薛瑶瑶到后面来了一趟，见薄九睡得非常不安稳，想办法给薄九弄了点热水来。

薄九抬起头来的时候，因为刚刚睡醒，声音有点沙哑：“怎么？”

因为病了的原因，少年的皮肤更加白，这让他看上去就像是一个落难的俊美王子，无一不让人心疼。

都病成这样了还这么好看的，或许也只有薄九了。

“九殿，你要实在不舒服，要不要去医务室躺一会儿，让医生看看？”薛瑶瑶担心地说。

薄九摇头：“我没事。”她这种情况不能去看校医，很容易就会被人看出来。这要是在外面还差不多。

“那你先喝点热水？”薛瑶瑶知道，少年决定的事是没有人能改变的。

薄九把热水接过来，浅笑着说了一声“谢谢”。

大概是热水起了作用，虽然薄九的肚子还疼，但最起码不会全身发冷了。就是身体还是特别疲倦，她坐在后面，又陷入了半睡半醒的状态，好不容易挨到了上午的最后一节课。

她用左手漫不经心地撑着侧脸，右手在书桌底下用一本书抵着肚子，从苍白的侧脸完全看不出来她是因为什么原因疼。

这节课对于薄九来说非常难熬，虽然已经多垫了一层纸，但潮湿的感觉已经非常明显了。

老师讲的内容她仍然记了下来，最起码画出了范围，方便大神再帮她押题。

只是越到后面，薄九的肚子就越疼，她只好又重新趴回了课桌上。迷迷糊糊的，她又睡着了。

老师并没有叫薄九，就这样持续到了下课。

薛瑶瑶看着薄九的模样，拿出包里的钱就跑下了楼。她想的是去给薄九买一些治胃疼的药，顺便把饭也带回来，让薄九吃点热的。

还有几个女生回头看了薄九好几眼，确定她只是睡着了，这才放心地离开。

中午的休息时间毕竟是要去吃饭的。

离下午上课还有整整两个小时，所以教室里大部分的学生都去了食堂。

也有两三个那种走得慢的，还在教室里闲聊。

刚聊了没几句，这两三个学生都被一群男生用眼神给逼了出去。

带头的那个将教室的前门一关，看着教室里唯一仅剩的薄九，朝着前后的人使了个眼色。

薄九还趴在课桌上，只能看到她那白皙的下巴。

大概是面对危险本能的灵敏感，薄九突然睁开了她那双清亮的眸子。在看到停在她面前的那双板鞋的时候，她放在桌面上的左手一顿，而后抬起头来，看着眼前的人，缓缓地站直了。

就在她站起来的同时，她的眼睛还不忘朝后门看过去。

身子难受，她的脑袋却清明，甚至还会自动分析。

教室里总共多了六个人，前门两个，后门两个，还有两个拿着棍子，眼睛盯着她。

薄九眯了一下眼睛，嘴角勾起来，看着最前面的那个人。即便她唇色发白，也丝毫没有被围的窘迫，反而单手插在裤袋里，笑得非常邪气："怎么？刘宗明，是那天被教训得还不够吗？"

"你！"名叫刘宗明的男生就像是被戳中了要害，举起手中的木棍就朝着薄九挥了过来。

只是让他没有想到的是，就在落棍的一瞬间，薄九一个闪身抬腿，狠狠地踹在了他的膝盖上。

刘宗明疼得脸色都白了，一下子就跪在了地上。

周遭的几个人都看呆了。

"你们还愣着干什么？还不快点！"刘宗明抱着膝盖，咬着牙低吼，"想想薄少给我们的好处！"

薄少？

即便是身体不舒服到了极点，薄九也没有放过这非常重要的信息。

原来那个人才是罪魁祸首。

薄九一个弯腰，避开了再次迎面而来的木棍。

这样剧烈的运动让她感觉很难受，她并没有把这些人放在眼里，只是……她的裤子好像湿透了。她必须立刻走，否则让这些人察觉到什么，也就意味着那个人会知道。

薄九想到这里，目光向后门扫了一眼。

看到薄九的视线后，刘宗明很快就朝着后门的两个人低吼了一句："这个变态想跑，把门关上！"

只是他没有想到的是，薄九并没有往后门跑，而是顺手抄起了旁边的扫帚，借着身体向前的惯性，直接抽在了其中两个人的右手上。

疼得那两个人当下就叫出了声。

旁边剩下的那四个人将木棍一横，都朝着薄九挥了过来。

就在这个时候，薄九身形一转，跳上了旁边的窗户，她的速度很快，就像有一阵疾风从身边刮过。她跳下去的时候，还不忘将木桌往后一推，撞倒了紧跟上来的那个人。

接着，薄九的右脚脚跟一个用力，就那么点在了地上，白色的外套就如同展开的双翅。

教室就在一楼，跳窗户倒也不是很费劲。

但是像薄九身手这么漂亮的，还真没几个。

刘宗明也想跳窗户出去，无奈身形太壮，就那么挤在了窗户边上，眼巴巴地看着窗外的薄九，心里那叫一个憋火。

他们出动了六个人，非但没有占到便宜，还被揍成了这副模样。

刘宗明回头看了一眼，自己半瘸着一条腿，其他人更是东倒西歪地横躺在地上，非常狼狈。

那个变态怎么这么厉害？

他分明不舒服不是吗？

薄九确实很难受，小腹疼得她不仅仅是冷汗直流，因为刚才的动作，阵阵冰冷感几乎席卷了她全身。

而且她百分之百确定了自己的裤子确实是湿透了。

刚刚从窗口跳出来的她，并没有注意到身后正站着一个人。

这个人目睹了刚才的全过程，包括薄九被围堵的那一幕，以及薄九裤子后面那一大片的血迹……

第九章
处处

这个人不是别人，正是买了胃药回来要送给薄九的薛瑶瑶。

她站在那里，盯着那抹红色，不由得愣住了。

那样的地方绝对不会被伤到的，她们之前一直以为薄九是胃疼才会按住自己的肚子。

现在，薛瑶瑶总算知道薄九是因为什么原因不舒服了。那样趴在桌子上的姿势，再加上薄九不肯去医务室，很多很多细节连在一起，越来越像一个答案。

可是再多，也比不过女生对女生的了解。

有些东西，只要是女生，一见就会明白，薄九……

薛瑶瑶说不出口那个令人震惊的答案，手上端着的汤面一下子就倒在了地上。

听到响声，薄九迅速回头，淡漠的目光正对上薛瑶瑶那张震惊无比的脸。

薛瑶瑶看着眼前的少年，“他”还是帅气无比的模样，让人无法忽视，穿外套的时候有个习惯，从来都不把拉链拉上。

可就是这样被无数人称为九殿的少年，“他”……

“他”竟然不是他，而是她！

薛瑶瑶连手指都有些颤抖，瞳孔一缩，轻声呢喃：“九殿……”

薄九却丝毫没有被拆穿后的慌乱，而是朝着薛瑶瑶缓缓一笑，走到她面前，抽出一张纸来，擦了擦她被烫到的手指，唇色苍白，声音里还带着笑意：“以后打游戏，手指要保护好，别忘了，我们还要称霸电竞新晋赛。”

薛瑶瑶真的不知道该说什么好了。

这样帅气洒脱的人，真的不像一般的女孩。

如果不是因为看到刚才那一幕，即便是九殿身上有一点点血，她也不会往那方面想，更不敢去猜她是个女孩。

薄九伸手，将薛瑶瑶被风吹乱的黑发拢到耳侧，语调有些深沉：“能帮我保守这个秘密吗？”

薛瑶瑶抬头，只见薄九正垂眸看着她，侧脸依旧俊美温柔，只是大概因为身体不太舒服的原因，薄九额前的银发已经被汗水湿透了，透出一丝病态的苍白，连带着那双眼睛都失去了之前的神采，只是依旧很亮，亮得让人心悸。

薛瑶瑶使劲点头，而后看了一眼薄九的身后，就直接将自己的外套一脱，递给了薄九。

见薄九还看着自己，她放轻了声音：“拿这个围在腰上就没人能看出来了，你那件我帮你拿着。”

“谢谢。”薄九笑了，嘴唇还是有点苍白，把外套衣袖往腰间一绑，只显得那两条腿更加修长，便又是那帅气邪气的模样。

薛瑶瑶打量着她的脸：“我在教室里放了止疼药还有暖宝宝和……那个，我去帮你拿。”

“不用了。”薄九拽住了她的胳膊，朝左边身后的方向看了一眼，“教室里不安宁。”

薛瑶瑶也看到了刚才那一幕，当然知道主犯是谁：“都是我害的。如果不是因为我，九殿也不会为了我和刘宗明结怨。”

“不是因为你。”薄九笑了一下，嘴唇越来越白，“他们原本就是冲着我来的，拿人钱财替人消灾。”

薛瑶瑶听得更心惊：“九殿是说，他们是被人指使的？”

“一个小男生咽不下这口气，就想给我个教训。再加上他心思不怎么样，”薄九说到这里，目光都变得有些冷，“总是玩阴招，才会想出这么个办法来，让人在学校里堵我。”

薛瑶瑶的脸色也跟着有点发白：“那下午你……”

“下午的课我已经请过假了。”薄九伸手按着自己的小腹，笑得邪气又危险，“当然不是因为他们，这几个人，等我好了再说……”

薛瑶瑶看着薄九一脸苍白的模样，最终还是没有问她女扮男装的理由。

长久以来，她享受了太多薄九给的温柔，她能回报的，也就是该沉默的时候选择沉默。

只是有一件事，她必须先确定，才能确保不会露馅。

“九殿的事，秦少他……”薛瑶瑶犹豫了一下才道，“他知道吗？”

薄九笑了：“这种事如果被他知道了，他一定会捏死我。大神那个人不太喜欢和女孩接触。”

薛瑶瑶这才明白，为什么薄九以前总是会用异样的目光看着男生了。

可后来的薄九又不太一样。

薛瑶瑶不知道该怎么去形容那种感觉，就像是重新换了个人一样。

不过如果秦少现在不知道，她很担心秦少知道以后薄九会遭什么样的对待。

毕竟秦家也是不好惹的。

秦神不喜欢被人欺骗，这几乎是整个江城人都知道的事。

薄九的胆子也太大了！

薛瑶瑶细想了一下：“那上次在球场换衣服？”

“没被发现，大神有洁癖。”薄九勾着唇的样子很好看，“他差点把我塞进垃圾桶里。”

这时的薄九已经恢复了一些精神，就那么含笑往前走着。任谁都看不出来她围着校服是为了挡住尴尬的部位，只会让人觉得这个造型更加帅气。

薛瑶瑶不由得想，像薄九这样的女孩，什么样的男人才能镇得住她？莫名地，薛瑶瑶的脑海中出现了那个尊贵无比的人影。

如果是秦神的话……那就太有意思了。

薄九也不知道薛瑶瑶在那里脑补些什么，只知道她似乎很开心：“怎么了？”

“没什么。”这种事还是不要告诉九殿了，毕竟只是她的想象而已。

生理期的后遗症是薄九在家睡了整整一个下午。陈晓东几次推门走进来，都只看到卧室里床上鼓起来的棉被，还有露出来的那一头银发。

就连他都不知道薄九发生了什么，只以为是他们家少爷玩游戏玩得太累了。

另一边，刘宗明的膝盖还在疼，连走路都是一瘸一拐的。

他身边的人更是鼻青脸肿：“明子，就我们这模样，怎么向薄少交代？总不能说我们一群人连那个废物都没打过吧。”

“那样说了还能领到钱吗？”刘宗明的火气上来了，“用脑子好好想想，而且这种事说出去，我们还怎么在江城大学混，丢不丢人？！”

“那你说我们怎么说？”那个人也着急，这件事岂止是丢人，被女孩们知道了得笑死他们。

刘宗明眯了一下眼，接着，从口袋里将手机掏出来，拨通了薄希明的电话。

薄希明在看到来电后，嘴角上扬，带着一丝得意的高傲：“事情办好了？”

“那什么，薄少……”刘宗明舔着嘴唇，干涩地说，“教训是教训了，就是那个废物看上去挺木的，没想到还挺会逃，被我打了几下之后就顺着窗户跑了，吓得下午都没敢来上学。”

薄希明听到刘宗明的话后，笑了一声，语气很轻蔑：“像是那个废物会做出来的事。那家伙胆子本来就小，人就不用绑来了，你们看着办吧。早晚有一天，他是要回到学校去的，到时候你们该怎么做，我想你心里应该有数。”

“是。”刘宗明嘴上应着，表情却很不自然。他听得出来薄少是什么意思，就是让他盯着薄九，该找麻烦的时候找麻烦，最好能像这次一样，揍得他落荒而逃。

可他在电话里说的又不是事实。

不过薄少这边肯定是得罪不起的，他只好打着哈哈糊弄过去。

薄希明还不知道是怎么回事，挂断电话后，朝着他身后那支战队扬了扬手机：“都听到那个废物有多孬了吧。”

“还是薄少有办法。”战队那几个人都笑了起来，声音十分刺耳，“这样下去，非得整死那个暴发户。”

“谁让他惹谁不好，偏偏有眼无珠惹到我们。还真当自己是什么能人。”

“好了，好了，都别说他了，浪费时间，多想想战队策略的事。这次取消了内定，连薄少也能一起参赛，我提议把队长的位子直接给薄少。”

“这个提议好，我赞成！”

“我也赞成，这次电竞新晋赛，有薄少带着我们，谁还敢和我们抢第一！”

薄希明看着四周的人，仿佛自己已经赢了一般，声音很平淡：“不过是一个小小的新晋赛，你们放心，拿第一是肯定的。”

随着他的话音落下，公司里响起一阵欢呼声。

薄忠义带着他的媒体朋友们刚好从旁边路过，看着他这个儿子，心中满满的自豪感：“你们也听到了，看来希明他是势在必得了。”

“听说薄少还有秘密绝招没有公布，薄总，到底是什么样的秘密绝招？一点也不方便透露吗？”那媒体朋友也是想挖点有价值的新闻出来，毕竟还有五天比赛就要开始了。

薄忠义神秘一笑，声音压得很低：“你们知道‘黑桃 Z’吗……”

是夜，云雾四起。这个时候，人们出行都戴上了口罩，四周的能见度极低。

薄九还在睡，这次好一点，把脸露了出来，只是睡得还是有些沉，连秦漠来了都不知道。

“他从学校回来就开始睡，一直到现在？”秦漠看着床上的少年，朝旁边站着的陈晓东挑了一下眉。

陈晓东一见秦少在看自己，连忙道：“那倒不是，吃晚饭的时候少爷还醒了，吃了很多东西，只是一吃完就又睡下了。”

“你是说他食量正常？”秦漠又看了少年一眼，也确实没在他脸上看出什么来，倒是因为睡得太好，那张脸上还带出了淡淡的红色。

陈晓东“嗯”了一声：“喝了三碗热汤，吃了两碗米饭、半盘饺子，还有很多酱牛肉和一些有机花菜。少爷平时就吃这么多，很正常。”

这一次梁秘书是跟着秦漠来的，听完陈晓东的话以后，嘴角抽了一下，这么大的饭量还正常？

不过最让他忧心的，还是他们家总裁。一下班就往薄家走，到底是个什么情况？

秦总，那真的不是您亲弟弟！

秦漠没有在意谁的目光，而是侧过身去，将右手上的黑色手套摘掉，掌心贴上了薄九的额头。

冰冷的触感袭来的时候，薄九向后动了动，却没有清醒，只是把那张帅气的脸更往里缩了缩，银色的头发还露在外面。

秦漠的目光沉了沉，又将棉被压了压。

温度没有问题，体表也正常，那就不是感冒发烧。大概只是最近学习强度太大了，他有点承受不住。

他还在长身体，有些事没必要讲究太完美。

想到这儿，秦漠把手收回来，把预备要让少年记的题随手一撕，然后扔进了垃圾桶里。

虽然考满分很重要，但是他的弟弟没必要考满分，只要不太丢他的人就可以。

梁秘书还是第一次见他们秦总撕碎什么纸张，有点好奇那是什么。

秦漠却在此时看了他一眼。

那目光极冷，让梁秘书的心思自动撤了回去。

秦漠也没有多说什么，俊脸冰冷如昔，将目光放在了陈晓东的身上："照顾好你们少爷。"

"是。"陈晓东说不清楚自己心里是什么感觉，从秦神出现的那一刻起，他就觉得这个世界魔幻了。

和陈晓东有着同样心情的人还有梁秘书。

薄九睡得很舒服，并不知道一晚上发生了这么多事。

她是不知道别人生理期什么情况，她最抗拒的事就是来生理期。

一方面因为这是女扮男装的天敌，另一方面生理期一来，她除了疼就是想睡觉。

第二天还是觉得难受，薄九就继续请假，连卧室的门都没出，甚至还把门上了内锁，就是为了消灭一些"血证"。

直到黄昏的时候，她才恢复了精神，准备来一碗热汤喝。

陈晓东很严肃地拦下了她："少爷，你和我说实话吧，你和秦少什么时候关系这么好了？"

"你觉得呢？"薄九并没有直接回答他，反而将手插在裤袋里，勾唇一笑，"考验你智商的时候到了，好好想吧。"

为什么他总觉得少爷对待他很随意呢？

"少爷，我们不应该是最开诚布公的吗？"陈晓东扳着手指数，"秦少什么时候对人这么好过，又是给你补课，又是给你量体温。"

薄九听到这里，身形骤然一顿：“量体温？秦神给我用体温表了？”

“那倒没有，秦少就是伸手探了探你的额头。”陈晓东说。

薄九挑眉笑道：“原来只是探额头。”

陈晓东絮絮叨叨：“少爷，你知道我现在的心情有多复杂吗？我还没想好要怎么告诉夫人，夫人才不会太激动。”

薄九浑然不在意地听着，等到他说得差不多以后，朝着他勾了勾手指。

陈晓东见状，忙靠了过去。

薄九伸手拍了拍他的肩：“晓东啊，晓东，你这智商和身高完全成正比，整天烦恼一些有的没的。”

陈晓东起初还有点蒙，等到反应过来以后，才发现他们少爷不仅攻击了他的智商，还攻击了他的身高！

刚刚秦少还说让他好好照顾他们家少爷。

这样的少爷，需要照顾吗？

薄九补充完体力后，又上床睡了一晚上。

直到考试当天，她才重新穿上那套早就被洗干净了的衣服，戴上黑色口罩，并没有滑滑板。

入冬之后的江城，早上总是雾气蒙蒙的，隐约能听到学生之间的打闹声，还有空气中散发的煎饼果子的味道。

薄九故意早来了，叼着半块热腾腾的煎饼果子，也不进学校，就在校门附近的胡同口站着。

她的目标很明确，那天谁是带头人她找谁。

正在低着头打电话的刘宗明根本没有意识到危险即将来临。

等他反应过来的时候，已经被人一个用力扯进了旁边的胡同里。

刘宗明看到薄九那张脸后，顿了一下，就想开口大骂。

薄九也不跟他废话，脚一抬，下一秒，刘宗明疼得在地上直打滚。

薄九浅笑看，长腿挡住刘宗明唯一的去路，就是因为这样才更让人觉得有压迫感。

刘宗明连站都站不起来了，结结巴巴地解释："薄九，我……我们都是同学，同学之间难免会有点小摩擦。围你的事是我不对，我向你道歉。再怎么说，我们一会儿也要考试，迟……迟到了不好。"

薄九听了他的话，挑了一下好看的眉："认错态度倒是不错，不过我和你之间可不是什么小摩擦。"

说着，她一伸手直接将刘宗明给拽过来，俊脸压得很低："是故意在整我不是吗？想让我放过你，可以。把你的手机拿出来，给指使你的人打个电话。"

刘宗明双眸睁大："什……什么指使？"

"刘同学，我这个人可没什么耐心，你打还是不打？"

刘宗明没有说话。

薄九也不和他啰唆，又准备抬腿。

刘宗明连忙伸直了双手，急得大喊："我打，我打！"

薄九笑了，随手松开了他。

刘宗明知道自己是逃不了了，看薄九这个样子，这个电话自己要是不打，下场会很惨。

电话那头，薄希明还在奇怪，这个时候刘宗明给他打什么电话呢？

他将笔袋往木桌上放下，才按了接通键，声音里带着一贯的高傲："有事？"

"薄……薄少……"刘宗明的气息听上去有些不稳。

薄希明听得眉头一皱："你这是在哪里？说话怎么这种声音？"

刘宗明刚想开口，薄九就敲了敲他的手腕，摊开左手，示意他把手机交给自己。

刘宗明根本不敢拒绝。

他发现，发起怒来的薄九天生带着一股让人害怕的气势。纵使他是笑着的，眼中却空无一物，戾气十足。

刘宗明颤抖着手把手机放在了薄九的掌心里。

薄九薄唇一勾，屏幕贴上左耳，右腿仍维持着先前的姿势，声音里带着寒意，很是帅气：“薄希明……”

听到那个熟悉的声音后，教室里的薄希明整个人都僵了。

刘宗明的手机怎么会被这个废物拿着？

薄九还在笑，声音十分好听：“老实讲，我实在好奇，别人在叫你薄少的时候，你不觉得是在打自己的脸吗？薄家的家谱上可没有你的名字。哦，对了，应该是说连你妈都没有嫁进薄家，可惜了她这么多年的计划，到最后还是得在外面住着当第三者。”

“你！”薄希明气得一下就站了起来，手指狠狠地攥紧了手中的碳素笔，咬牙切齿，“薄九，你以为你是个什么东西？你以为你妈是个什么东西！一家子都是从农村来的，爸爸早就不想要你妈了，你妈还紧抓着不放。还真当自己能耐了？公司都快倒闭了的败家子，还敢在我面前叫嚣？你到底是从哪儿来的自信？”

相对于薄希明的气急败坏，薄九的声音要慵懒得多：“薄希明，你回去告诉薄忠义，把股份和财产都还回来，我妈立刻就会踹了他。搞清楚一点，到底是谁占着谁的东西不放？还有，薄希明，想要找碴就亲自来，找别人替你动手，你好不好笑？”

薄九说完这一句就挂断电话，把手机扔回了刘宗明的怀里，偏头戴上口罩，露出的眼里还残留着邪气，就那么将手插在裤袋里，缓步走出了胡同。

薄希明气得够呛，脸色也跟着冷到极点，还想要再回几句，却发现对方已经收了线。这让他更不能忍，可再打过去的时候，已经换人接了。

是刚刚才站起来的刘宗明接的电话：“薄少。”

“这到底是怎么一回事？”薄希明压低了声音，一双眼睛阴鸷得可怕，“那个废物怎么会用你的手机给我打电话？你不是说都解决了吗？”

刘宗明疼得龇牙咧嘴，又有些心虚：“我……薄少，不是我的原因，是薄九。他也不知道从哪里学来的拳脚功夫。其实那天我们六个人都没能围住他，还被他打得休养了几天。”

“够了。”薄希明越听目光越狠毒，“谁都知道那个变态有多无能，六个人会围不住他？别再说这些有的没的了，你做不好这件事就是做不好！”

“薄少，真的，我不是在推卸责任，这个变态现在是真的难对付！”刘宗明还在拼命解释。

无奈心高气傲的薄希明根本不想听他那一套说辞。

薄希明怎么也没有想到，他让人教训薄九，到最后竟然是对方把电话打到了他的手机上。

这对于薄希明来说简直就是打他的脸。脸上的火辣感和怒意，直到他坐回座位上都没有消下去。

与此同时，江城大学的学生已经陆陆续续进了考场。

决定是否能顺利参加电竞赛的考试正式开始了。

每一年这个时候的考试，玩游戏的学生们都会特别用心，规矩得根本不像平时的自己。

一般也不用老师多说什么，肯定都会到。

江城大学的校规向来严厉，不允许作弊是肯定的。

每个人都在忙自己的事，没有人知道，刚才薄九做了什么。

考试是好几个班的同学掺在一起考。所以当薄九走进教室的时候，很多学生都愣住了。

太帅了！

少年修长挺拔的身影就那么背光而立，左手插在裤袋里，一头银发，脸上戴着口罩，露出来的眼睛幽深又迷人。

“那是谁？”

已经有女生转过头来询问。

“你不知道他吗？就是最近在论坛上被传得很火的那个新校草。”

“新校草？得了吧，还有待考证呢。我们江城大学看人可不仅仅是看脸，他什么能力都没有就想当校草？”

“反正支持率不低。”

议论声褒贬不一，薄九不甚在意。

她行事就是这样，只负责让喜欢她的人开心，不喜欢她的，爱怎么样怎么样。

第一场考的是英语。

英语是薄九擅长的，再加上她以前就在第五大道活动，又岂止会英语这一种外语。

考试时间是两个小时，薄九只用一个小时就答完了，然后第一个交了试卷。

监考老师看见少年把试卷放在桌面上后，也没有多说什么。

薄九他也认识，传说中的挂科王，大概是不会写，太痛苦了，干脆早点交卷，他也不是没有看到过这样的学生。

其他几个嘲讽薄九的人也是同样的想法，彼此对视一眼，笑了笑以后才低下头去继续做试卷。

由于考试的时间还剩下许多，监考老师也无事可做，干脆就拿起讲台上唯一的试卷看了起来。

没想到第一题竟然被那个薄九给蒙对了。

监考老师不甚在意，就当打发时间，继续往下看。第二道题也蒙对了？

第三道……也是对的！

第四道、第五道……甚至连阅读题也是对的！

监考老师越看，那双眼睛就睁得越大，连带着脸上都露出了诧异的神情。

都做对了！

这怎么可能？！

下面的考生们还不知道监考老师怎么了，只见他突然站了起来，还以为是他看到了什么，那些作弊的人吓得一个哆嗦，立刻把手机往回一缩。

哪里想到监考老师只是站在那里呢喃：“满分，这一定是满分……”

什么满分？老师到底在说什么？

考生们听得一脸蒙。

整整一天的考试，从上午考到下午。

这一天对于别人来说或许特别煎熬，但对于薄九来说有一点好处，那就是别人在考试的时候她能自由进出卫生间，反正每次她都是第一个交试卷的。

最后一场考的是专业知识，也是薄九的硬伤。

比起考其他几科，这一场她认真了很多。

卷子发下来以后，薄九先做的大题。只目光一扫，她心里就念了一声：“厉害了我的哥。”题目都被大神押对了。

以后再考试，她就把大神供起来，这可比拜考神有用得多。

薄九勾唇一笑，拿着碳素笔开始答题。

外面的光透过玻璃打在了少年白皙的侧脸上，一瞬间，似乎让人看到了岁月静好的温柔。

都说认真的男人最帅气，没想到认真的少年更帅气。

坐在薄九旁边的女孩实在是忍不住了，趁着老师走过去后，把手机调成静音，偷偷拍了一张照片。

薄九做题的速度很快，做到填空题的时候，莫名觉得那些知识点有些眼熟。

她的脑海中出现之前补课的一个画面。

男人慵懒地手托下巴，表情淡漠：“这么简单的公式你都记不住，果然是我太高估了你的智商。”

薄九只要一想到大神那个样子就非常不服气，咬了咬笔头继续写。

即使是为了证明她的智商，她也要答对！

就是因为这个理由，不出四十分钟，薄九就把题做完了，顺带着还检查了一遍，又当了第一个交试卷的人。

往常这个时候薄九还没有下课，这会儿因为提前交了试卷，干脆打电话把封尚给叫了出来。

这一次他们并没有去网吧，而是直接去了贺氏。

贺红花的那家公司。

既然考试结束了，那离电竞比赛也就只剩下三天了。

三天的时间，总要把代表参赛的选手给定下来。

薄九这是要带着她的战队成员直接去公司挂名。

贺红花没在公司里，她最近忙到四处奔走，就是为了能招到可以代表他们公司参赛的队员。

殊不知，薄九已经帮她找到了，并且还直接组建成了队伍。

当薄九走进贺氏的时候，接电话的助理一个激灵，立刻站起来，脸色瞬间变得不是那么好看。

能好看吗？

每一次这个暴发户来，不是摔东西，就是跟贺总大吵大闹，耍尽了少爷脾气。

可让助理没有想到的是，薄九竟冲着她勾唇笑了笑，一双眼睛灿若星辰，连带着气息都散发着糖果的清香：“我带人过来报名，麻烦李姐送份报名表进来。”

说这句话的时候，薄九并没有停顿，而是单手插在裤袋里，长腿很随意地往前迈，伸手推开了办公室的门。

仿佛他就是这家公司的老板。

走到门口的薄九以为助理没有听到他的话，又侧过身来，挑了一下眉，声音里含着笑，是询问的语气，有一股说不出的性感：“李姐？”

助理顿住，再次看向那个雪肤银发的少年。在对上他那清澈的目光之后，竟不由自主地点了点头。

薄九浑然不觉自己的行为有什么不妥，进办公室后往老板椅上一坐，双腿交叠，拿过贺红花办公桌上那些有待处理的行程表看，都是有关参赛队员的。

光看到那张被划了又划的表格，薄九就能想象到为了电竞赛的事，贺红花耗费了多大的心血。

贺红花是从农村来的，这一点谁都知道。

可别人不知道的是，贺红花连学都没有上过，写字什么的全靠自学。

表格上的字迹甚至有点圆润和幼稚。

薄九把那张表格放下，对比着助理拿过来的报名表，抬手写上四个名字。

“怎么样？”写完以后，她偏头问封尚。

封尚的眼睛都亮了：“好！”

排位赛，四个 PK 四个，正式规格。

直到看到这张正式的报名表，封尚才觉得自己是真的成了职业战队成员。

“偶……偶像，给……给我们战队取个名字吧！”

薄九挑眉：“取名字？我取？”

“嗯！”封尚点完头后，颇为深沉地说，“如……如果偶像想不出来，我……我也可以取。比……比如我们可以叫消……消消乐军团！”

这奇特的审美……

“还是我取吧。既然他们这么看不起贺家，也看不起我妈，那我们就取个直白一点的。”

薄九站起来，走到办公室的落地窗前，眼里倒映着城市瞬间亮起的灯光：“贺家军。从今天开始，我们就叫贺家军。”

报名表格以电子档形式往上提交，系统会自动认证队员隶属公司。

但凡是报了名以后的公司，都会印上红章。

贺红花坐在回江城的高铁上，原本还在为凑不齐队员而发愁，甚至她也想过花钱去挖人。只是但凡游戏打得好，又稍有名气的，都不愿意来贺氏。

再加上一些人的有心打压，让贺红花简直寸步难行。

距离电竞比赛只有三天了，她却连队员都没有凑齐，难道只能就这么认命……

贺红花拿起手机来，又刷新了一下集团报名页面。

让她没有想到的是，就这么一刷新，网站突然飘出来一条信息！

看到那条信息后，贺红花还以为是自己的眼睛出了问题，用胖乎乎的手揉了揉，再去看，还在。

“贺家军”三个大字就像是横空出世一般，挂在贺氏的名下，带着集团专属的红色印章，落进了贺红花的眼里。

贺红花连忙点开了那条消息。

战队成员一目了然。

薛瑶瑶、封尚、殷无药、薄九！

看到最后一个名字后，贺红花的瞳孔一缩，一连确认了好几遍，才确定自己没有看错。那上面还有战队成员的照片和身份信息。

照片上的少年帅得仿佛把星辰都比了下去，尤其是勾着薄唇看向镜头的时候，那眉眼中透出来的丝丝邪气，如果被女孩们见了，肯定会控制不住地尖叫。

也不知道为什么，贺红花感觉眼睛有点湿润。

只有网站集团才有权利看到各个公司的报名信息，这是为了赛制公平。

选手们都是以真名参赛，到了现场后才会用游戏名进行比赛。这也是为了设置悬念，到时候能够引发更高的讨论热潮。

所以贺红花并不知道薄九就是“黑桃Z”。

令她感动的是，她家薄九能在这个时候站出来。虽然她家薄九是个游戏渣，想事情简单，其余这三个也不知道是她家薄九从哪里找来凑数的。但有了这支战队，最起码她还有报名资格，不至于在业界沦为一个笑话。

贺红花想到这里，笑了起来。

不管了，反正就算到时候输了，她还有她家薄九。

贺红花喜滋滋地看着手机笑，眼睛看向窗外。到现在“黑桃Z”也没有出现，胜负已经很明显，她恐怕是没有希望了。不过她仍然感谢那个不知名的高手，在她最艰难的时候拉了她一把。

她一定会让贺氏撑下去。她虽然没有文化，又粗鲁，但为了她家薄九，她也不能倒下。

她贺红花是个粗人，没别的，就是想赚更多的钱给薄九花。

第十章
喜欢

薄九报完名之后，又和封尚打了一盘游戏。

那天是她比赛之前最后一次上“黑桃Z”的账号，并没有出现任何异样。

玩了一局，薄九召集全体队友聚了个餐。刚刚考完试的心情，是个学生都会懂，全身轻松，就想嗨到天明。

晚上九点。

还在秦氏俱乐部指挥作战的秦漠又一次看向自己的手机屏幕。

没有一条消息。

战队里的所有人几乎都注意到了他们队长的这个动作。

并不是因为他们的观察力有多好。

而是，这已经是队长第五次看手机屏幕了。

从五点半开始到现在，队长一空下来就会朝手边看一眼，太奇怪了。

COCO见大家的神情都这么八卦，迅速开了个小群：“你们想不想知道队长是在等谁的电话？”

“当然想！”

“谁的？”

“COCO，你快点说！说了哥哥给你去刷榜！”

COCO 捧着自己的咖啡杯，“嘿嘿”一笑：“除了‘黑桃 Z’，还有谁能让我们队长这么关注。”

“‘黑桃 Z’？”队员们的热情更盛，一个接一个地在群里刷起了屏。

COCO 颇老成地叹了一口气：“是啊，‘黑桃 Z’，让我们数一数，这都是‘黑桃 Z’第几次放队长鸽子了？队长对我可从来都没有这么高的忍耐力。”

“知道我对你的忍耐力不好还说出来？”

秦漠冰冷低沉的声音入耳，COCO 瞬间僵了。

秦漠披着战服外套，漫不经心的语调里透出一股寒意：“晚饭吃烤肉，带 COCO 去，让他看着。”

COCO 低头，咬住兔耳朵。队长这么残忍，怎么不把这一面用在“黑桃 Z”身上！

胖子在旁边拍了拍他的肩，安慰道：“COCO，你和‘黑桃 Z’真的没法比。就他那技术和手速，国内少见。”

胖子一说起“黑桃 Z”就特兴奋，颇有要和偶像再次会面的感觉。

秦漠走出去以后，皱了皱眉头，修长白皙的手指一动，直接一个电话拨了过去。

入耳却是“对方已关机”的提示。

秦漠的眼神一下子变得冰冷。

原以为少年会在考试过后第一个打电话通知自己。

如今看来，倒是他想多了。

想到这，秦漠偏头低笑了一声，把电话随手扔到一旁，想到了几种管教弟弟的方法。

为此他还特意给之前的合作伙伴打了一通电话，并且告知对方，他很理解对方，弟弟不听话后是什么样的心情。

接电话的那位老总有点蒙，收了线之后更蒙。

秦漠并不觉得自己的行为有什么不对，吸取过来人的意见远比自己去摸索要更有效率。

可惜……无论对方怎么告诉自己要温柔，他能想到最温柔的方式都是逮住薄九好好教训一顿。最起码要让薄九知道，即便是在叛逆期，去了哪里也要向他这个哥哥报备一声。

“阿嚏！”

薄九还不知道自己又惹到了大神，放松心情之后就把自己往床上一摔，湿润的银发下是一张浅眠俊美的脸。

考试很快就能出成绩。

成绩出来的第二天，薄九接到了班主任打来的电话，让她去学校一趟。

薄九到学校后，班主任没有多说什么，而是直接将薄九带进了系主任办公室。

薄九还没有走进去，就听到里面的吵嚷声一阵一阵地传出来。

“我就不相信他一个挂科王能考出这么好的成绩！五门满分，我先不说别的，就说说这几门专业课，他是怎么考的满分？就连他们张老师都说那个薄九平时的成绩差得简直不能再差。可结果呢？满分？这里面绝对有问题！薄九……”

班主任顿了一下，然后才推门走进去。

一瞬间，办公室就安静了下来。

但老师们的神情没有任何改变，每个人的脸上都写着不服气。看到薄九后，他们端起水杯来喝了一口水，眼睛却朝着薄九这边扫，眼中流露出非常明显的鄙夷。

“站那儿。”班主任往自己的座位上一坐，长叹一口气后对薄九说，“经过上次的事情，学校在对待学生方面也注意了很多，如果不是特别重要的事，也不会找学生来谈话。我能理解每个人都想要考个好成绩的心情，但老师们的眼睛都不瞎，心中也有对每一个学生最基本的判断。现在各科老师都在这儿，我们每个人都怀疑你这次的考试成绩有问题。薄九，你能跟老师说说，你这次的成绩是怎么考来的吗？我刚才也说过了，学校在对待学生方面注意了很多，如果你肯承认这一次的错误，学校也不会说不要你，总会给你一个机会……”

听到这里，一直沉默不语的薄九开口了。她的嘴角半弯，勾出淡淡的冷意：“承认这一次的错误？我考个试，有什么错的地方？”

“薄九！”

班主任像是被薄九的态度气到，啪的一声按住自己的钢笔，胸膛上下起伏：“你这样说就是不打算承认了？那我就问问你，一周以前这些题你看都看不懂，怎么一到考试你就全懂了？”

和班主任的气急败坏相比，薄九的态度要从容很多。她单手插在裤袋里的姿势依旧帅气，声音也冷淡，只扔给对方两个字：“补习。”

“补习？”班主任冷笑了一声，“我不清楚你妈用了什么手段提前知道了考题内容，这方面确实是学校做得不到位。但是个人都知道，短短的七天不可能从一无所知到满分，这根本就是天方夜谭。什么样的补习老师能做到？如果有这样的补习老师，还要任课老师做什么？”

班主任的话音一落，其他几个老师也跟着冷哼出声：“如果有这样的补习老师，我老李自动请辞，让他来江城大学任教！”

“就是！撒谎也说点实际的，这样一张嘴就被戳破的谎言有什么意义？”

“呵呵，我们学校也该查一查是谁把这些题目卖出去的，不能让奖学金落到乱七八糟的人手里？”

系主任的情绪倒是没有太激烈，毕竟上次的事闹得太大，他可不想再冒什么险，担什么责任。

“这样吧，薄九，你先把你的家长叫过来，这件事总要解决一下。”

薄九的薄唇勾得更弯，声音压得很低：“解决？怎么解决？要把这些污蔑我的老师都开除吗？”

“开除？”老师们听得好笑，“薄九，张老师就在这里，她是最清楚你的学习情况的。好，你可以说我们污蔑你，难道你们任课老师也是污蔑你吗？”

张老师就是薄九的班主任，她很早就看不起薄九。所以当各科老师来找她时，她也没有丝毫想保薄九的意思。她和英语老师不一样，她根本就不相信薄九能考满分。

“薄九，关于这件事，你要么承认错误，要么叫家长过来。”

闻言，薄九的眼睛彻底眯了起来，像是有什么黑雾能从里面散发出来。她口袋里的手机从刚开始就一直在振动，她并没有去管。

这时旁边的老师恼了：“现在，立刻给你妈打电话。”

薄九突然笑了，眼中一片冰冷：“这种事不用叫我妈。”说着，她把手机拿出来，按了接通键，放在耳边，“喂，漠哥。”

“你在哪儿？”秦漠的声音听上去就像被冷藏在冰箱里的高等红酒，即便是隔着电话，也能让人体会到内里醇厚。

薄九的笑容还在，有些漫不经心：“在老师办公室，所以才没有接电话。他们非说我考试作弊，让我叫家长。我还在处理，等处理完了我再给漠哥回过去。”

坐在悍马后座上的秦漠闻言，修长的手指一顿，目光骤然沉下去，慢条斯理地把资料往旁边一放，声音压低：“哪个办公室？”

“嗯？”

“我问你哪个办公室。”

薄九：“系主任办公室。”

“原地等着。”不冷不淡的四个字，听不出任何喜怒。

但熟悉秦漠的人基本都知道，越是在他不表露喜怒的时候，就越是危险……

薄九挂断电话后还有点蒙，大神的意思是说，他要来？

看薄九在打电话，老师们都有点不依不饶，毕竟这关系到学校奖学金。

“薄九，如果你再不做出个决定，我们就会联名上书，江城大学绝对不允许一个连品行都不过关的人当拿奖学金。”

薄九把手机一收，拿在手上把玩了两下，理都没有理他们，只含笑站在那儿。

老师们都有点恼怒，因为薄九看他们的眼神就像在看一群跳梁小丑。

班主任的感受最深，就在她刚要开口说点什么的时候，一道微凉的声音从门边缓缓响起。

“品行有问题？”

那声音不大，只因为过分好听，所以才会带给人一种深如古井的清冷感。

听到那句话，几乎所有人都回头看过去。

只见男人逆光而立，一身纯黑色高定西装成功地衬托出他的好身材。

雍容华贵，高高在上。

这是人们看到男人之后，一瞬间会想到的词语。

他全身都散发着禁欲般性感的气质。

他就站在办公室门口，漫不经心地拿着手机，只是那双眼睛幽深得有些过分。

那一刻，所有的光都像跑到了他的眼睛里，宛如流光溢彩的钻石。

看到男人后，不仅是老师们愣住了，系主任也站了起来：“秦少，您……您怎么有时间过来？“

秦漠走到薄九的身边，眼睛看着薄九的脸，仿佛在确认什么。

薄九适当地表达了一下自己的小郁闷。

秦漠的双眸冷了下去，这是受人欺负了？

作为少年的家长，他有必要和老师好好理论一番。

然而老师们还不知道这两个人的关系，笑着解释：“秦少，这不是刚刚考试结束嘛，说来也惭愧，这一届竟然出了一个作弊生。可他还死不承认，非说是自己在外面补习了。你说说，有哪一个补习老师能在短短七天把挂科王教成五门满分？这根本就是无稽之谈。偏偏他还有理有据，真是……”

老师的话还没说完，秦漠就出声打断了他：“我。”

“嗯？”老师们疑惑了，什么意思？

“我就是他的补习老师。”秦漠说到这里，笑了起来。那样的笑和往常薄九见到的都不同，那是真正的邪气。说着他左手一伸，跟在他身后的秘书立刻递上来一堆纸。

秦漠把那些纸往桌面上一放，黑色的手套滑过桌面：“这是我这几天帮他押的题，你们都可以看看。”

早在秦漠说出“我就是他的补习老师”的一瞬间，老师们都僵住了。现在看着那样清楚的白纸黑字，满脸的不敢置信。

怎么会这样？谁能想到薄九口中的补习老师会是秦少？！

羞愧已经不足以表达那些老师现在的心情，他们的脸都红了，恨不得找条地缝钻进去，这脸打得实在是尴尬。

因为谁都知道秦漠厉害，不是说他的家世，而是他那几乎非人的成绩和智商。

看着那些被押中的题，系主任突然想起来，就在前不久，秦少确实向他问过有关课程的事。

想到这里，系主任摇晃了起来。这件事他们真的是办砸了，很有可能是冤枉了人。

薄九的班主任还想替他们这些任课老师解释一下。

可惜秦神在这方面，从来都不是一个会给别人机会的人。

他把左手的黑色手套一摘，掀着眼皮，目光淡淡地道：“听说老师们非要让他叫家长过来才肯罢休，既然补习的问题说完了，那我们就来谈一下你们污蔑我弟弟作弊的事好了。”

弟弟？

在场的人又是一震，什么时候薄九成了秦少的弟弟？！

老师们都有点说不出话来，喉咙就像是被什么东西噎住了一般难受。

秦漠挑了一下好看的眉：“怎么？不想谈？”

问到这里，他偏头笑了一声，声音却寒冷无比：“那可由不得你们。我弟弟现在正是叛逆期，从心理学上来说，就是心理承受能力较差的时候。作为老师，一个学生考了满分，你们给他的不是夸奖，而是不分青红皂白的污蔑，这样很容易对他造成心理阴影。”

虽然这个时候她很不应该插嘴，但是大神是从哪里看出来她是叛逆期的？

秦漠没有看薄九投来的视线，就算看了，他也认为是薄九被人欺负了。第一次作为家长来学校，他当然不能任由事态就这么发展下去，继续淡声道：“主任，江城大学的教师质量什么时候沦落到这种地步了？我这个做股东的怎么不知道？”

系主任一听男人点名自己，冷汗一下就流了下来：“秦……秦少，这……这件事……”

“你们是想私了还是公了？”秦漠没等他说完，就看向了旁边站着的那几个老师，话听上去很有涵养。

但每一个老师心里都清楚，这件事不管是私了还是公了，他们都不可能在江城大学任职了。

尤其是班主任张老师，她整张脸的血色在迅速往下消退，肤色苍白得就像是一张一捅就破的薄纸：“秦少，我们只是以为一个挂科王没有可能考得那么好，才会想让薄九同学说清楚，并没有什么污蔑的意思。”

“我再问你们一遍，你们是私了还是公了？”秦漠根本不听她的，压低声音，只戴着一只手套的他看上去就像是恶魔，俊美又邪气。

“选不出来？”秦漠将目光收回来，语气平淡，“那就不用选了，主任，把这几个老师的所作所为记入档案。”

这是公了？

老师们着急了，一旦被记入档案，他们不仅不能在江城大学任教，以后连老师都当不了了。

“秦少，我选私了！”班主任的声音都变了，“薄九同学提什么条件我这边都能满足，这件事的性质还不至于记入档案，我一开始也是误会了。”

班主任的话乍一听是在认错，实际上也没有任何道歉的意思，只是在不断重复这是个误会。

“哦？选私了？”秦漠抬起头来，朝她的方向扫了一眼，显得漫不经心，“那就做好走司法程序的准备，污蔑讥讽学生，我作为薄九的家长一定会告你到底。”

班主任蒙了。

她没有想到这就是秦少口中所说的私了。

她不想被记入档案，因为记入档案以后，就不能转到行政部门去了。

可如今一个被人告过的老师，就更不可能再转去行政部门了。

这一次，薄九是真真切切地见识到了大神修理人的手段。

看来大神以前说让着自己，说的是真的。

嗯，有哥哥罩着的感觉还不错。

想到这里，薄九抬起头来，朝着秦漠笑了笑。

秦漠还没有时间管薄九，不把人料理完他是不会收手的。既然是股东，遇到这种问题当然要好好开个会了。

校领导们听说秦少来了，都急匆匆地从外面跑进了系主任办公室。

薄九看着那些校领导，莫名觉得好笑，忍不住勾了唇。

秦漠抽空看了少年一眼，神情冷淡地从秘书手里取过来一包东西，扔给了他。

薄九低头一看，是醇浓的黑巧克力，还是进口的，她很开心地吃了起来。

大神给她的眼神她也看懂了，是让她在这里等。

倒是被训完了的主任，看着秦少带着几个校领导进了里面的大办公室，偷偷凑近薄九，压低声音道："那什么，薄九同学，下学期开学学校会开一个很小的表彰会，拿了奖学金的学生家长都要接受称赞，到时候秦少也要作为你的家长出席吗？"

薄九含着巧克力，显得漫不经心："应该不会。"

主任嘀咕了一句："可我看秦少那样子，好像很喜欢当家长。"

闻言，薄九停下动作，也在思考这个问题。

两个人对视一眼，脑海里同时浮现出秦少来参加表彰会的场面……

最后，主任果断败下阵来："我立刻通知系里取消这次的表彰会，改为书信形式！"

"好。"

薄九也觉得作为学校股东，大神确实不适合来开表彰会。

那样的话，别说其他家长了，老师们估计也一句话都说不出来。毕竟大神气场太强。

校领导们现在就体会到了什么叫冷空气降临。

秦漠坐在真皮椅上，脸上的表情很淡，可他说的每一句话都直击他们的心脏。

校领导们在离开的时候脸色都不好看。

从那一天开始，不管是挂科学生还是拿奖学金的学生，学校都开始一视同仁。该管的要管，但是如果哪个老师再有对挂科学生不该有的歧视，立即开除。

薄九走出办公室，发现薛瑶瑶正站在门口。

她听说班主任把薄九叫来了学校，担心会不会是这次考试出了其他问题。

每个参加电竞比赛的人都知道，这一次的考试成绩对他们很重要。

如果薄九这边出了问题，那他们的战队……

没了薄九的"贺家军"，不具备任何意义。

见薄九走了出来，薛瑶瑶双眸一亮："九殿，你没事吧？老师叫你……”

她的话还没说完，就因为看见了少年身后的男人戛然而止。

秦……秦神？他怎么来了？

从薛瑶瑶的脸上不难看出来惊讶。

薄九却只是浅浅一笑：“我没事。”她说完，把包甩到肩上，单手插在裤袋里，姿势非常酷。

薛瑶瑶毕竟是知道薄九性别的人，看到秦神就有点心虚。不过再看薄九那一连串的动作，她又觉得没必要心虚。

薄九的帅，别人学不来。

秦神应该也不会往薄九是女生那方面想。

“走吧，一起。”薄九走回来，摸了一下薛瑶瑶的头，“我和漠哥送你回去。”

薛瑶瑶脸一红，即便知道薄九是个女孩，也难免会被那样的语气暖到。她真的好温柔。

只是她一抬头就对上了秦神那冷冽俊美的脸。

薛瑶瑶感觉到了冷意，头皮一麻，立刻道：“九殿，你不用送我了！我还约了同学吃冰，就先走了，回见啊！”

秦神的目光太可怕了，比之前还要可怕。

想到这里，薛瑶瑶不由得往后看了一眼。在接触到那张好看的容颜时，立刻将目光收了回去。

还是好吓人！

薄九颇疑惑地看着薛瑶瑶那仿佛身后有恶魔在追她的背影，有些不解地挑了一下好看的眉。

秦漠也没有多余的动作，一伸手就拽住了薄九的衣领后帽，神色淡然地将她拖上了车。

幸好快放假了学校里并没有什么人，否则同学们就会看到薄九被秦漠当成麻袋拎着走的场景。

薄九是被秦漠塞进车后座的。

薄九落座后，才闻出大神应该喝过酒，一股淡淡的红酒气息迎面扑来：“再好的电话到了你手上，也是个摆设。”

薄九“嗯”了一声，表情有些茫然。

秦漠原本预备要好好教育一下薄九，在看到他后，想法淡了很多。

他是个开明的哥哥，叛逆期不适合过分指责。

想到这里，秦漠把目光收回来，对司机下了命令：“去银河SOHO。”

银河 SOHO？商场？去那里做什么？

薄九有点跟不上他的思绪。

难道大神要带她逛街？从什么时候开始，大神的爱好变成逛街了？

薄九带着满肚子疑惑到了银河 SOHO。

两个同样帅气的人一起出现在商场这种地方，总是会以一种意想不到的热度吸引周围人的目光

尤其那两个人其中还有一个少年非常喜欢笑，看到回头对着他拍照的女孩，总会侧头，勾唇。

帅死了！

秦漠是在一家专门买糖果的店前停下的，一身西装笔挺的他出现在这里明显不合适。

正在招呼客人的店员愣了一下，接着又笑起来：“这位先生，请问你需要点什么？”

听到店员的话，那里面有几个小孩子齐齐地朝他们这边看了过来，一双又一双圆溜溜的眼睛里写满了童趣。

“是大人。”

“大人也来买糖果吗？”

“兴许是给他的宝宝买的。”

“嗯！肯定是！唉，又一个小伙伴要沦落在大人的糖衣炮弹里了。就像我，我现在一不听话，我老爸就说把我吃糖的事告诉我老妈。当

初明明是他给我买的糖果，还让我不要告诉我老妈，说这些都是男子汉之间的小秘密，结果我就被套路了！”

“我也是！你说这个大哥哥想套路谁？”

小朋友们的对话总是很萌，再加上第一次看到像秦漠这种冷漠的大哥哥来买糖果，都不由得好奇地往这边张望。

“糟了！”“小萝卜头”们头一缩，“他旁边的那个漂亮哥哥听到我们说话了！”

你们说得这么大声，真难不被听到。

店员听得实在尴尬，就打算再问一遍：“先生……”

秦漠的声音很淡，听上去并没有什么情绪：“巧克力味的棒棒糖，都要。”

“棒棒糖？”店员笑容洋溢，“是给小朋友买的吧？”

薄九一听那口味就知道大神是买给她的，刚准备开口否认。

就听大神清冷又有磁性的声音传过来：“嗯。”

那店员也见过不少给小朋友买糖果的大人，只是像眼前这两位这么年轻的，实在少见，难免多说了两句：“先生，请问小朋友大概多大？我们必须根据年龄来选购糖果，尤其是您要的还是巧克力口味的，这种糖果不适合太小的小朋友吃。”

“十九岁。”

秦漠说出这个年龄以后，不仅是店员，就连店里的小朋友们都愣了，睁着一双眼睛问：“十九岁？那是多大？”

“我今年三岁，一个三岁是三岁，两个三岁是六岁，三个三岁是九岁，四个三岁……四个三岁……”有个“小萝卜头”还扳着手指在数，数到最后都着急了，鼓着小脸跺脚，“四个三岁不够数怎么办？”

四个三岁一双手确实不够数，真是难为人孩子了……

店员艰难地动了一下喉咙，像是在做最后的确认：“先生说的是十九岁？不是九岁？”

“嗯。”秦漠应了一声后，把少年往前一推，薄唇勾起，“虽然吃糖的这种行为幼稚得像是只有九岁，不过他这张脸确实是十九岁。”

她确定了，大神来买糖就是为了能够更加生动形象地毒舌她。

店员看到男人这个动作，才意识到这些糖果就是买给少年的，顿了一下，又带着歉意地笑了笑：“二位稍等，我这就去给二位装糖。”

闻言，“小萝卜头”们把头一扎，像开什么重要会议，语气颇深沉：“你们看到了吗？那个大哥哥买的糖果是要给他旁边的漂亮哥哥！”

“嗯！看到了！我觉得这是套路！绝对是套路！”

“我们要不要告诉漂亮哥哥让他不要拿？”

“不太好吧，漂亮哥哥一脸很想吃的样子。唉，我能理解他，我没糖吃的时候，也是他这种表情。”

她的表情怎么了？不是照样很帅吗？

还有，那边的小朋友在说悄悄话的时候，能不能把音调降低那么一点点？

不过……有一大袋棒棒糖吃，确实是一件很幸福的事。而且这个牌子的巧克力很纯，混上糖果，总会碰撞出很美妙的滋味。

等到秦漠结完账，薄九就拆了一支叼在嘴里。

秦漠拿着皮夹，看了少年一眼，神情依旧清冷：“这次考得不错，不过如果下次再不接电话，不仅这些糖会被扔进垃圾箱里，整个江城都不会再有人卖给你一支棒棒糖，明白我的意思了吗？”

“我就说是套路！”

“这个大哥哥比我老爸还要狠，不让别人卖给那个漂亮哥哥糖果，太吓人了。”

“漂亮哥哥好惨。”

“嗯，好惨！”

“小萝卜头”们一致点头。

店员在旁边听得尴尬病都要犯了。

薄九拿了糖，单手一撑就跳了进去，动作很帅气地立在那儿，然后朝其中一个小女孩眨了眨眼睛，弯下腰轻声道：“偷偷告诉你们，那个大哥哥是吓唬我的。”

“吓唬人啊？”“小萝卜头”们又凑到一堆，用看非人类一样的目光看着站在店外的秦神。

秦漠挑了一下眉，没听到薄九的话，也知道是薄九搞的鬼，左手一伸，就把薄九给拽了回去，嗓音有些发沉：“还闹吗？”

薄九顿时觉得这处境有点危险，她怎么就忘了今天秦神喝了酒。

“漠哥，我错了。”这时候就要以退为进：“我不该没分寸。”

秦漠挑着眉头，看着少年那张略显郁闷的脸，最终还是松开了手，声音不辨喜怒：“知道就好。”